Ludwig Thoma
Nachbarsleute

Serie Piper
Band 741

Zu diesem Buch

»Behaglichkeitsstil« nannte Ludwig Thoma in einem Brief an Conrad Haußmann den Ton, den er in seinen »Kleinstadtgeschichten« angeschlagen hatte. Aber diese Geschichten wären nicht von Thoma, wenn sie nicht über die Darstellung liebenswerten bayerischen Provinzalltags hinaus auch Heuchelei und Muckertum, politischen Opportunismus und Standesdünkel auf höchst vergnügliche Weise entlarvten.
Ob es dabei um den nasebohrenden Studienlehrer geht, der es nicht lassen kann, von schwarzen Seidenstrümpfen zu träumen; ob vom Onkel Peppi und seiner »besseren« Verwandtschaft die Rede ist, oder ob Thoma von Peter Spanninger erzählt, der auf unverdiente Weise zum Don Juan erklärt wird – immer sind es Geschichten aus dem »richtigen Leben« der kleinen Leute, denen Thoma so gut ins Herz und aufs Maul zu schauen verstand.

Ludwig Thoma (1867–1921) studierte in München und Erlangen Rechtswissenschaften und ließ sich zunächst in Dachau, später in München als Rechtsanwalt nieder. Nebenbei begann er zu schreiben; erste Erzählungen erschienen in der »Augsburger Zeitung« und in der »Jugend«. 1899 wurde Thoma Redakteur der satirischen Zeitschrift »Simplicissimus«. Seine Satiren und Erzählungen, seine Romane und Theaterstücke zeigen ihn als einen genauen Beobachter der menschlichen Gesellschaft und des bäuerlichen Lebens seiner Heimat. Heute gilt Thoma als der bedeutendste bayerische Schriftsteller des 20. Jahrhunderts.

Ludwig Thoma

Nachbarsleute

Kleinstadtgeschichten

Piper
München Zürich

Von Ludwig Thoma liegen in der Serie Piper bereits vor:
Heilige Nacht (262)
Moral (297)
Der Wilderer und andere Jägergeschichten (321)
Münchnerinnen (339)
Tante Frieda (379)
Magdalena (428)
Agricola (487)
Hochzeit (501)
Das Thoma-Buch (641)
Weitere Werke sind in Vorbereitung.

ISBN 3-492-10741-9
Juni 1987

Umschlag: Federico Luci,
unter Verwendung einer Illustration von Karl Arnold
Satz: C. H. Beck'sche Buchdruckerei, Nördlingen
Druck und Bindung: Clausen & Bosse, Leck
Printed in Germany

Inhalt

Auf dem Bahnsteig

»Es wird Herbst!« sagte Major Burkhardt und blickte den Studienlehrer fest an mit seinen furchtlosen Soldatenaugen.

Er sagte es mit Betonung, als suchte er in seinem Begleiter bestimmte Vorstellungen zu erwecken.

»Ja – – ja«, seufzte Professor Hasleitner, »es wird allmählich kalt.«

»Und ungemütlich. Kalt und ungemütlich.«

Der Major wies auf die Kastanien vor dem Dornsteiner Bahnhofe, deren gelbe Blätter sich fröstelnd zusammenkrümmten.

»Um fünf Uhr wird es Nacht. Ein schlecht geheiztes Zimmer. Eine qualmende Lampe. Die Zugeherin bringt lauwarmes Essen aus dem Gasthof. Stellt es unfreundlich auf den Tisch. Das ist Ihr Leben.«

Hasleitner hatte ins Weite geblickt, zu dem Walde hinüber, an dessen Fichten der Nebel lange Fetzen zurückließ.

Der soldatisch bestimmte Ton des pensionierten Majors weckte ihn auf.

»Wie?« fragte er.

»Ich sage, Sie müssen heiraten.«

Der alte Soldat deutete auf die tiefer gelegene Stadt, deren Häuser behaglich aneinandergerückt waren.

»Das ist das Glück!« sagte er. »Eine Frau am Herde, fleißig, um unser Wohl besorgt und stattlich.«

Er beschrieb mit der Rechten eine nach rückwärts ausbauchende runde Linie.

»Und stattlich!« wiederholte er.

Hasleitner sah, wie es weiß und grau und dick und dünn aus vielen Kaminen rauchte, und er schien die Gemütlichkeit des Anblickes zu verstehen.

In seine Augen trat ein freundlicher Schimmer, und man konnte glauben, daß er an Herdfeuer dachte, oder an die runde, sich nach rückwärts ausbauchende Linie.

Überhaupt, er war ein träumerischer Mensch.

Sorglos im Äußeren, den Hemdkragen nicht immer blendend weiß, die Krawatte verschoben, den Bart naß von der letzten Suppe, aber in den Augen Herzensgüte, im ganzen Wesen eine Verträumtheit, die immer wieder zum Nasenbohren führte.

Kein Mann, der Backfische begeistern konnte, aber einer, der älteren Töchtern hundert Dinge zeigte, die man in lieber Häuslichkeit flicken, stopfen und bürsten mochte.

Und doch – dieser Mann, geschaffen, von den Ärmeln einer bürgerlichen Schlafjacke umfangen zu werden, war durch eine seltsame Laune des Schicksals mit einer verdorbenen Phantasie belastet, also daß seine Gedanken an das weibliche Geschlecht sich stets mit Vorstellungen von Eisbärenfellen verbanden, von Eisbärenfellen, auf denen dünne, lasterhafte Beine in schwarzen Seidenstrümpfen ruhten. Noch dazu lehrte er die Wissenschaft der Geographie und stieß auf der Landkarte immer wieder auf Orte, wo seine Sinne knisternde Seide und herrlich verstöpselte Parfüms vermuten durften.

Paris – Wien – Budapest –

Ein Gefühl, das mit seiner heimlichen Sehnsucht zusammenhing, trieb ihn täglich zum Bahnhofe, wo Punkt fünf Uhr der große Schnellzug hielt, der glücklichere Menschen von einer Großstadt in die andere führte.

Hier hatte nun der quieszierte Major den Träumer angesprochen, und ein freundlicher Zufall fügte es, daß beide, als sie auf dem Bahnsteige kehrtmachten, der Gattin des Offiziers gegenüberstanden, wie auch der Tochter Elise.

In merkwürdig schnellem Gedankengange brachte der Professor das vorausgegangene Gespräch von Stattlichkeit in Zusammenhang mit der Erscheinung Elisens, und vielleicht ohne daß er es wollte, drang seine unlautere Phantasie dem älteren Mädchen durch Mantel und Rock und begann, sich Dinge auszumalen.

Freilich nicht langgestreckte, seidenumhüllte Beine, aber Rundlichkeiten, mit denen sich die Vorstellung von Wärme und Innigkeit verbindet.

Die Tochter des Majors fühlte den sengenden Blick des Philologen, und als eine reife Blume, die sie war, öffnete sie willig ihre Blätter den wärmenden Strahlen. Dieses heimliche, unbewußte Suchen und dieses bewußte Entgegenkommen spann Fäden zwischen den beiden, welche das erfahrene Mädchen bald genug aufzuspulen beschloß, und es schickte sich alsbald mit einem lieblichen Lächeln dazu an.

Freilich war dieser Professor kein Gegenstand für brennende Wünsche und verzehrende Glut, indessen wohl ein Objekt, das sich mit baumwollenen Ärmeln sanft umfangen ließ, nachdem es vorher sorgfältig gereinigt war.

Keine berauschend süße Frucht, sondern ein säuerlicher, deutscher Hausapfel, der aber, im Kachelofen gebraten, einigen Wohlgeschmack bieten konnte.

Und das Mädchen schickte sich alsbald an, den heimlichen Faden zu ergreifen, als mit dumpfem Brausen der Schnellzug in die Station einfuhr.

Die riesige Lokomotive schnaufte, als wäre sie in der langen, stürmischen Fahrt außer Atem gekommen, und die langen, schönen Wagen standen da, als ruhten sie kurze Augenblicke, um weiterzujagen in die weite Welt.

Mit einem Male hatte Hasleitner alle Gedanken an runde Mädchenreize vergessen; sie versanken vor ihm, er sah sie nicht mehr.

Dort im ersten Coupé schob eine schmale Hand den Vorhang zurück, und ein Paar müde Augen blickten entsetzt auf die Philister, hier prallte ein entzückender Kopf entrüstet zurück.

Es war die große Welt, die eine Minute lang Dornsteiner Luft einzog und Pariser Odeurs zurückgab.

Und da stand es auf weißen Tafeln und war darum kein phantastisches Märchen: Paris – Avricourt – Wien –

Ja ... ja ... diese nämlichen Wagen waren gestern noch in Paris gewesen!

Jene fabelhaften Damen, von denen man sich erzählt, daß sie gierig und unerbittlich Jagd machen auf gutgebaute Männer, waren an ihnen vorbeigewandelt, hatten süße Blicke in sie hineingeworfen, und von ihrem Dufte hing etwas an Türen und Fenstern und verwirrte den Sinn eines deutschen Jugendbildners.

Wußte man, ob nicht eine solche Tigerin da drinnen auf schwellenden Polstern saß und einen breitbrüstigen Germanen mit ihren Blicken verschlang?

Odette, Suzette – Germaine – ah!

Hier steht ein Gymnasiallehrer von gänzlich unverdorbener Jugend, und der für schlanke Waden und schwarze Strümpfe die heftigsten Empfindungen angestaut hat.

Warum seufzt ihr erleichtert auf, da sich nun der Zug in Bewegung setzt?

Ihr saht erstaunt auf die Kostüme, die im Dornsteiner Atelier für modes und confection kreiert waren, ihr saht Spitzbäuche und gepreßte Busen, faltenreiche Hosen und geschmierte Stiefel, aber ihr saht nicht in das Herz des blonden Professors und wißt nicht, wie er so ganz der Eure ist!

Fort!

Die Lokomotive pfeift jubelnd aus der Station hinaus, als freute auch sie sich, diesem Nest entronnen zu sein ...

Diesem Himmelherrgott ...

»Warum so träumerisch?« lispelte Elise und blickte schelmisch auf den Professor, der dem Zuge nachstarrte und in der Nase bohrte.

Da traf sie ein Blick, so leer, so fremd und so feindselig . . ., daß sie unter dem flanellenen Höschen eine Gänsehaut überlief.

– – Der Faden war zerrissen – –

Das Begräbnis

Am Dienstag, den 3. Januar, verstarb der Realitätenbesitzer Josef Seilinger eines plötzlichen Todes.

Er war wie alltäglich beim Sternbräu zum Abendschoppen eingekehrt, trank mit sichtlichem Behagen seine drei Maß Bier und sprach sich mit gewohnter Lebhaftigkeit über die Schlechtigkeit der preußischen Zustände aus.

Um sieben Uhr verließ er die Gaststube und begab sich in die Küche, um sich von der Frau Wirtin zu verabschieden. Er wechselte einige Scherzworte mit ihr und sagte noch: »Jetzt pfüat Eahna Gott, Sie Schneckerl, Sie liab's«, da fiel er plötzlich streckterlängs zu Boden und war maustot.

Nun lag er den zweiten Tag aufgebahrt im Prunkzimmer seiner Wohnung.

In dem frostigen, unfreundlichen Raume nahm die tiefverschleierte Witwe die Beileidsbezeugungen entgegen. Es war ein stetes Kommen und Gehen.

Die ehrsamen Bürger traten schweigend mit ihren Frauen an die Bahre.

Sie legten alle gleichmäßig die Stirne in ernste Falten, verzogen die Mundwinkel und sahen lange und ausdruckslos noch einmal in das breite Gesicht des Verblichenen.

Die Frauen drückten schluchzend die Taschentücher an ihre nassen Augen und zählten im geheimen die Kranzspenden.

Nach einer anständig bemessenen Pause traten die Besucher zu den Leidtragenden und sprachen Worte des Trostes.

»Wer hätt' dös glaubt, Frau Seilinger? So a g'sunder Mann! Vor drei Tag hab i'n no über'n Marktplatz geh seh'gen und zu mein Mann g'sagt – gel Schorschel? – schau hi, hab i g'sagt, da geht der Herr Seilinger. Und jetzt – – a so a Mann . . . !«

»– – Ja, ja, der Seppl! I hätt's a net gmoant, daß eahm so schnell derwischt, Frau Seilinger. Am letzten Sunntag san ma no so zünfti beinand g'wen, und heint liegt er do . . . Ja, ja, das menschliche Leben!«

»Trösten S' Eahna, Frau Seilinger! Gunnen S' eahm sei Ruah. Eahm is wohl! Wer woaß, was eahm alles derspart blieben is, und wia bald daß uns selber außi tragen mit di Füaß voro.«

Und wenn die trauernde Witwe zustimmend mit dem Kopfe nickte, rühmte die Frau noch die Schönheit und Zahl der Kränze.

»De vielen, vielen Kränz' und de schönen Blumen, Frau Seilinger! Es ist doch auch a gewisser Trost, wenn ma siecht, wia oan de Leut in Ehren halten! So was muaß noch gar net dag'wesen sein.«

Dann blickten die Besucher der Witwe noch einmal tieftraurig in die Augen und machten anderen Platz.

Draußen bemerkte die Frau flüsternd: »Hast a's g'sehg'n, Schorschl? Mit dera Trauer is a net weit her. Grad drucka hat s' müassen, daß s' a paar Thräna außerbracht hat. Und den Aufwand! An glatten Kaschmirrock mit Schürzendraperie und Krepp de schin-Ausputz, a g'schweifte Schoßtaille mit an Latzteil, und am Rand matte Holzperlen. Statt a Schneppenhauben hat s' an Kapothuat mit an schwarzen Bleamelbukett, und den Schloar!«

»Na! Na! I woaß net, daß de Leut koa rechts G'fühl nimma ham. Da guat Seilinger wenn s' sehg'n tat, wia s' dasteht, nacha drahet er si um.«

Im Treppenhause war die Leichenfrau mit den Zurüstungen für die Einsegnung beschäftigt; sie zündete die Kerzen an, stellte das Weihwasser zurecht und wies die Ankommenden in das Trauerzimmer.

Ihre Miene war dem Ernste ihres Berufes angemessen, und nur flüsternd führte sie die Unterhaltung mit diesem und jenem Trauergaste.

»Geln's, der Herr Seilinger? Aba schö liegt er drin, koa bissel entstellt! So sanft! Grad als wenn er schlafen tat. So a g'sunder Mann und so plötzli schterben! I sag Eahna, was der Herr für a G'wicht g'habt hat, des is net zum glauben! Der muaß im Leben alleweil seine guaten dritthalbe Zentner g'wogen ham. I hab zerscht gmoant, i kunnt'n alloa daheben beim Anziagn, aber da is koa Drodenka net g'wen. Erscht wia mir die Binder Cenzl g'holfen hat, is ganga. Cenzl, hab i g'sagt, paß auf, sag i, daß ma'n schö hinleg'n, hab i g'sagt ...« Die Leichenfrau wurde unterbrochen durch das Herannahen der Geistlichkeit, welche die Zeremonie begann.

Eintönig hallten die tiefen Stimmen der singenden Priester durch den kalten Gang, und süßlicher Weihrauchduft füllte das Haus.

Vor demselben hatten sich nunmehr alle versammelt, welche dem Toten das letzte Geleit geben wollten.

Alle Vereine, denen Josef Seilinger angehört hatte, waren vertreten. Die Liedertafel, die Schützengesellschaft, der Tarockklub, die Freiwillige Feuerwehr, der Veteranenverein und der Velozipedklub.

Zum Zeichen der Trauer waren die Fahnen umflort wie die Schärpen der Fahnenjunker.

Mit finsterem Ernste blickten die Männer unter den hohen Zylindern hervor; ihnen gegenüber, durch die Straße getrennt, stand die schwarzgekleidete Schar der Frauen.

Die Blicke aller waren auf das Tor gerichtet, aus dem jetzt schwankend unter der Last des Sarges die Leichenträger schritten, gefolgt von der Geistlichkeit und den Hinterbliebenen.

Die Fahnenträger schlossen sich an, dann die Trauergesellschaft in hergebrachter Ordnung.

In langer, krummer Linie schlich der schwarze Zug durch die schneebedeckten Straßen; an den Fenstern lugten hinter den Vorhängen die alten Leute und Kinder heraus; die kleinen Häusler und Taglöhner standen vor ihren Hütten und entblößten ehrfürchtig die Häupter zum letztenmal vor dem dicken, reichen Josef Seilinger.

Die Bürger aber kürzten sich den Weg mit Gesprächen über das traurige Ereignis.

»Ja, schnell hat's 'n g'rissen. Wer hätt' dös glaubt? Woaßt as no, Franzl, wia ma vorig's Jahr in Hausham beim Bierletzt g'wen san? I und da Reitmoar und du und da Seilinger? Wia ma z'letzt allsam so b'suffa g'wen san, daß ins s'Bier bei die Augen außa grunna is?«

»Freili woaß i's no. Wia nacha da Seilinger aufg'standen is und hat mit da Faust in Tisch einig'haut. Herrgottsakra, hat a g'schriean, trink ma no a Maß, ös Fretter ös miserablige! I trink Enk allsamt untern Tisch eini. Und g'rad schnackerlfidel is er g'wen.«

»Ja, da hätt aa koa Mensch net denkt, daß er so bald ei'liefert. Man hat eahm nix okennt.«

»No, no, woaßt, Franzl, dös viele Saufen ko net guat sei. Er hat scho a bisl gar z'naß g'fuattert.«

»Dös is wahr. Du, wo geh' ma denn danach hi?«

»I moa halt zum Sternbräu. Spiel ma an Tarock, da Weißlinger tuat aa mit. Gel, Schorschl?«

»Ja, is ma grod recht . . . Bst! Bst!«

Man war vor dem offenen Grabe angelangt. Als unter den üblichen Zeremonien der Sarg versenkt war, entblößte der Pfarrer das Haupt und sprach:

»Andächtige Trauerversammlung! Wir stehen vor dem offenen Grabe des tugendsamen Josef Seilinger, bürgerlichen Realitätenbesitzers dahier. Er ist geboren am 10. Oktober 1854, als der Sohn des Realitätenbesitzers Josef Seilinger und dessen Ehefrau Brigitta, und starb am 3. Januar 1899. Sein Leben war vergleichbar einem Strome, der ruhig dahinfließet. In seiner Jugend besuchte er drei Lateinklassen mit großem Erfolge, wie durch das Zeugnis seiner Lehrer bestätigt wird. Alsdann zog er sich in sein elterliches Haus zurück und verblieb daselbst bis zu seinem Lebensende.

Im Jahre 1879 vermählte er sich mit Fräulein Marie Hitzinger, Brauereibesitzerstochter von hier, welche heute als trauernde Witwe in das Grab blicket. Der glücklichen Ehe entsprossen drei Kinder.

So, geliebte Christen, ist seine Laufbahn ein Beispiel und eine Lehre für alle. Er war aber auch ein ordnungsliebender Bürger und ein gläubiger Katholik. Er war nie ein Zweifler, und der neue Geist, welcher jetzt so böse in der Welt umhergeht, hat ihn nicht beschädiget.

Darum dürfen wir hoffen, daß er trotz seines schnellen Endes die Seligkeit erworben habe. Amen!«

Hier wollte der Gesangverein einfallen mit dem Liede: ›Seht, wie sie so sanft ruhen.‹ Aber nach den ersten Tönen brachen die Sänger ab; eine auffallende Bewegung ging durch die Reihen, und nach einer drückenden Pause trat der Vorstand an das Grab und erklärte, daß der Gesang infolge Unwohlseins einiger Mitglieder nicht stattfinden könne.

Damit war auch die Feierlichkeit zu Ende. Die Trauergäste entfernten sich rasch und besprachen mißbilligend das letzte Vorkommnis.

»Da sieht ma's wieda, unsa Liadertafel. Bal ma sei Ruah haben möcht im Wirtshaus, nacha plärren s' in oan Trumm, oan faden G'sang nach dem andern. Bal ma s' aba braucht, ham S' koa Stimm'. I möcht bloß wissen, was da dahinter steckt.«

Die Neugierde wurde bald befriedigt, denn der Vorstand erzählte beim Sternbräu jedem, daß der erste Bassist, der Schreinermeister Bergmann, sich geweigert habe, zu singen.

»Und wissen S', warum, meine Herren? Weil d' Frau Seilinger an Sarg net bei eahm hat macha lassen. I hab bitt und bettelt, daß er uns de Blamasch net atoa soll. Nix hat's g'holfen. ›Fallt ma gar net ein‹, sagt er, ›braucha de Protzen mein Sarg net, braucha's mei Stimm' aa net.‹ Was sagen S' da dazu, meine Herren?«

»Ja no!«

Junker Hans
Eine Kleinstadtgeschichte

Wie es gekommen war, ob Herr Pfaffinger höflich oder in barschem Tone das Schließen der Türe verlangt, ob Herr Tresser nach dieser Aufforderung erst recht die Türe aufgerissen, ob Herr Pfaffinger in rüder Weise sie dann ins Schloß geworfen hatte und hierauf von Herrn Tresser als ungebildeter Lümmel bezeichnet wurde, während Herr Pfaffinger diesen, Herrn Tresser nämlich, mit dem Worte Lauskerl schon vorher betitelt hatte, läßt sich aus den erregten Schilderungen der angesehenen Bürger Dornsteins nicht unwiderleglich feststellen, – Tatsache ist, daß Herr Tresser Herrn Pfaffinger einerseits an der Gurgel packte, während Herr Pfaffinger andererseits diesem, dem Herrn Tresser nämlich, eine derart schallende Ohrfeige versetzte, daß der Schlag sogar in den hintersten Sitzreihen des Höllbräusaales vernommen wurde.

Von vielen Zeugen des Vorfalles wird erzählt, daß die Tochter des Herrn Magistratsrates Trinkl, Fräulein Fanny Trinkl, über Zugluft geklagt habe, was den neben ihr sitzenden Brauereivolontär Pfaffinger veranlaßte, aufzuspringen und die Saaltüre zu schließen, worauf Herr Rechtspraktikant Tresser dieselbe sogleich wieder öffnete, sei es nun, weil er und einige mitanwesende Beamte es zu heiß fanden, sei es, weil er über die eigenmächtige Handlung des Herrn Pfaffinger entrüstet war, was aber wiederum diesem, Herrn Pfaffinger, als eine Beleidigung seiner Dame erscheinen mußte, so daß er sich zu einem Schimpfworte hinreißen ließ, wobei freilich nicht bestimmt behauptet werden kann, daß nicht etwa Herr Tresser schon vorher den Ausdruck ungebildeter Lümmel gebraucht hatte, kurz und gut, was hier auch übereinstimmend oder verschieden berichtet wird, – Tatsache ist, daß Herr Pfaffinger von Herrn Tresser an der Gurgel gefaßt wurde, und daß dann Herr Tresser eine dermaßen starke Ohrfeige erhielt, daß seine linke Wange anschwoll.

Mir war und ist es nur darum zu tun, eine vollkommen wahrheitsgetreue Schilderung des Herganges zu geben, wobei ich keineswegs, wie Herr Magistratsrat Trinkl, das Verhalten des Herrn Pfaffinger oder, wie Herr Sekretär Hundertkäs, das Benehmen des Herrn Tresser als absolut berechtigt hinstelle, sondern ich möchte ausschließlich die Tatsache klarstellen, daß Herr Tresser einerseits Herrn Pfaffinger körperlich anfiel, während Herr Pfaffinger andererseits diesem eine wuchtige Maulschelle applizierte.

Das Geschehnis läßt sich weder leugnen noch beschönigen, noch auf irgendeine Weise aus der Welt schaffen, und es ist weiter nichts zu erörtern als die Frage, welche Folgen die Mißhandlung eines den besseren Kreisen angehörigen Mannes haben konnte.

In der Tat wurde der Vorfall auch von den bürgerlichen Elementen nach Verlassen des Höllbräusaales lebhaft erörtert, und Bäckermeister Schwarz bewies vielleicht die größte Heftigkeit der Gesinnung.

»Also mir... net... also mir bal oana so was saget... net... also ung'hobelter Lackel oder so was... net... also i... mei Liaba... i den bei de Ohrwaschel nehma und beuteln... hast d' g'hört... und nacha oani links und oani rechts abahau'n... vastehst... und nacha no a paar... also mir bal oana kam! Was? sag i... an ung'hobelter Lackel bin i... moanst du vielleicht, weil di dei Vata studieren hat lass'n... derfst du an Bürgersmann, der wo seine Steuern zahlt... net... und wo seine Familli rechtschaff'n ernährt... schimpf'n... sag i... Wer is ung'hobelt? sag i ... vielleicht net a Beamta, der sie a so aufführt? Was bin i? A Lackel bin i? Hab Eahna i scho amal an Lackel abgeb'n? Han? Du Herrgottsakrament! sag i. Da hast a paar! sag i...«

»Plärr do net a so!« rief Magistratsrat Trinkl... »Bleib'n ja d' Leut steh' und schaug'n...«

»Ja no ... muß ma si so was hoaß'n lass'n«?

»Zu dir hat er nix g'sagt!«

»Dös is sei Glück, mei Liaba... mir bal er so was saget! Also den schlaget i sei Batterie scho a so her, daß er alle Engel pfeif'n hörat... Ung'hobelter Lackel möcht er an Bürgersmann hoaß'n... so a Schreiberg'sell, so a notiger, der wo si net amal was G'scheits z'fress'n kaff'n ko... Dir gib i scho an Lackel... also bloß sag'n braucht er's zu mir... nix als wia sag'n... sag' i...«

»Mir g'fallt de G'schicht gar net... dös... dös... i woaß net... da derleb'n mir no was!« sagte der Gold- und Silberarbeiter Elfinger und machte ein bekümmertes Gesicht... »De G'schicht is no net firti...«

»Was is net firti?« fragte Trinkl.

»Ja... dös mit dera Schell'n...«

»Dös is allerdings firti. Der hat sei Fotz'n, und gar is...«

»Wer'n ma's sehen, ob die Sache so einfach verläuft, also gewissermaßen im Sande«, erwiderte Elfinger, der nicht ungerne hochdeutsch sprach.

»Was will er denn mit a Klag?« höhnte Magistratsrat Trinkl.

»Bal er z'ersch 's Maul aufreißt, net, und ganz ordinär werd'... und nacha auf's G'richt laff'n! Na, mei Liaba!«

»G'richt laufen!«

»Ja... da werd halt 's G'richt sag'n, Herr Rechtspraktikant, werd's sag'n, bald Sie eine würkliche Bildung besitzen, dürfen Sie nicht anfangen und die Leute aufreizen, und bald Sie aber die Leute aufreizen, müssen Sie Ihnen halt diese Behandlung gefallen lassen. A so red't 's G'richt! Vastand'n?«

»Ich rede ja überhaupts nicht vom Gericht«, sagte Elfinger etwas ungeduldig.

»Net?«

»Nein... durchaus nicht. Das weiß man doch, daß diese Herren... also... die wo auf der Universität studiert haben... eine Ohrfeige durchaus nicht hinnehmen dürfen wie unsereiner...«

»Geh! Hör' auf!«

»Nein! Das lest man doch in der Zeitung, daß für solchene Herren eine Ohrfeige sozusagen eine tödliche Beleidigung ist, und auch bald sie nicht wollen, müssen sie doch, indem es ein Ehrenstandpunkt ist...«

»Geh! Hör' auf!«

»Na, frag' halt Leut', die 's wissen! Ob eine Ohrfeige nicht mit Blut abgewaschen werden muß, und bald der Betreffende auch vielleicht nicht will...«

»Jetzt muaß i scho sag'n... Elfinger... red' net gar so saudumm daher!«

»Ich rede durchaus nicht saudumm daher... und überhaupts möchte ich mir das verbitten... net wahr...«

»Kam er da mit'n Bluat o'wasch'n... und solche Sprüch!«

»Weil es wahr ist! Jawohl! Wenn einer natürlich seiner Lebtag in Dornstein hockt als Lebzelter, weiß er nicht, wie solche Vorkommnisse sich auswachsen...«

»O mei! Da balst net gehst!...«

»Ich war dritthalb Jahr in Erlangen, mein Lieber, wo sich eine Universität befindlich ist, und bald du das nicht woißt, kannst es ja nachles'n im Sulzbacher Kalender...«

»I huast dir auf dei Universität!«

»Das ist die Sprache der Ungebildeten... das kann ich dir sagen...«

»Han?«

»Jawohl! Da muß man einmal in der Welt herumgekommen sein, dann schaut man die Sache etwas anders an. Ich hab viel erlebt in dieser Beziehung, und bald ein Student dem anderen eine Ohrfeigen gibt, diese Fälle kenn' ich, und da entscheidet dann das Ehrengericht, ob dieser Betreffende nicht mit der Pistole in der Hand Rechenschaft verlangen muß...«

»Herrgottsakrament, jetzt sag' i s' nomal, a so a spinnata Tropf is ma do aa no net fürkemma...«

»Da spinnt niemand!«

»Net z' weni, sag' i...«

»Nein! Durchaus nicht! Das ist der Standpunkt der Satisfaktion, wennst d' scho amal was g'hört hast von dem!...«

»Da müaßt da Schorschl...?«

»Jawohl!!«

»Da müaßt da Pfaffinger Schorschl si vo an so an notinga Hanswurscht'n nauf schiaßn lass'n?«

»Jawohl!! Das heißt, in dieser Beziehung weiß ja der Betreffende nicht, ob ihn das Schicksal trifft, und äh...«

»Da Pfaffinger Schorschl, der in a paar Jahr de Brauerei von sein Vata kriagt mit achtavierz'g Wirt... und...«

»Was hat denn das damit zu tun...«

»Und dös schöne Sach in Matzing drauß'n... langa koane vierhundert Tagwerk...«

»...Also...«

»Und a Stuck an achtz'g Küah im Stall... der soll si...? Geh! Wia no a Mensch so daher red'n ko!«

»Wenn du oan net red'n laßt und all's besser woaßt, na brauch ja i net red'n«, schrie Elfinger, den der Zorn wieder ins Altbayrische brachte.

»Für dös Red'n kriagst d' nix«, erwiderte der Herr Magistratsrat Trinkl mit gleichfalls erhobener Stimme. »Kam er do mit sein Student'nschmarr'n daher! A Duwäl! Ah! Ah! da kunnt'st scho Grean Baamwirt wer'n!«

»Wenn er an Ehr im Leib hat... vastehst!«

»An Ehr! Woaßt, was da Pfaffinger Schorschl hat? An Diridari hat a! Maxi hat a! Und auf dei Ehr is...«

»Mit dir ko ma net streit'n; dös woaß ma scho! Weil du a Hammi bist!«

»I?«

»Ja du! Für dös bist du bekannt in ganz Dornstoa!«

»Ah! Der is guat! Was bist na du?«

»Is scho recht!«

»Was bist na du? A spinnata Deifi bist d'. Mit'n Bluat o'wasch'n kam er daher! Wasch da du 's Hirn mit Salmiak, dös werd g'scheiter sei!«

»Sie sind ein ordinärer Mensch, Herr Trinkl! Ich verkehre nicht mehr mit Ihnen...«

»Bleib' halt weg, spinnata Deifi! Spinnata!«

Herr Elfinger hatte sich mit raschen Schritten entfernt und war schon in der Dunkelheit entschwunden, da schrie ihm Herr Trinkl noch durch die hohlen Hände nach: »Druck di, du Hanswurscht, mit dein Duwäl!«

Und zum Bäckermeister Schwarz sich noch immer erregt wendend, fragte er: »Hast d' scho amal so was Dumm's g'hört? Der bracht's außa, als wenn da Pfaffinger Schorschl so a Karmenadlstudent waar!«

»I hab'n net recht vastand'n«, sagte Herr Schwarz. »Moant er, daß de mit'n Sabl da so aufanand trischak'n müaßt'n?«

»Oder schiaß'n, vastehst? Mit da Pistol'n! Der Pfaffinger Schorschl werd si von so an Hungerleider aufi schiaß'n lass'n. Dös kost da denk'n!«

»Als der oanzige Sohn vom Danglbräu in Matzing!« rief Bäckermeister Schwarz voll Hohn aus, denn auch er hatte sogleich die ganze Lächerlichkeit dieses Gedankens erfaßt.

»Also mir sollt oana mit so a'ra Duwälforderung kemma!« setzte er hinzu. »Grad kemma sollt oana! Was? sag i... fordern möcht'n Sie mi? Auf was denn, sag i... und an Schiaßa fürag'langa hintern Bachofa und den am Kopf aufi hau'n mit da Pretsch'n... vastehst... daß er drei Tag lang auf alli vieri umanandkriachat... fordern möcht er mi... so waar's recht! Fordern! An Bürger aa no koan Ruah lass'n mit dena Duwälg'schicht'n! I tat an Nudelwalgla nehma und den aba scho so umanandlass'n... da hast dei Duwäl! sag i... und hau eahm oani über sein Gipskopf umi, daß er grad staubet... da... sag i... und da... hast d' no oani...«

»Herrgott! Gib do acht! Haut er mir an Huat aba!« schrie Trinkl.

»Muaßt scho entschuldinga... aba da kunnt'st scho belzi wer'n... net... bal oan so was unterkimmt... Fordern möcht oan der Schreiberg'sell...«

Und man hörte noch lange ihre erregten Stimmen, da sie den Stadtplatz mehrmals hinauf und wieder herunter gingen.

»Sie san aber einer!« lispelte Fräulein Fanny Trinkl, als sie in Gesellschaft des Herrn Pfaffinger den Höllbräusaal verließ.

Der stattliche Brauereivolontär warf sich in die Brust und sagte mit geheucheltem Gleichmute: »Da gibt's bei mir nix!«

»Ich bin so derschrocken, wie Sie auf einmal aufg'sprungen sind. Jessas Maria! hab ich mir denkt, es werd doch kein Unglück geb'n, daß er Ihnen was tut...«

»Der – mir?«

»Man weiß halt oft nicht...«

Herr Pfaffinger schob den Hut verwegen aus der Stirne.

»Solchene derfen drei daherkemma, nacha fürcht' i s' aa no net.«

Das üppige Mädchen sah bewundernd zu dem Ritter auf, der sich kraftvoll in den Hüften wiegte und mit den Fingern schnalzte, gleichsam um zu beweisen, wieviel ihm an einer ganzen Schar von Gegnern läge.

Fannys rehbraune Augen trafen sich mit seinen etwas hervorquellenden wasserblauen und senkten sich sofort, indessen sie wiederum rief: »Nein, Sie sind aber einer!«

Offenbar hegte Herr Pfaffinger die gleiche günstige Meinung von sich; denn sein ganzes Gebaren verriet, daß er mit der Bewunderung seiner Persönlichkeit beschäftigt war.

»Ich hätt' mir gar nicht denkt, daß Sie so heftig sein können...«, sagte Fräulein Fanny.

»Ja, da kenn i nix.«

»Wie Sie den Stuhl z'ruckg'stössen haben, und auf und hin...«

»Da gibt's koana Würschtel!...«

»Und wie Sie ihm eine hing'haut haben, daß 's ihn gleich draht hat!«

Wieder gingen sie eine Weile schweigend nebeneinander, und indessen Herr Pfaffinger beim Schein einer Straßenlaterne respektvoll seine große Hand betrachtete, huschten Fannys Blicke wieder beifällig über ihn hin. Schön war er nicht –

Ein gewissermaßen viereckiger Kopf auf einem kurzen Halse; eine stumpfe Nase, dicke Lippen, die sich nicht ganz schlossen, so daß man die unregelmäßigen Zähne sah, der Teint von jener biersäuerlichen Blässe, wie sie Schenkkellnern und Bräuburschen eigen ist... All das ließ den Pfaffinger Schorschl nicht gerade als verführerisch erscheinen, und doch besaß er Reize, die ein altbayrisches Mädchen, wenn auch noch so flüchtig, wohl bemerken konnte.

Derbe Rundungen und Breiten und Grobschlächtigkeiten, die vielverheißend waren.

»Eigentlich san S' wegen meiner in die G'schicht nein kommen, weil ich mich beschwert hab', daß die Tür offen war, und mich hat's nachher schon g'reut...«

»Da braucht Ihnen nix reu'n, Fräulein Fannerl...«

»Aber do, wenn S' jetzt solchene Unannehmlichkeiten hamm...«

»Dös is mir ganz egal...« Schorschl sagte wirklich egal... »Bald ich amal bei einer Dame sitz... nacha muß ich auch für die Dame eintreten...« Ein zärtlicher Blick traf ihn, und seine wasserblauen Augen streiften wohlgefällig über den sehr stattlichen Busen des Mädchens und blieben daran haften.

Vielleicht war es der Wunsch, diesen straffen Formen näher zu rücken, vielleicht war es eine aufquellende Zärtlichkeit... Schorschl streckte seinen Ellbogen hin und fragte: »Darf ich Ihnen nicht meinen Arm anbieten, Fräulein?«

Fanny hing sich ein, und beide fühlten wohlig eines die Wärme des anderen.

»Da gibt's nix«, sagte Schorschl, »bal ich amal mit einer Dame beisammen bin...«

»Sie sind einer!«

»In Freising, wia 'r i studiert hab', da hat amal oana auf an Ball meiner Dame auf'n Fuaß tret'n. Dem hab i a paar abazog'n und hab'n über d' Stiag'n abi g'schmiss'n, daß er dös halbe G'lander mitg'numma hat...«

»Jessas Maria!...«

»Und amal hat unser Verbindung a Gartenfest g'habt...«

»Waren S' bei an Studentenkorps?«

»Bei der Cerevisia in Weihenstephan in der Brauschul'... und da hamm mir a Gart'nfest g'habt, und da hat oana mit meiner Dame 'sSpeanzeln o'g'fangt... dem hab i aa zoagt, wo der Bartl an Most holt...«

»Sie sind g'wiß ein rechter Don Schuang g'wesen?«

»Han?«

»Daß Sie recht poussiert hamm?«

»Gar so arg is 's net g'wes'n...«

Schorschl lächelte aber doch vielsagend, und Fanny wollte hastig ihren Arm zurückziehen und wurde festgehalten.

»Mit Ihnen sollt' man sich gar net geh'n trauen... Sie sind vielleicht ein ganz gefährlicher...«

»Eahna waar i net feind, Fräulein Fannerl!«

»Sie Schlimmer!«

»G'wiß is wahr, i hab's Eahna scho lang sag'n woll'n...«

»Was?«

»Daß S' mir gar so guat g'fall'n...«

Ein zärtlicher Blick streifte ihn.

»Sie möcht'n mich g'wiß derbleck'n!«

»G'wiß net... überhaupts gibt's dös bei mir durchaus net... Freil'n Fannerl... dös dürfens net glaub'n... Fannerl...«

Sie drückte sich näher an ihn, und er wurde eifriger.

»Moana S' denn, i hätt' mi so gift' über den Tresser, wenn i Eahna net gern hätt...«

»Das sagen S' halt so...«

»Na! Wenn i no red'n kunnt... aba da auf da Straß ko ma ja net red'n... wenn S' mi bloß a bisserl ins Haus nei lasset'n, Fannerl!«

»Aba Herr Pfaffinger!«
»Bloß in Hausgang! Daß ma dischkrier'n kunnt'n...«
»Aba dös geht doch net!«
»Warum denn net? Bloß red'n, Fannerl, weil i Eahna gar so gern hab'.«
»Dös merkt doch der Vata!«
»Der merkt nix!«
»Hören S' auf! Was Sie red'n!«

Und wenn Herr Pfaffinger auch nicht gewandt genug war, um eine Situation blitzschnell zu überschauen, bemerkte er doch den sachlichen Ernst, der in der Abwehr des Mädchens lag.

»Geht's gar net... Fannerl?«
»Genga's Sie!«
»I waar mäuserlstaad...«
»Aba Herr Pfaffinger!«
»Geh! Wenn i d' Stiefel ausziahg...«
»Jessas na!«
»Höret mi koa Mensch...«
»Ja, wia red'n denn Sie?«
»Fannerl!«

Er zog das Mädchen an sich. Seine linke große Hand verirrte sich auf den prallen Busen, indes er mit der rechten die schwach sich Sträubende rückwärts faßte und auch hier Anlaß zur stürmischen Werbung fand.

»Du Trutscherl, du liab's!«
»Herr Pfa...«

Seine breiten Lippen erstickten ihre Stimme, und sie legten sich breit und feucht auf ihren Mund. Ehrlich erwiderte sie den Kuß.

»Du Gschmacherl, du!«
»Schorschl!«

– – – – – – – – – – – – – – – – – – – –

»Also paß auf, Fannerl, i ziahg d' Stiefeln aus... werst sehg'n, es hört mi neamd...«
»Aba da Vata schlaft do no net...«
»Der schlaft scho!«
»Geh! Wenn er do jetzt erst hoam geht...«
»Nacha wart i halt a halbe Stund, bis er eing'schlaf'n is... und du machst mir d' Haustür auf!«
»Na... Schorschl... dös geht net...«
»Leicht geht's.«
»Was denkst da denn du von mir? So schnell! Na... dös geht amal net...«

»Geh weiter... Trutscherl! Jetzt dös derfst mir net o'toa!«
»Was?«
»Jetzt hab' i mi a so g'freut... und nacha waar's nix!«
»Aba wenn's net geht!«
»Und i hab' mi so für di ins Zeug g'legt!«
»Aba Schorschl!«
»Ja... Und du tatst mir gar koan G'fall'n!«
»Wenn aba da Vata net so g'schwind ei'schlaft!«
»Na... wart i a Stund...«

Fannerl schien zu überlegen, und da die Ergebnisse solcher Überlegungen immer die gleichen sind, sah Schorschl beseligt in die Zukunft...

»Aba daß d' ja net früher kummst...«
»Na...«
»Und net an d' Stiag'n hi stößst...«
»I sag da ja... daß i d' Stiefel ausziahg...«
»Jessas! Jessas! Was muaßt dir du von mir denk'n!«
»Daß du a G'schmacherl bist!«
»Dös hast g'wiß scho zu viele g'sagt!«
»Dös? Na... dös hab i no zu gar koane g'sagt! Derfst d'as g'wiß glaab'n...«

Er war doch ein Don Schuang und kannte das weibliche Herz.

Ein neuer Kuß befestigte das Versprechen, und innig aneinandergeschmiegt schritten die beiden dem Hause zu, in das Schorschl so bald einzuschleichen gedachte.

Auf dem Stadtplatze hörten sie die rauhen Worte des Herrn Schwarz durch die stille Nacht schallen und stießen auch bald auf den ahnungslosen Vater, der sie freudig begrüßte.

»Ah! Der Herr Pfaffinger! Hamm S' mei Fannerl begleit'?«

»Ich hab mir erlaubt, weil mir Ihnen nicht mehr g'sehen haben...«

»Ja... i hab da a kloane Aussprach' g'habt... über Eahna, Herr Pfaffinger...«

»Ah so! Weg'n der Gaudi?...«

»Ja... und die Folgen, wo mir der Elfinger, der Hansdampf, der spinnate, hätt erzähl'n mög'n. Daß Sie a Duwäl kriag'n...«

»I?«

»Ja... sagt der Elfinger...«

»Um Gott'swill'n... Herr Pfaffinger... weg'n mir...«

»Da brauchen Sie keine Angst nicht zu haben, Fräulein!«

»Dös hab i aa g'sagt... so a Schmarrn, sag i... auf d' Kirta laden S' den Kerl ei, wenn er Eahna was will...«

»Geh, Vata!«

»Is ja wahr aa... dös is de richtige Antwort... Also guat Nacht, Herr Pfaffinger, und b'suachen S' mi amal... werd mir an Ehr sei!«

»Guat Nacht, Fräulein!«

»Gut Nacht!«

Noch ein Blick, der alles auf ein neues bestätigte, dann huschte das Mädchen ins Haus, die Türe klappte ins Schloß, Herr Pfaffinger entfernte sich mit absichtlich lauten Schritten.

– –

Ob es nun gerade eine Ehre für den Stadtvater Trinkl war, als Schorschl eine schwache Stunde später und sehr viel leiser wieder zu dem Hause kam, die Türe frohlockend geöffnet fand und auf den Fußspitzen gehend sich einschlich? Für ihn war es jedenfalls ein Glück.

Da stand er im Dunkeln und fühlte die Nähe des Mädchens. Ein leises Rascheln. »Pst!«

Eine Hand ergriff die seine... eine Stimme flüsterte dicht an seinem Ohr: »Ziahg d' Stiefeln aus!«

Und er zog sie aus.

Es ist Zeit, von Anton Gumposch zu reden. Denn über allem darf nicht vergessen werden, daß in der tätlichen Mißhandlung eines akademisch gebildeten Mannes der Anlaß zu einem Ehrenhandel vorlag, jedenfalls vorliegen konnte, wenn anders die uralten Gebote der Ehre auch in diesem südlichen Winkel unseres deutschen Vaterlandes noch nicht alle Geltung verloren hatten.

Daß sie es *nicht* hatten, daß sie zum mindesten nicht stillschweigend übergangen werden konnten, dafür bürgte die Existenz des Herrn Anton Gumposch.

Er war wohlhabender Rentner, Sohn und Enkel reicher Gutsbesitzer, der seine Stellung in der Gesellschaft wie seinen Bildungsfonds als Hospitant einer Universität erhöht hatte, oder, genauer gesagt, als Mitglied eines Korps. Er liebte den Schein der Arbeit und war immer bemüht, ihn sich zu geben, und wenn ihm auch jeder Trieb zu ernsthafter Beschäftigung fehlte, war er doch Tag für Tag lebhaft und regsam und beobachtete nicht ohne Strenge die Arbeit seiner Mitmenschen.

Wer sich rechtschaffen plagte, durfte sicher sein, daß ihm Gumposch wohlwollend auf die Achsel klopfte, und wer es im Kampfe ums Dasein vorwärts brachte, konnte in dem anerkennenden Lächeln des Herrn Gumposch den Ansporn zu neuen Anstrengungen erblicken.

Naturgemäß und ganz von selbst mußte sich ein so liebevolles Interesse für die Umwelt auch auf das Gemeinwohl erstrecken, und Gumposch war denn auch rastlos bemüht, alle Maßnahmen, Fürsorgen, Veranstaltungen und Anordnungen der städtischen Behörden Dornsteins einer sachlichen Prüfung wie einer ständigen Besprechung zu unterziehen. Sein nie ruhender Geist ersann täglich Pläne zur Hebung des Wohlstandes und Ansehens der Gemeinde; Hebung, Entwicklung, Fortschritt waren die Leitmotive seiner unzähligen Probleme, und so sehr stand er unter ihrem Banne, daß er nicht einmal die Möglichkeit eines Vorschlages prüfte, wenn er unter dem Zeichen von Hebung und Fortschritt zu stehen schien.

Gumposch versah im Geiste alle Berge der Umgebung mit Drahtseilbahnen, wollte auf den Höhen Riesenhotels anlegen, Bäche anstauen, um Seen für den Wintersport zu erhalten, rundum im Lande alle Wasserkräfte erwerben zu großen städtischen Fabrikanlagen, er projektierte elektrische Bahnen nach allen Ausflugsorten, Konzertsäle und Kaffeehäuser in der Stadt, und war immer mit einem neuen Plane zur Hand, wenn die Dornsteiner Rückständigkeit den alten kopfschüttelnd abgelehnt hatte, und war immer begeistert und ließ über den Häuptern einer grämlichen Philisterschar die Fahne des Fortschrittes flattern, des Fortschrittes, der Hebung und der Entwicklung.

Gumposch war als Politiker jenem früher allgemein üblichen Liberalismus zugetan, der ohne eigentliches Programm nur ab und zu bemerkbar wurde, wenn er sich gegen ultramontane Bedrückung aufbäumte oder sich bei Festen in Liedern erging. In gewöhnlichen Zeitläuften machte er nicht viel Aufhebens von seinen polischen Meinungen und vermochte sie auch wohl zu ändern und anzupassen, aber wenn Wahlen im Reiche waren, erhob Herr Gumposch einen starken Lärm, ließ sich auf den Schild heben und vermaß sich, der liberalen Idee neues Terrain zu erobern. Im ›Dornsteiner Boten‹ tauchten Nachrichten auf von Reden, die unser Herr Gumposch hier und dort gehalten hatte, und von sichtbaren Eindrücken, die seine vaterländisch tiefempfundenen Worte auf die Bevölkerung gemacht hatten.

Das ›Dornsteiner Wochenblatt‹ hingegen strotzte von hämischen Invektiven gegen den verdienten Bürger der Stadt und mußte in jeder Nummer Gumposchische Erwiderungen auf Grund des bekannten Paragraphen bringen, mit Repliken und Dupliken, in denen ein überlegener Hohn bald auf dieser, bald auf jener Seite zu finden war.

In solchen Zeiten, da deutsche Männer ihre ganze Vaterlandsliebe aufbringen müssen, um nicht vom Ekel übermannt zu werden, und ihre ganze Kraft, um nicht erschöpft zusammenzubrechen, und ihren nimmer versiegenden Glauben an Deutschlands Zukunft, um nicht daran zu verzweifeln, in solchen Zeiten fühlte sich Gumposch am wohlsten.

Das Zielscheibesein für gewissenlose Angriffe oder für Pfeile aus dem Hinterhalte war seiner Natur so recht entsprechend und stillte sein Bedürfnis, ein Mittelpunkt zu sein.

In solchen Zeiten konnte er es freudig erleben, daß auch stumpfe Naturen bei seinem Anblick in Bewegung gerieten, daß sonst gleichgültige Bürger vielsagend mit den Augen zwinkerten, wenn sie ihm begegneten, daß im Gasthause bei seinem Eintritte die Leute die Köpfe zusammensteckten, und es kam auch vor, daß der eine und andere ihm lautes Lob erteilte.

Und wenn dann am Wahltage, wohlgemerkt auf Kosten des Herrn Gumposch, im Redaktionsfenster des ›Dornsteiner Boten‹ nach ganz neuzeitlichen Prinzipien die Wahlresultate hinter beleuchtetem Glase auftauchten und in diesem magischen Licht auch der Name Gumposch erstrahlte, und war es mit noch so wenig Stimmen des Durchfalles, dann bildete dieser Moment einen schönen Abschluß beseligender Wochen. Man sieht, daß dieser Mann ein Pol im Kreise der öffentlichen Interessen war, und darum noch einmal: es ist Zeit, bei diesem Ehrenhandel von ihm zu reden.

Er stand vor der Tatsache, daß Herr Rechtspraktikant Tresser nach einem heftigen Wortwechsel im überfüllten Höllbräusaale von Herrn Pfaffinger geohrfeigt worden war, und er war keineswegs geneigt, diesen Vorfall leicht zu nehmen oder ihn mit sattsam bekannten Vernunftgründen aus der Welt zu schaffen oder mit Worten einer billigen Entrüstung abtun zu lassen.

Nein! Hier war endlich ein wirklicher Skandal gegeben, an dem Leute beteiligt waren, von denen der eine gewiß, der andere vielleicht zum Verständnisse des tiefen Ernstes der Sache gebracht werden konnte.

Und Gumposch fühlte sogleich, daß er der Mann dazu war, diese Angelegenheit in die Hand zu nehmen, ihr Einschlafen zu verhindern, ihr einen honetten Ausgang zu verschaffen.

War es ohne Bedeutung für den gebildeten Teil der Dornsteiner Gesellschaft, wenn die bürgerliche Welt sah, daß dieses Renkontre nicht anders und nicht ernsthafter behandelt wurde wie etwa eine Schlägerei in den niederen Schichten? War es ohne erzieherischen Wert, wenn das Bürgertum einsehen lernte, daß zwischen seiner Auffassung von Händeln und ihren Folgen und der Auffassung von satisfaktionsfähigen Männern denn doch ein unüberbrückbarer Abgrund klaffte? War es zuletzt für die Reputation der Stadt so gleichgültig, wenn hier Prügeleien nicht anders bemessen wurden als in dem nächsten Bauerndorfe?

Noch einmal nein!

Hier war Gelegenheit geboten, mit höheren Ansichten durchzudringen, dem Ehrenstandpunkte Geltung zu verschaffen, gegenüber einer Bevölkerung, die nur zu leicht geneigt war, die Schranken nicht zu sehen, welche sie von der gebildeten Klasse trennten.

Wenn diese Bevölkerung mit aus Grauen und Bewunderung gemischten Empfindungen sehen mußte, daß in gewissen Sphären ein Mann eben doch anders für seine Handlungen einzustehen habe als Krethi und Plethi – jawohl Krethi und Plethi –, dann fiel von der abgerungenen Hochachtung auch für den Mann ein gut Teil ab, der dem Ehrenstandpunkte zum Siege verhalf und seine Zugehörigkeit zur besten Klasse klar und deutlich und weithin sichtbar bewies.

Alle diese Gründe, in einem Selbstgespräche und vor dem Spiegel mit Kraft vorgetragen, brachten Herrn Anton Gumposch schnell zu dem Entschlusse, seine Person in den Vordergrund zu schieben und das pöbelhafte Ereignis auf ein höheres Niveau zu bringen.

Der Weg zu diesem Unternehmen war vorgezeichnet. Daß Herr Tresser nicht erst einer Überredung bedurfte, um in der Sache klar zu sehen, war wohl anzunehmen.

Hingegen erschien es mehr als zweifelhaft, ob Herr Georg Pfaffinger nach Erziehung und Charakter in der Lage war, seine Pflicht zur Genugtuung voll zu begreifen.

Hier also mußte der Leiter der Angelegenheit einsetzen.

Zum ersten war die Frage zu prüfen, ob der Brauereivolontär satisfaktionsfähig war.

Vor nicht langer Zeit hatte die Regierung der Brauereiakademie den Charakter einer Hochschule verliehen, und damit war offenbar nicht nur dem Biersieder die Würde einer gelehrten Beschäftigung zugesprochen worden, sondern auch den Kandidaten die Eigenschaft des akademischen Bürgers.

Es bestand sohin gegründete Hoffnung, daß Herr Georg Pfaffinger auch von strengen Beurteilern für satisfaktionsfähig betrachtet werden konnte – – aber!

Ob sich der Mann diese Eigenschaft selbst zuerkannte, in einem Zeitpunkte, da sie für ihn brenzlich war, das mußte bezweifelt werden.

Gumposch, der sich zuweilen auch jovial zu geben wußte, kannte Schorschl von einigen gemeinsamen Früh- und Abendschoppen her und hatte einen Einblick getan in dessen robustes und bildungsfremdes Wesen.

Der ungeschlachte Jüngling hatte von Welt und Menschen eine

durchaus bräuburschige Ansicht, und seiner Art lag es bestimmt näher, Streitigkeiten mit Watschen als mit Pistolenschüssen auszutragen.

Vielleicht wäre jeder andere zurückgeschreckt vor der Aufgabe, einen Pfaffinger über ritterliche Pflichten aufzuklären, vielleicht hätte jeder andere dieses hoffnungslose und übel angebrachte Beginnen von sich gewiesen, aber Gumposch hatte das stärkste Vertrauen auf die Macht seiner Persönlichkeit, und er ging sogleich daran, sein Vorhaben auszuführen.

Er zog seinen Gehrock an und bedeckte das Haupt mit einem Zylinderhute, und wenn dieser feierliche Aufzug an einem Werktage in Dornstein Aufsehen erregen mußte, so war das ganz und gar nicht den Absichten des Herrn Gumposch zuwider, denn er war nicht der Mann, eine so wichtige Sendung in Heimlichkeit und Stille zu vollziehen.

Im Gegenteil, als er an diesem hellen Vormittag über den Stadtplatz wandelte, verstärkte er so viel er nur konnte durch seine düstere Miene die Seltsamkeit seiner Erscheinung, und er bemerkte es gerne, daß man die Hälse reckte und aus Fenstern nach ihm sah.

Der Metzgermeister Eder pfiff und schrie hinter ihm her, was denn los wäre, und der Uhrmacher Haas nahm hastig das Vergrößerungsglas von seinem Auge und humpelte ins Freie.

»Herr Gumposch! Pst! Sie, Herr Gumposch, is a Leich oder was?«

Heut is keine Leich oder was«, sagte Gumposch ungnädig und wie ein Mann, der nicht aufgehalten zu werden wünscht.

»Ja no! Weil S' an Bratlrock o'hamm. Machen S' an B'suach?

»Besuch?«

Gumposch blickte dem neugierigen Uhrmacher ins Auge und sagte, jede Silbe betonend: »Jawohl, Herr Haas, ich mache einen Besuch!«

Haas verstand, daß hier irgend etwas im Hintergrunde lauere und erschrak beinahe darüber.

»S... soo? Und bei wem, wenn i frag'n derf?«

»Sie dürfen eben nicht fragen.«

»Net?«

»Respektive«, sagte Herr Gumposch, »respektive ich darf Ihnen keine Antwort nicht geben...«

»Ja, aber...«

»Was?«

»I moan, warum nacha net?«

»Weil es Dinge gibt, Herr Haas, über die man nicht spricht.«

Bei diesen Worten machte Gumposch eine scharfe Wendung nach

links in die Hafnergasse und ließ den verblüfften Uhrmacher in tiefem Sinnen stehen.

»... Wei... weil...?«

Weil es Dinge gibt, von denen sich eure Schulweisheit nichts träumen läßt, schlichter Bürger...

Schauen Sie ihm nach, wie er dahingeht mit dem in die Stirne gedrückten Zylinder, winken Sie Ihrem Nachbar, dem Lohgerber, zu, der mit noch aufgekrempelten Ärmeln unter der Tür steht, wispert miteinander, lacht oder klopft vielsagend an die Stirne, ihr ahnt es nie, daß dieser Mann einen Gang geht, von dem Leben oder Tod abhängen kann!

Obwohl dem bedeutsam Ausschreitenden auch von hinten etwas anzusehen wäre, was man Schicksalsschwere nennen könnte.

»Herein!«

Mit stark verschleimter Stimme: »Herein!«

Herr Pfaffinger drehte sein Haupt, auf dem alle Haare wirr durcheinander geraten waren, mühsam gegen die Türe hin und versuchte es, die verklebten Augen zu öffnen.

Sein unsagbar leerer Blick fiel auf seine Hausfrau Margarete Holdenried, die ihn eifrig und mehrmals anrief.

»Herr Pfaffinger! Herr Pfaffinger!«

»Wos denn?«

»Da Herr Gumposch is da!«

»Da... da...?«

»Da Herr Gumposch!«

Das Erinnerungsvermögen Schorschls erstreckte sich offenbar nicht auf diese bedeutende Persönlichkeit.

Er sagte »von mir aus!«, gähnte und drehte sich um.

»Ja, aba Herr Pfaffinger, da Herr Gumposch möcht Ihnen doch sprechen!«

»Han?«

»Er muß Ihnen auf der Stell sprechen, hat er g'sagt...«

»Mi?«

»Freilich, es muaß was Dringends sei...«

»Er soll ma mei Ruah lass'n...«

»Ja, aba, wenn er do sagt...!«

»I steh net auf.«

Frau Holdenried stand ratlos unter der Tür und sah auf ihren Zimmerherrn, der die Decke über die Schultern zog und zu schnarchen anfing.

»Aba...«

»Lassen S' mich nur herein«, sagte Herr Gumposch, schob sie höflich ein wenig beiseite und betrat das Zimmer.

»Jessas, wia's aba da ausschaugt!« seufzte Frau Holdenried, » ... und ... und«, setzte sie bei und öffnete ein Fenster.

»Ich muß eine Viertelstund' allein sein mit'n Herrn Pfaffinger«, mahnte der Besucher.

»Aba wia's da ausschaugt!«

»Das ist jetzt Nebensache ... auf das geb' ich gar nicht acht ...«, sagte Herr Gumposch.

»Ja no, wenn S' meinen, aba ...«

Frau Holdenried schüttelte mißbilligend das Haupt und übersah noch einmal mit einem Blick die wüste Unordnung im Zimmer, hob die Weste vom Boden auf, erhaschte die beiden Stiefel, schüttelte wieder das Haupt und ging.

Es war still in dem Zimmer; vom Bett her tönte es leise und gleichmäßig wie der Klang einer langsam gezogenen Säge.

»Herr Pfaffinger!«

Es kam keine Antwort, und die Haarwildnis, welche in den Kissen lag, geriet nicht in die geringste Bewegung.

Gumposch klopfte mit dem Stock auf das Bett, einmal, zweimal, öfter. »Herr Pfaffinger!«

Die Haarwildnis drehte sich um, langsam schob sich die Decke ein wenig herunter, und langsam schob sich der Deckel des einen Auges so weit hinauf, daß dieses verständnislos auf Herrn Gumposch starren konnte.

Dieser nahm einen Stuhl und setzte sich mitten in das Zimmer. Sein Kinn stützte er fest auf die Hände, die er über der Krücke seines Spazierstockes gefaltet hatte, und richtete seine Augen ernst und unverwandt auf den jungen Menschen, dem er eine Pause gönnte, um die Wichtigkeit des Augenblickes wie jene des Besuchers allmählich zu begreifen.

Schorschl schloß vor den strengen Blicken des Herrn Gumposch die Augen und öffnete sie nur zögernd wieder, und immer auf ein neues zeigte sich darin Erstaunen über die Erscheinung des Sendboten der Ehre.

Dieser räusperte sich etliche Male und sagte mit tiefer Stimme:

»Ja, ja ... das ist eine böse Sache, Herr Pfaffinger!«

Schorschls Gedanken reihten sich noch keineswegs geordnet aneinander.

»Wia?« fragte er.

»Sie haben sich was Böses eingerührt, gestern nachts ...«

Die Erinnerung an eine leise knarrende Stiege, an eine Türe, die beim Schließen ein wenig geächzt, an eine Hand, die ihn geführt hatte, die Erinnerung an volle Arme, die sich um seinen Hals geschlungen hatten, tauchte in Herrn Pfaffinger auf und vermochte ihn, seine Augen weiter zu öffnen.

Da saß vor ihm ein Mann, der ihn bitterernst anblickte und beinahe traurig mit dem Kopfe nickte... irgendein Grund mußte ihn doch hergeführt haben... sollte wirklich der Vater was gemerkt... die Tochter was gestanden haben?

Sein Herz fing an, schneller zu schlagen.

»Wia?« fragte er unsicher, beinahe ängstlich.

Gumposch, als ein gewiegter Menschenkenner, sah wohl, daß seine Anwesenheit Gemütsbewegungen verursachte, und das freute ihn und erregte in ihm sogar ein gewisses Wohlwollen mit seinem Opfer.

»Tja!« sagte er, »lieber Pfaffinger, wie stellen Sie sich das vor, daß die Sach 'nausgeht?«

Wie stellte man sich das vor?

Die Gedanken Schorschls richteten sich langsam auf ein paar Möglichkeiten, Unannehmlichkeiten, auf Verdruß daheim, Verlust an Geld, auf lange Weibsbilderreden.

Er sah zerknirscht aus, was Gumposch sich hoch anrechnete, und da er nun den Augenblick gekommen sah, wo er mit einer wohlgesetzten Rede einfallen mußte, erhob er sich und wandelte im Zimmer hin und wider und war darauf bedacht, seine Perioden abzurunden.

»Da haben wir die alte Geschichte«, sagte er, »die Jugend, die einfach... brrr... drauflos stürmt, nichts überlegt, an keine Folgen nicht denkt, hitzig, nichts wie hitzig! Wacht man hernach am anderen Tag auf, dann kommt die Überlegung. Jetzt sieht der Mensch, was er für eine Dummheit gemacht hat. Wie? Was sagen S'?«

Schorschl sagte eigentlich nichts. Er brummte wohl etwas in die Bettdecke hinein, aber es gehörte nicht unbedingt zur Sache und paßte keineswegs zu dem würdigen Ton, den Herr Gumposch angeschlagen hatte und festhielt. Bemerkenswert war nur, daß der junge Mensch in diesem Augenblick beschloß, faustdick zu lügen und nichts zu gestehen, nicht das geringste zu gestehen und faustdick zu lügen. »Ja, da brummen Sie!« konnte nun der Redner fortfahren, »das verdrießt Sie womöglich noch, daß man ihnen die Wahrheit sagt, aber die müssen Sie schon annehmen von einem Manne, der das Leben kennt und der in solchen Dingen seine Erfahrung hat. Seine reichliche Erfahrung, mein lieber Pfaffinger, und Sie müssen ja nicht glauben, daß ich über die Sache urteile, wie... wie... sagen wir... ein Prolet oder ein Bürger... Ich sage auch nicht, daß so was absolut nicht vorkommen kann... du lieber Gott! Ich war auch kein Guter, wie ich so alt war wie Sie, ich war ein verdammt scharfer Kerl, das kann ich Ihnen sagen, und deswegen verstehe ich das Vorkommnis, verstehe es vollkommen. Sie müssen nicht glauben, daß ich Ihnen Vorwürfe machen will, ich betrachte es nur als meine Aufgabe, Ihnen mit Rat und Tat beizustehen ...«

Schorschl fand, daß dieser Mann sehr lange brauchte, bis er die Katze aus dem Sack ließ, und er betrachtete ihn blinzelnd und voll Unbehagen, wie er da auf und ab schritt und redete wie ein Buch.

Er sollte endlich einmal herausrücken mit der Farbe, damit man frischweg lügen konnte...

»Pfaffinger«, sagte Herr Gumposch nun väterlich und zutunlich und sah den jungen Menschen wohlwollend an, »Pfaffinger, Sie betrachten sich doch selber als satisfaktionsfähig?«

»... Wia?«

»Nachdem Weihenstephan jetzt eine Hochschule ist, nicht wahr, haben doch die Angehörigen dieser Hochschule, nicht wahr, auch ihrerseits das Bestreben, als satisfaktionsfähig zu erscheinen ...?«

»Wia?«

Gumposch wurde ärgerlich.

»Also, das ist doch klar, daß Sie dem Herrn Rechtspraktikant Tresser nicht bloß eine herunterhauen können und damit fertig! Wir leben doch nicht unter den Aschantis, nicht wahr, oder unter den Bauern ...«

»Ja so!« Schorschl sagte es nicht eigentlich und deutlich. Seine ganze ängstliche Spannung löste sich auf in einem »Ja so!« Er rutschte mit einem kaum zu beschreibenden wohligen Gefühle tiefer unter die Decke, er streckte froh und erleichtert die Beine aus und spielte behaglich mit den Zehen und drehte sich gegen die Wand, und sein ganzes Wesen war nur ein »Ja so!« »Wir leben doch nicht unter den Aschantis!« wiederholte Gumposch, der diesen seelischen Vorgang nicht bemerkte, weil er eben seinen Marsch durch das Zimmer wieder aufnahm. »Wenn ihr Weihenstephaner das Bestreben habt, unter die Gebildeten aufgenommen zu werden, so müßt ihr euch auch klar sein, daß es hier, daß es in solchen Dingen nur ein Entweder – Oder gibt. Entweder man ist Knote, oder man gehört zu den Leuten, welche die Verantwortung für ihre Handlungen auf sich nehmen. Ist man Knote, will man Knote sein, – gut! Dann war es nicht notwendig, daß ich mich hierher bemüht habe, dann war es sehr überflüssig, sich den Rat eines Mannes zu erbitten, der von Jugend auf gewohnt ist, Differenzen in ehrenhaftester Weise auszutragen. Dann war es ganz und gar nicht angebracht, sage ich, einem solchen Manne die Entscheidung zu überlassen, die Entscheidung darüber, ob hier anständig oder proletenhaft, jawohl, ich sage proletenhaft, verfahren werden soll; denn darüber konnte kein Zweifel sein, wie meine Ansichten sind, und jedenfalls würde ich es mir ganz energisch verbitten, in diesem Punkte Zweifel zu haben. Wie gesagt, die Frage lautet ganz einfach: Wollen Sie ein Knote sein und als Knote gelten, Herr Pfaffinger? Ja oder nein?«

Es ertönte weder das eine noch das andere. Sondern, erst leise einsetzend, dann zäh und wuchtig, als gelte es, Verlorenes nachzuholen, schnarchte der junge Mensch, dem hier so eindringlich wie uneigennützig ins Gewissen geredet worden war. Schnarchte dergestalt, daß jede Aussicht auch auf zeitweilige Unterbrechung ausgeschlossen erschien. Gumposch war mehr als indigniert, er war angefüllt mit Verachtung. Er nahm Stock und Hut, stellte sich vor das Bett und warf einen stechenden Blick auf diese jedes Pflichtgefühles bare und trotzdem in tiefstes Behagen versunkene Masse.

»Also Knote!« sagte er und ging.

Aber, wie gesagt, über all dem darf man nicht vergessen, daß ein Mitglied der besseren Stände, und einer, dem die Laufbahn im Staatsdienste eröffnet war, vor einem zusehenden Publikum das erhalten hatte, was auch eifrigste Beschönigung eine Maulschelle heißen mußte. Daß sie nicht einfach hingenommen werden konnte, war die Meinung aller Beamten, deren Leidenschaftlichkeit nicht gänzlich unter Aktenstaub erloschen war, und so konnte denn ein aufmerksamer Beobachter wohl bemerken, daß zwei Tage nach dem Vorfalle ein lebhafter Frühschoppen im Gasthofe zur Post herrschte. Der gebildete Teil der Bevölkerung trank hier ein Glas Wein und trank es mit tiefstem Unwillen, mit einem Gefühle, das man seiner weisen Mäßigkeit halber Indignation nennen könnte. Er hatte sich immer mehr erhitzt, als Gumposch erklärte, daß der ungehobelte Flegel, nämlich Herr Georg Pfaffinger, nicht das geringste Verständnis für das Wesen der Satisfaktion besitze.

Solange darüber nicht Klarheit herrschte, hatten die alten Studenten und freien Burschen das unangenehme Nebengefühl gehabt, daß ein Waffengang in Dornstein auch für entfernt Beteiligte große Unannehmlichkeiten nach sich ziehen könne. Jetzt, da für ängstliche Bedenken kein Platz mehr war, traute sich bei Oberamtsrichter Herzensfroh wie bei jedem der tiefe Ingrimm über den Lümmel hervor. Man war sich sogleich darüber einig, daß unter diesen Umständen dem ganzen klobigen Spießbürgertum ein heilsamer Schrekken eingejagt werden müsse durch eine scharfe Forderung auf Pistolen.

Natürlich würde sie Pfaffinger nicht annehmen, wie Herr Gumposch immer wieder versicherte, aber die bange Erkenntnis würde in ihm aufdämmern, daß er mit seiner Roheit an Kreise geraten war, deren scharfkantige Ehrbegriffe ihm furchtbar erscheinen mußten. Ihm und den anderen, die gegenüber von der Post beim Lammwirt saßen und, wie man recht gut wußte, ein unflätiges Vergnügen an dem bisherigen Gang der Ereignisse bezeigten.

Also über diese Notwendigkeit war man sogleich einig, und nun warf Oberamtsrichter Herzensfroh die wichtige Frage auf, wer das Amt des Kartellträgers, des, wie Gumposch versicherte, vergeblichen Kartellträgers übernehmen sollte.

In die engere Wahl kamen nur zwei Herren: Anton Gumposch und der pensionierte Leutnant Hans Mühlritter, denn es stand fest, daß kein Beamter sich der Aufgabe widmen durfte, weil die Expedition nicht geheimbleiben konnte und sollte.

Gumposch, ein mit dem Kodex der ritterlichen Pflichten vertrauter Mann, mußte die Wahl ablehnen, da er schon in anderer Eigenschaft, als Ratgeber und eventueller Sekundant, dem Menschen, nämlich Herrn Georg Pfaffinger, nähergetreten war, und so blieb nur Mühlritter übrig, der, ohne einen Augenblick zu zögern, seine Zusage gab.

»Für einen alten Soldaten«, sagte er, »gibt es da kein langes Hin und Her. Man stellt sich auf den Posten. Bong!« Alle dankten ihm herzlich, fast lärmend, und Gumposch, der, wie immer, den günstigen Augenblick ersah und das Richtige traf, bestellte eine Flasche guten Rheinweines.

Unter ihrem Einflusse wurde Mühlritter sehr gesprächig, und da er in seinem Leben wohl nie derartig in den Mittelpunkt des Interesses gestellt gewesen war, nützte er diese einzige und späte Gelegenheit nach Kräften aus.

Er war durch den magersten Ruhegehalt gezwungen, als Inspektor einer Lebensversicherung Nebenverdienst zu suchen, und in dieser Eigenschaft hatte er sich eine hinströmende und bilderreiche Redeweise angeeignet.

So verbreitete er also eine Atmosphäre von Ritterlichkeit und rauher Soldateska um sich und gab zu verstehen, daß solche Gänge, wie der vorhabende, zu seinen Gewohnheiten gehört hätten in jenen Tagen, die er mit Zungenschnalzen und Verdrehen der Augen seine tolle Leutnantszeit hieß.

Da Gumposch fleißig einschenkte und die Tafelrunde ihn mit Wohlwollen anhörte, geriet er immer tiefer in seine waffenklirrende Vergangenheit und berichtete Abenteuer, als wäre er bei Pappenheims Kürassieren gestanden und nicht im glorreichen Jahr 1866 zum Leutnant auf Kriegsdauer ernannt worden, und er überschüttete die Krämer, Brezelbäcker und Kälberstecher Dornsteins mit unsäglicher Verachtung, ganz vergessend, daß sie seine Mitbürger und Gläubiger waren.

Als die Mittagsglocke läutete, erwachten alle Familienväter aus ihren Heldenträumen und erhoben sich.

Junker Hans Mühlritter sah jedem vielversprechend ins Auge und teilte derbe Händedrücke aus und vermaß sich noch einmal und immer wieder, er wolle noch desselbigen Tages ein Feuerlein anschüren, an dem die Frechheit Pfaffingers wie Butterschmalz zergehen werde.

Dann blieben sie zu dritt am Tische sitzen, der Leutnant-Inspektor, Anton Gumposch und Tresser.

Die Gläser klangen hell und häufig aneinander, und Mühlritter trank, wie es recht war, Bruderschaft mit dem Jüngling, dessen Fehdebrief er dem Gegner überbringen sollte, und der Korpsphilister Gumposch hielt nicht an sich, sondern bot dem alten Kriegsknecht das traute »Du« an und küßte ihn auf das weinsäuerlich duftende Maul.

Und ein rauhes Wort gab das andere, und jugendliche Abenteuer tauchten auf und verschwanden wieder im Nebel des Zigarrenrauches, und Tresser versank in tiefe Traurigkeit darüber, daß sein Feind nicht auf dem Plan erscheinen werde.

»Und nacha«, so erzählt die Kellnerin Zenzi, »und nacha hat der Herr Gumposch an Schampaniger zahlt, und da san s' allaweil b'suffener worn, und der notige Leitnant is auf an Sessel durchs Zimmer g'ritt'n und hat kummadiert, und de andern san hinter eahm drei' g'ritt'n, und wenn er Galopp g'schriean hat, san s' mit die Stühl so umanandbockelt, daß zwoa brocha san, und g'sunga ham s', und da Herr Gumposch hat mit sein Steck'n umanandg'fuchtelt, als wenn er an Sabl in da Hand hätt', und nacha hat er a Lamp'n aba g'haut, und nacha san s' hoam.«

Nicht alle gingen heim, wie Zenzi glaubte, sondern Junker Hans marschierte über den Stadtplatz, und obwohl er krampfhaft sein Ziel, den Eingang der Hafnergasse, ins Auge faßte, landete er dennoch in schräger Linie seitab davon auf dem jenseitigen Bürgersteig und gelangte erst nach mehreren Schwierigkeiten vor die Wohnung der Frau Holdenried, welche erschrocken über den heftigen Klang der Glocke herausstürzte.

Der ihr nicht unbekannte Inspektor der Assekuranzgesellschaft Bolivia gab sich die größte Mühe, finster und ahnungsschwer auszusehen und das selige Lächeln aus seinem Antlitze weichen zu lassen.

Er fragte mit hohler Stimme, ob ein gewisser Georg Pfaffinger anwesend und gegenwärtig sei.

Nein, der komme erst in einer guten Stunde heim, und Jessas – Jessas na! was es denn schon wieder gebe?

»Nichts für Weiber!« war die Antwort, und da schaute nun die gute Witwe Holdenried dem über die Treppe hinab Polternden in banger, aber ungestillter Neugierde nach und faltete die Hände ineinander, wie es die Frauenzimmer in solchen Lagen tun.

»Jessas na! Also seit zwei Täg' is keine Ruh und kein Fried mehr im Haus...«

Und eine Treppe tiefer kam die Frau Sattlermeister Widmann, welche durch den lauten Abstieg Mühlritters in Argwohn versetzt worden war, aus ihrer Wohnung.

»Was gibt's denn, Frau Holdenried?«

»Denken S' Ihnen nur, g'rad jetz is der Inspektor dag'wes'n und hat nach 'n Herrn Pfaffinger g'fragt...«

»Der Mühlritter?«

»Ja, und wie der ausg'schaut hat, sag' ich Ihnen, und wie der g'fragt hat... na... das is grad, als wenn mein Zimmerherr kein Ruh' mehr krieg'n derf...«

Frau Widmann kam nach oben und stand lange bei ihrer Hausgenossin und tauschte mit ihr die schlimmsten Befürchtungen aus.

Aber das war an diesem Tage das Los aller Dornsteiner, dieses Leben in Angstzuständen.

Als Anton Gumposch, den Hut tief in die Stirne gedrückt, nach Hause ging, befiel ihn ein Gedanke, der seiner Gewissenhaftigkeit und allgemeinen Fürsorge angemessen war.

Wie? Wenn er sich getäuscht hatte? Wenn der junge Mensch die Last der Verachtung als zu groß befand und im letzten Augenblicke den Forderungen der Ehre Gehör schenkte?

Mußte nicht zum wenigsten die Möglichkeit ins Auge gefaßt werden?

Und wer sollte sie ins Auge fassen, wenn nicht er?

Die Verantwortung, die so mit einem Male vor ihm stand, hob beinahe alle Nachwirkungen des Frühschoppens in ihm auf, und er vermochte sich Rechenschaft zu geben über die Reihenfolge der Pflichten, die ihm bevorstehen konnten.

Einen Platz auswählen, Fuhrwerke besorgen, einen Arzt ins Vertrauen ziehen, nun natürlich... einen Arzt um Beistand ersuchen, drei Kutschen bestellen, einen Platz aussuchen... einen Arzt... Da lag nun wieder einmal, wie so oft schon, alles auf seinen Schultern, die anderen redeten und ließen sich's weiter nicht kümmern, bloß er natürlich hatte die Arbeit, die Lauferei, die Sorge.

Er war zu Hause angelangt und stellte sich vor den Spiegel und sah kummervoll in das blaurote Antlitz, welches ihm mit verschwommenen Augen entgegenblickte.

»Wer dankt dir's eigentlich, Toni?« fragte er wehmütig. »Und was hast du davon? Scherereien und Ärgernis, jawohl, und zuletzt Undank...«

Als er so fast in Schmerz versinken wollte, fiel sein Blick auf die Pistolen, die an der Wand hingen, und sogleich fand er seine Tatkraft wieder. Freilich! Pistolen brauchte man ja auch, und in ganz Dornstein war vielleicht kein gleiches Paar außer den seinen zu finden.

Er nahm sie herunter, und da sie Rost angesetzt hatten, wollte er sie sogleich zum Büchsenmacher bringen.

Vergessen war jedes lähmende Gefühl.

Er umwickelte die Waffen sorgfältig mit einer alten Zeitung und stand schon eine Viertelstunde später mit seinem Paket unterm Arm in der Werkstatt des Xaverl Reindl, der einen Gewehrlauf putzte und dabei Unterhaltung pflog mit Herrn Magistratsrat Trinkl.

Gumposch setzte seine geheimnisvollste Miene auf und erregte die Neugierde des Büchsenmachers durch Nicken und Blinzeln.

Er räusperte sich, gab ausweichende Antworten, trat von einem Fuß auf den andern und zeigte so viel Ungeduld und Heimlichkeit, daß es sogar Herr Trinkl merkte und ging.

»Reindl«, sagte nun Gumposch, indes er dicht vor den Meister hintrat und ihn durchbohrend anblickte, »Reindl, können Sie schweigen?«

»Ja, was glauben S' denn, Herr Gumposch...«

»Kein Mensch darf nichts erfahren...«

»Aba, Herr Gumposch, i bin do a Mann, der...«

»Gut, ich verlaß mich auf Sie.«

Bei diesen Worten öffnete Gumposch sein Paket.

»A paar alte Vorderladerpistol'n?«

»Reindl, die Pistolen müssen heut noch herg'richt werden, Lauf, Piston, alles sauber geputzt.«

»Heut no?«

»Es muß unbedingt sein.«

Wieder traf ein durchbohrender Blick den Büchsenmacher.

Der musterte eine Pistole und probierte die Feder.

»Rostig san s'... no, wenn's sei muaß.«

»Unbedingt.«

»Aber net, daß i...«

»Was?«

»Aber net, daß i da in a Schlamassel nei kimm.«

»Wieso denn? Ich brauch die Pistolen zum Übungsschießen. Sie haben sich um gar nichts zu kümmern.«

Der Meister drückte sein linkes Auge zu und schaute Herrn Gumposch vielsagend an.

Der nickte und wiederholte: »Zum Übungsschießen. Hab' ich was andres g'sagt?«

Seine Blicke verrieten freilich, daß hinter seinen Worten ein blutiges Geheimnis lauerte, aber es kam nichts über seine Lippen, und darum konnte Reindl sein Gewissen beschwichtigen.

»Von mir aus«, sagte er, »Sie schaffen's o – net? Und i mach's – net? Und es g'hört zu mein G'schäft – net?«

»Ganz richtig«, entgegnete Gumposch, »und dann bleibt's dabei, ich hol' abends die Pistolen und komm' hinten herein. Adieu!«

»Adjes! Sie... Herr Gumposch...«

»Was?«

»Aba net, daß i in a Schlamassel einikimm?«

»Nein, sag' ich. Reden nur Sie nix drüber.«

Er ging.

Der Meister kratzte sich hinter den Ohren und schaute bedenklich vor sich hin. »Sakera! Sakera!«

»Pst! Xaverl! Is der spinnata Deifi weg?«

Reindl wandte sich hastig um. Der Herr Magistratsrat Trinkl war durch die hintere Tür eingetreten. »I bin zu deiner Alt'n eini und hab' g'wart', bis der furt is. Was hat er denn woll'n, daß er's gar so gnädi g'habt hat?«

»Ah... nix B'sunders!«

»So?« machte Trinkl mißtrauisch und warf flinke Blicke herum. »Zu was g'hörn denn de Pistol'n?«

»De? Ah... de hab i scho lang do.«

»Lüag no net a so, Mannderl! De hat der bracht. Ah, da schau her! Jetzt kam's do no so weit!«

»Was denn?« fragte der Büchsenmacher neugierig.

»De möcht'n den junga Mensch'n frei zwinga zu dera Dummheit! De Spitzbuab'nbande überananda!«

»Red do!« drängte Reindl.

»Ja...red! Und du muaßt aa no dazua helf'n!«

»I? Zu was?«

»De Pistol'n herricht'n, gel, daß de eahna Duwäldummheit ausführ'n kinna!«

»Was denn für a Duwäl?«

»Du woaßt nix, du Schlaucherl!«

»I woaß aa nix. Mach' halt amal 's Maul auf!«

»So, woaßt d' net, daß de an Pfaffinger Schorschl o'stift'n möcht'n, er müaßt si duwälieren, weil er an Tresser a richtige Pretsch'n geb'n hot, wia 's a si g'hört. Vo dem host du no gar nix läut'n hör'n?«

Reindl pfiff durch die Zähne.

»So? Dös waar's!«

»Ja, dös waar's, und du bist der Dumm' und laßt di in de G'schicht einiziahg'n...«

»Herrgott, wenn i nix woaß...«

»Jetzt woaßt d' as, weil i dir's g'sagt hab. Aba wart no, da wer i glei g'holf'n hamm«, sagte Trinkl und nahm mit einem raschen Griff die Pistolen und steckte eine in die linke und eine in die rechte Tasche.

»Wart! De ko si der Hansdampf jetzt bei mir hol'n.«

»Aba Michl!«

»Wos aba? Nix aba! I bin an Amtsperson, verstand'n? Und bal i a Werkzeug siech, wo ein Verbrech'n damit beganga wer'n soll, dös konfiszier i ganz oafach...«

»Ja, mir is gleich...«

»Derf da scho gleich sei... Derfst d' sogar froh sei, daß i di von dera Dummheit z'ruckg'halt'n hab. Dös waar dös Wahre, wenn a Bürger aa no zu so was helfat!«

»Wenn i dir sag, daß i nix g'wißt hab!«

»Aber unwissend was hättst du eahm de Waff'n g'liefert. Wurdst scho g'schaugt hamm, Manndei, wia s' di füra zog'n hätt'n!«

»Ja no, du host jetzt de Pistol'n, und mi geht's nix mehr o, bal du sagst, daß du s' von Amts weg'n gnumma host...«

»Hab' i aa.«

»Aba, was soll i denn zu eahm sag'n, bal er kimmt?«

»Zu eahm? Zu dem Gschaftlhuaba? Sagst d' eahm, die Waffe hat der Magistrat an sich gezogen, sagst d'; und bal er a Duwäl hamm will, soll er si a Wurschtspritz'n z' leicha nehma, sagst d' eahm! Pfüat di Good!«

Und in aufrechter Haltung schritt Herr Trinkl hinaus und schritt durch die Gassen Dornsteins, anzusehen wie ein Räuberhauptmann, denn aus jeder Tasche sah drohend ein Pistolenkolben hervor.

Gärung in der Stadt. Die Bürgerschaft, durch einen ihrer Besten in Kenntnis gesetzt und durch Vorzeigung zweier Pistolen zur zweifelsfreien Überzeugung gebracht, daß in den Mauern Dornsteins ein hoffnungsvoller, auch wohlhabender junger Mensch zu einem lebensgefährlichen Abenteuer, ja zu einem Verbrechen gezwungen werden solle, fühlte sich bedroht und vergewaltigt und in ihrem Glauben an die Gesetzlichkeit der Zustände schwankend.

Jeder wußte über Beobachtungen zu berichten, die er in den letzten Tagen gemacht hatte. Der eine war dem Rädelsführer Gumposch, der andere dem notigen Leutnant in der Pfaffengasse begegnet, dieser hatte den Oberamtsrichter, jener den Assessor in die »Post« wandern sehen, ein dritter wußte schon, welche drohenden Reden beim Frühschoppen gehalten worden waren, und die ganze Kette der Verdachtsgründe war geschlossen durch die Entdeckungen, welche Trinkl beim Büchsenmacher zu machen so glücklich war.

Es bestand also eine Verschwörung in dieser friedlichen Stadt, angezettelt von Dienern des Staates und darauf gerichtet, das Blut eines jungen, auch wohlhabenden Menschen zu vergießen und dem Moloch der Ehre ein Opfer zu bringen.

Der Abendschoppen beim Lammwirt glich einer Volksversammlung, und Bäckermeister Schwarz konnte die ganze Zügellosigkeit seines Wesens offenbaren, ohne den geringsten Widerspruch zu finden.

Von Lohgerber Holzböck aber ging eine Anregung aus, die Besseres bezweckte als diese wütende Despektierlichkeit: die Anregung, eine Deputation nach München zu schicken, dem Abgeordneten Hiempsel den Sachverhalt vorzulegen und durch ihn den Landtag zum schleunigsten Einschreiten zu veranlassen.

Dieser Antrag fand außerordentlichen Beifall, und man ging sogleich daran, die geeigneten Männer auszusuchen.

Bäckermeister Schwarz erbot sich freiwillig, als Sprecher dieser Deputation das seinige zu tun, wurde aber von dem Vater der Idee, Herrn Bartholomäus Holzböck, darüber belehrt, daß Männer, die gewissermaßen als Gesandte der hier versammelten Bürgerschaft auftreten müßten, nur nach geheimer Abstimmung aus einer Wahlurne hervorgehen könnten, und man war eben dabei, die dazu nötigen Zettel zu verteilen, als die Tür aufging und – Georg Pfaffinger an der Seite Hans Mühlritters eintrat. Die überraschende, sonderbare und alle bisherigen Vermutungen zerstörende Erscheinung der beiden wirkte so stark, daß sogleich betretenes Schweigen herrschte.

Man konnte in Gegenwart Mühlritters, der doch aus dem feindlichen Lager kam, nicht in der Wahl fortfahren, man konnte auch angesichts der Gelassenheit Pfaffingers nicht mehr so fest an einen

Mordplan glauben, man fühlte sich behindert und unsicher und fühlte auch mit Bedauern, daß eine schönste Gelegenheit zum Spektakelmachen zu entschlüpfen schien.

Die Gegenstände der Aufmerksamkeit setzten sich in offenbarer Harmonie an einen Nebentisch, bestellten Bier und stießen wahrhaftig miteinander an. Da hielt es Trinkl nicht mehr aus!

Er bat den Jüngling, für dessen Menschenrechte er so lebhaft eingetreten war, um eine Unterredung und ging mit ihm an jenen Ort, wo solche geheimen Angelegenheiten mit Vorliebe behandelt werden, und erfuhr nun, daß nichts los sei.

Daß rein gar nichts los sei.

Keine Rede von einer Forderung, einem Duell, einem Mord.

Aber der Gumposch? Der Frühschoppen in der Post? Aber die Pistolen?

Was wußte Schorschl davon? Nichts. Was gingen ihn der damische Gumposch und seine Geschichten an? Gar nichts.

»Aba der Mühlritter? Sie wer'n do mir d' Wahrheit sag'n, Herr Pfaffinger, indem daß mir für Eahna so auftret'n!«

»Natürli sag' i Eahna d' Wahrheit, Herr Trinkl. Überhaupts...«

»Indem daß mir a Deputation auf Minka hamm schick'n woll'n!«

»I tat do Eahna nix verheimlinga, Herr Trinkl!«

»Aba was hat na da Mühlritter von Eahna woll'n?«

»Nix. Oder daß i's richtig sag', er hat mi in sei Lebensvasicherung aufgnumma...«

»In...?«

»In sei Boliefia...«

»Ja... Herrgott... und mir strapazieren ins da oba...«

Gewiß war es merkwürdig. Noch viel merkwürdiger, als ein Bürger wissen konnte, der den Schwur des Junker Hans nicht mit angehört hatte. Aber trotzdem – es war so.

Sei es nun, daß Mühlritter unter der Einwirkung der starken Weine den Zweck seines Besuches vergessen, sei es, daß er sich bei allmählicher Ernüchterung auf seine eigentlichen Berufspflichten besonnen hatte, Tatsache ist, daß er Herrn Georg Pfaffinger in gewählten Worten die Vorzüge der Assekuranzgesellschaft Bolivia vor jeder anderen gleichen oder ähnlichen Unternehmung vor Augen stellte und ihn, Herrn Pfaffinger nämlich, auch bewog und überredete, seine Unterschrift zu geben; Tatsache ist ferner, daß von einer Forderung oder irgend etwas dem Ähnlichen nicht die leiseste Erwähnung geschah. Mit diesen Tatsachen hatte sich, da in Dornstein nichts verborgen bleiben konnte, die gesamte Einwohnerschaft abzufinden, und sie erregten, was hier konstatiert werden soll, allgemeine Zufriedenheit.

Die größere bei dem Beamtenkörper, dessen Mitglieder jene beim Frühschoppen gefaßten Beschlüsse noch am selben Nachmittag heftig bereut hatten, die kleinere Zufriedenheit bei den Bürgern, die schon begonnen hatten, sich in aufgeregten Zuständen behaglich zu fühlen.

Ein einziger Mensch war empört über das unglaublich niedrige Niveau, auf dem sich die Gesellschaft Dornsteins nun ein für allemal zu bewegen schien: Herr Anton Gumposch.

Krawall

Jawohl, auch wir Dürnbucher haben unsere Revolution gehabt, oder einen Krawall, und es war damals, wo der Buchdrucker Schmitt, Gott hab ihn selig, als Major von der alten Landwehr vom Messerschmied Simon unter den Tisch geschlagen worden ist und sozusagen betäubt war... aber ich will die Geschichte der Reihe nach erzählen.

Ihr könnt euch denken, daß wir Dürnbucher Anno 66 einen großen Haß auf diese Preußen gehabt haben, und wenn der Feind damals bis zu uns gedrungen wäre, dann hätte es geraucht. Ich weiß noch gut, wie die privilegierte Schützengesellschaft zum Ausrücken bereit war; und der alte Büchsenmacher Weinzierl ist jeden Tag auf den Kapellenberg gegangen, wo er das Terrain studiert hat. Die Bürgergarde oder Landwehr älterer Ordnung, wie man auch sagt, ist zweimal in der Woche ausgerückt und hat im Buchwald exerziert, und der Major, was der Buchdrucker Schmitt war, Gott hab ihn selig, ist zum Messerschmied Simon gegangen und hat sich öffentlich, daß es jeder gesehen hat, den Säbel schleifen lassen.

Überhaupt herrschte eine furchtbare Aufregung, und der Provisor von der Marienapotheke hat für den Ernstfall ein Sanitätskorps gebildet, wo er der Vorstand war, und die Frau Landrichter Hefele hat sich auf der Stelle zur Krankenpflege gemeldet, und dann haben sich die meisten Frauen einschreiben lassen.

Alles war bereit, und jeden Tag hätte es losgehen können. Einmal hat man geglaubt, es ist schon so weit.

Mitten in der Nacht hat es auf dem Marktplatz geschossen, zweimal hintereinander. – –

Beim Spanninger sitzt alles käsweiß in der Gaststube und still, eine Maus hätte man laufen hören, und der Hausknecht hat die Geistesgegenwart und riegelt das Tor zu, und am Kirchturm schlägt die Glocke an, weil der Mesner Benno die Schüsse auch vernommen hat, aber es war bloß der alte Büchsenmacher Weinzierl.

Der ist immer mit dem Doppelläufer ins Wirtshaus gegangen, damit er die Waffe bei der Hand hatte, und auf dem Heimweg hat er sich lebhaft vorgestellt, wie es jetzt wäre, wenn beim Glaser Spannagl ums Eck die Preußen kämen, und er ist aufgefahren und hat geschossen.

Zwei wären es gewesen, hat er oft gesagt, und dann Adieu Weib und Kind, denn zum Laden wäre er nicht mehr gekommen. Aber zwei wären es gewesen.

Das war das einzige Mal, wo auch bei uns so eine Art Kriegslärm war; später hat man nichts mehr gehört, und die Preußen sind nicht gekommen.

Übrigens, daß ich es recht sage, einer war schon anwesend in Dürnbuch. Ein windiger Buchbindergeselle, und der hat das Maul so preußisch spitzen können, daß es einem siedig heiß geworden ist. Wie die Nachricht von der Schlacht bei Kissingen gekommen ist, da waren viele Bürger im Kollergarten beim Bier und haben über das Unglück geredet.

Auf einmal steht der Schmied Kasenbacher auf und schaut über ein paar Bänke hinüber, wo der preußische Buchbinder war.

Man hat nicht gewußt, lacht er höhnisch oder lacht er nicht, denn er hat das Maul immer so hinaufgezogen.

»Himmelkreuzdonnerwetter!« hat der Kasenbacher geflucht, »jetzt wenn ich es aber wissen täte!«

Die Bürger sind aufgesprungen und haben den Preußen umringt, und ein paar Bräuknechte haben schon die Hemdärmel aufgekrempelt.

Aber der Buchbinder ist gegangen, und das war sein Glück, denn wir Dürnbucher haben damals keinen Spaß verstanden.

Also, ich habe erzählen wollen von der Revolution, wie der Messerschmied Simon den Buchbinder Schmitt, Gott hab ihn selig, unter den Tisch geschlagen hat.

Das war ein Jahr später, aber es hängt mit diesem furchtbaren Haß gegen die Preußen zusammen.

Nämlich Anno 1867 haben wir schon das neue Militärgesetz gehabt, und es war die erste Kontrollversammlung angesagt.

Das hat besonders draußen auf dem Land böses Blut gemacht. In Dürnbuch waren die Leute ja vernünftiger, denn man hat doch eine andere Schulbildung, und man hat seine Zeitung, aber unter den Bauernburschen ist die Rede gegangen, daß jetzt alle preußische Soldaten werden müssen.

In Stockach hat es der Pfarrer auf der Kanzel gesagt.

Er hat die Arme zum Himmel gehoben und hat gerufen, daß es wenigstens von dort oben noch weiß und blau herunterschaut, wenn es gleich auf der Welt nicht mehr altbayrisch sein soll.

»Werdet nicht lutherisch!« hat der geistliche Rat in Sassau gepredigt. »Buben, werdet nur ja nicht lutherisch und behaltet euren heiligen Glauben!«

Und das hat man überall gehört; in der ganzen Umgegend ist das gleiche gesagt worden, und die einen waren voll Angst und die andern waren voll Wut.

Daß es unter den Bauern nicht mehr richtig war, hat man schon ein paar Wochen vor der Kontrollversammlung gemerkt.

Wenn sie nach Dürnbuch auf die Schranne gekommen sind, haben sie in den Wirtshäusern Spektakel gemacht und drohende Reden geführt.

Und der Respekt vor der Obrigkeit war überhaupt vollständig weg.

In der Post ist ein Bauer zum Beamtentisch hingegangen, wo die Herren ihren Tarock gespielt haben, und er schaut dem Bezirksamtmann in die Karten und klopft ihm auf die Schulter.

»Du glaubst schon, du hast alle Trümpf in der Hand«, sagt er, »aber paß auf, ob nicht am End wir das Spiel gewinnen.«

»Sie sind ein Flegel«, sagt der Bezirksamtmann, »überhaupt, was wollen Sie?«

»Manderl!« sagte der Bauer, »überleg dir die Sach noch, ob ich ein Flegel bin.«

»Ich lasse Ihnen arretieren«, schreit der Herr Bezirksamtmann, »wo ist die Polizei?«

»Heb dir deine Polizei auf«, sagt der Bauer und lacht ganz merkwürdig, »vielleicht kannst sie noch gut brauchen«, und dann ist er gegangen. Unter der Tür hat er sich nochmal umgedreht und sagt: »Wennst an den König von Preußen schreibst, kannst ihm einen schönen Gruß ausrichten von den Stockacher Bauern.«

Die Herren waren durchaus verblüfft und haben nicht mehr gewußt, was sie denken sollen. Der Bezirksamtmann – Alois Reich hat er geheißen, und er war aus der Rheinpfalz – hat die Karten hingelegt und ist wütend auf den Marktplatz hinaus.

Aber von den Bauern war nichts mehr zu sehen, und der Bürgermeister von Stockach, der gleich am andern Tag hereinzitiert worden ist, hat keine Auskunft geben können oder wollen.

»Sie müssen es wissen, wer der Kerl ist«, sagt der Bezirksamtmann.

»Wenn Sie einen Kerl suchen«, antwortet der Bürgermeister ganz kalt, »hernach müssen Sie schon bei einer andern Gemeinde anfragen. Wir Stockacher haben keinen Kerl unter uns.«

»Aha! Pfeift der Wind aus *dem* Loch? Ich will Ihnen was sagen. Innerhalb dreimal vierundzwanzig Stunden erfahre ich, wer mich gestern beleidigt hat. Der Mann ist leicht zu eruieren, schon an seinen Redensarten über Preußen und so weiter. Erhalte ich keinen Bescheid, dann sollen Sie mich kennen lernen.«

»Ist nicht notwendig«, sagt der Bürgermeister, »ich hab ja schon länger die Ehr. Und wenn das ein Kennzeichen ist, daß einer nicht preußisch werden will, dann müssens wir Stockacher alle miteinander gewesen sein. Und ich kann gleich dableiben«, sagt er, »denn ich bin der Allererste dagegen.«

Eine solche Auflehnung hat man damals überall gemerkt, heimlich und offen, und eigentlich haben wir Dürnbucher uns darüber gefreut, wenn es nur keine Konsequenzen gehabt hätte.

Unter gebildeten Leuten hat das keine Gefahr. Man sagt seine Meinung, oder man denkt sich seinen Teil, und vergißt aber nicht den Anstand.

Aber bei den gewalttätigen Bauern sind natürlich die Konsequenzen eingetreten. Nun muß ich es der Reihe nach erzählen, obwohl es eigentlich schwer ist, weil man in dem Krawall den Kopf verloren hat, und keiner hat recht gewußt, wo der Anfang war.

Am Tag der Kontrollversammlung sind aus allen vier Himmelsrichtungen die Bauernburschen in die Stadt gekommen.

Nicht einzeln oder paarweis, sondern in Haufen, und alle haben schon in der Herrgottsfrühe Spektakel gemacht.

Wo ein Haufe mit der Ziehharmonika angerückt ist, das hat man sich noch gefallen lassen. Aber die meisten haben geschnackelt, gepfiffen und gejohlt, und andere haben durch Kuhhörner geblasen, als wenn sie Feuerlärm geben müßten, und wieder andere haben bloß geschrien, daß die Fenster gezittert haben.

Die Bürger sind erschrocken aus den Betten gestürzt und haben in die Gassen hinuntergeschaut, und den meisten hat schon nichts Gutes geahnt.

Am Marktplatz sind alle Haufen zusammengekommen; so oft ein neuer aufmarschiert ist, haben die andern ihn mit furchtbarem Lärm begrüßt, sie haben gejuchzt und geblasen und Blechdeckel aufeinander geschlagen, und es war wie ein Haberfeldtreiben.

Aus dem Stern und dem Goldenen Lamm und aus dem Rappen haben sich die Burschen Bierfässer geholt und auf den Platz gerollt, wo gleich angezapft worden ist.

Die Bräuknechte haben sie hergeben müssen und die Maßkrüge dazu, denn an einen Widerstand war nicht zu denken.

Der lange Martl vom Rappenbräu hat Bezahlung verlangt, aber da ist ein allgemeines Gelächter gewesen, und ein Bursche hat gerufen: »Heut sind wir zechfrei; heut zahlt alles der König von Preußen.«

Und sie sind her über das Bier, wie die Wilden; den Hahnen haben sie nicht mehr zugedreht, und was nicht in den Krügen Platz gehabt hat, ist auf den Boden gelaufen.

Mit dem Trinken ist der Lärm ärger und ärger geworden; einer hat den andern überschrien, und weil ihnen das noch nicht laut genug war, haben sie mit den Stecken auf die Fässer geschlagen.

Der Bürgermeister Wieser schaut zum Fenster herunter und glaubt, der Jüngste Tag ist gekommen.

Er hat aber den Kopf schnell zurückgezogen, denn wie ihn herunten ein paar gesehen haben, pfeifen sie durch die Finger und brüllen hinauf, ein Wort gröber wie das andere.

»O du Herrgottssakrament, tu deinen Gipskopf hinein, oder es geht dir schlecht!«

Endlich kommt der Polizeidiener Kraus hinter der Kirche herum, den Helm auf, den Säbel umgeschnallt, und blaß wie der leibhaftige Tod.

Er hat später oft erzählt, daß er Reu und Leid gemacht hat, bevor er in den Haufen hinein ist.

Er kann sich zuerst nicht verständlich machen; aber nach und nach zieht sich ein Kreis um ihn, und ein Bursche steigt auf das nächste Bierfaß und schreit: »Ruhe! Seid ruhig eine kleine Weile, jetzt müssens mir hören, wie lang wir noch bayrisch bleiben.«

»Meine Herren!« sagt der Polizeidiener Kraus, »machen Sie doch keine solchene Ruhestörung! Ich muß Sie aufmerksam machen, daß das verboten ist.«

»Steht das im preußischen G'setz?« fragt der Bursche vom Bierfaß herunter.

Und in dem Augenblick geht der Lärm auf ein neues an. Wie auf Kommando singen alle zu gleicher Zeit:

»Schenkt's mir amal was boarisch ein!
Boarisch woll'n wir lustig sein,
Schenkt's mir amal was boarisch ein,
Boarisch woll'n wir sein!«

Den Kraus packen drei oder vier und schieben ihn voran, und gleich schieben noch ein paar mit, und vor er richtig umschaut, fliegt der Polizeidiener in den Hauseingang vom Rappenbräu hinein, und vom Hauseingang in die Gaststube und von der Gaststube in die Küche.

»Hebt's ihn gut auf!« schreit einer zu den Weibsbildern hin, »denn wenn er nochmal rauskommt, könnt's leicht sein, daß er zerbrochen wird.«

Der Kraus hat nicht daran gedacht, noch einmal auf den Platz zu gehen, denn er hatte seine Pflicht schon erfüllt und betrachtete sich für kampfunfähig und gefangen.

Bis jetzt war eigentlich nichts geschehen; aber in dem Augenblick, wo es acht Uhr schlug, ging es wie auf Befehl über das Rathaus her.

Auf die Stunde war die Versammlung angesetzt, und die Burschen haben geglaubt, daß sie jetzt die preußischen Offiziere erwischen könnten.

Natürlich war überhaupt keiner in Dürnbuch, aber es war allgemein gesagt in der ganzen Gegend.

Also, die Kannibalen stürzen über die Stiege hinauf und nehmen den Gemeindeschreiber bei der Gurgel.

»Wo sind die Preußen?«

»Heraus damit!«

»Es sind keine Preußen da! Tut mir nichts, ich hab Weib und Kind!«

»Kerl, wenn wir sie finden, bist du auch hin!«

Die Haufen verteilen sich und suchen das ganze Haus ab, treten Türen ein, reißen Schränke auf, werfen die Akten herum, zerschlagen die Fenster, johlen und brüllen.

Jetzt hätte die Bürgergarde einschreiten müssen.

Der Messerschmied Simon, der als Leutnant dabei war, hat sich ein Herz gefaßt und ist aus seinem Hause heraus und zum Buchdrucker Schmitt in die Kirchgasse gelaufen.

Denn der Schmitt war Kommandeur, und alles mußte auf seinen Befehl geschehen.

»Revolution! Revolution!« schreit der Simon und reißt an der Glocke. Die Türe wird vorsichtig aufgemacht, und der Schmitt, Gott hab ihn selig, steht im Schlafrock da und zittert wie im Frostfieber. Aber der Simon war ein martialischer Mensch, wie jeder weiß, der ihn kennt.

Er macht die militärische Ehrenbezeugung und sagt:

»Ich melde gehorsamst, Herr Major, in der Stadt herrscht Aufruhr! Die Bauern stürmen das Rathaus!«

»Wir sind alle sündige Menschen«, sagt der Schmitt, »um Gotteswillen, Simmerl, glaubst du, daß sie jeden umbringen, oder bloß die Magistratsrät?«

»Ich bitte den Herrn Major gehorsamst um Befehl zum Alarm!«

»Sei so gut, Simmerl! Ist der Spektakel nicht schon arg genug?«

Jetzt wird der Messerschmied Simon zornig.

»Schmitt«, sagt er, »du weißt, daß es bei Revolutionen allemal über die Druckereien hergeht; wenn du jetzt nicht gleich deine Uniform anlegst und mitgehst, dann können sie von mir aus dein Geschäft demolieren.«

Und das war auch richtig.

Wo man von einem Aufstand was zu lesen kriegt, steht immer dabei, daß Druckereien erstürmt worden sind.

Der Schmitt hat das selber gewußt, und er ist in Gottes Namen mit dem Simon gegangen, aber er hat noch nie so schwer an seinen Epauletten getragen, wie diesmal.

Auf der Gasse sagt der Messerschmied wieder ganz militärisch: »Herr Major sammeln vielleicht das Korps in der obern Stadt, ich alarmiere am Kühberg, und meine Rotten stoßen mit den Ihrigen am Marktplatz zusammen, dann ist der Feind in die Mitte genommen.«

»Simmerl, sei g'scheit und bleib bei mir!«

Aber der Messerschmied Simon fragt barsch: »Befehlen der Herr Major, daß Bajonett aufgepflanzt wird?«

»Tu was d' magst«, seufzt der Schmitt. »Mit dir komm' ich heut noch ins Unglück.«

Und er schleicht langsam an den Häusern vorbei.

Der Simon rennt wie ein Feuerreiter in die untere Stadt. Er holt seinen Stabstrompeter, den Schuhmacher Batz, und läßt ihn Alarm blasen.

Der Batz ist nicht faul und schmettert sein Signal durch die Wäschergasse und die Kreuzstraße, über das Petersbergl und überall.

Aber kein Mensch kommt heraus.

Im Gegenteil, wo der Batz mit seiner Trompeten sich hören läßt, schließen die Bürger ihre Fensterläden und verrammeln sie von innen.

Jetzt rasselt auch die Trommel.

Ein Geselle vom Schmied Kasenbacher ist gehorsam auf den Alarm erschienen und schlägt auf das Kalbsfell los.

Rataplan! Rataplan!

Die Spielleute tun ihre Schuldigkeit, aber von der Mannschaft läßt sich keiner blicken.

Am Kühberg wohnt der Büchsenmacher Weinzierl.

Das ist ein erprobter Scharfschütz, und ein tapferer Mann, aber leider sind auch bei ihm Fenster und Läden zu.

Der Messerschmied Simon ist wütend. »Hans!« schreit er, »komm heraus!«

»Warum?« fragt der Weinzierl durch das Guckloch im Fensterladen.

»Ja, hörst du denn nichts von dem Spektakel? Alarm wird geblasen. Die Bauern sind über uns.«

»Ich schieß bloß auf die Preußen«, sagt der Weinzierl und gibt keine Antwort mehr.

Der Simon hält Kriegsrat.

»Ich habe dem Major versprochen, daß ich mit meinem Hilfskorps zu ihm stoße. Wenn ihr mitgeht, ist's recht; sonst gehe ich allein hin.«

Der Batz und der Schmied Maxl standen aber fest zu ihrem Leutnant. »Nur«, sagt der Schuster Batz, »keine Attacke können wir nicht machen, denn wir sind zu wenig, und mit einer Trompeten kann man den Rammeln die Köpfe nicht einschlagen.«

»Wir machen eine Streifpatrulle«, erklärte Simon, »und schleichen uns an den Feind heran. Wenn die Sternbräustiege frei ist, kommen wir gedeckt hinauf, und dann sehen wir schon, wie es weiter geht.«

Die drei liefen schnell zum Alzufer hinauf und hatten das Glück, daß unterwegs noch der Zimmermann Heiß zu ihnen stieß, der ein Pionier bei der Bürgergarde war und mit der Axt ausrückte.

Vom Fluß weg geht direkt eine überwölbte Stiege in den Hof des Sternbräu, wo man dann mitten am Marktplatz war.

Der Batz schlich voran, hinterdrein der Simon, dann kamen die andern zwei.

Es war niemand um den Weg, denn beim Sternbräu war das Tor geschlossen; aber im Hof stand der Bezirkskommandeur, Oberst Hingerl mit Namen, und sein Feldwebel war bei ihm.

Er wollte die Kontrollversammlung bei dem Tumult nicht abhalten und blieb in seiner Wohnung, und das war sein Glück.

Denn wenn ihn die Kannibalen im Rathaus gefunden hätten, wäre wahrscheinlich ein Unglück passiert.

Er sagte aber, er werde schon noch mit den Herren zusammentreffen, wenn ihnen der Rausch vergangen wäre, und es ist auch ein paar Wochen später so gekommen.

Also jetzt stand er im Hof vom Sternbräu und machte ein fuchsteufelswildes Gesicht. Den Messerschmied Simon, der ihn militärisch grüßte, fuhr er gleich an: »Wer sind Sie?«

»Melde mich zur Stelle, Leutnant Simon vom Landwehrbataillon.«

»So? Von den Hasenfüßen? Ihr benehmt euch schön und laßt die besoffenen Lümmel die ganze Stadt auf den Kopf stellen!«

»Zu Befehl, Herr Oberst, ich tu meine Bürgerpflicht, und will mit meinem Korps zum Major Schmitt stoßen, daß wir die Ordnung herstellen.«

»Ist das Ihr ganzes Korps?« fragt der Oberst und schaut den Trommler an und den Trompeter und den Pionier.

»Das Gros befehligt der Herr Major Schmitt«, sagt der Simon, der auf unsere Dürnbucher Garde nichts kommen lassen will.

»Wo steckt denn Ihr tapferer Kommandeur? Ich höre und sehe nichts von ihm.«

»Er flankiert den Feind und bricht hinter der Kirche vor.«

»Also frisch drauf los!« ruft der Oberst.

Aber der Messerschmied Simon war ein besonnener Mensch, der seine Truppen nicht blindlings aufs Spiel setzte.

»Zuerst müssen wir rekognoszieren«, sagte er, »und uns mit dem Gros verständigen.«

Er ging bis ans Tor, und der Pionier Heiß mußte die Axt einklemmen, daß man eine Spalte hatte, durch die der Batz als der längste Umschau hielt.

Vom Marktplatz herein hörte man nur mehr einen schwachen Spektakel, denn in der Zwischenzeit waren die meisten Burschen schon abgezogen. Wie sich im Rathaus kein Preuße finden ließ, marschierten sie in die Ludwigstraße ans Bezirksamt und schmissen die Fenster ein und liefen dann johlend auseinander.

Auf dem Marktplatz blieb nur ein schwaches Dutzend zurück und soff das Bier aus.

Jedoch davon wußte der Simon noch nichts, und er ließ den Batz scharfe Umschau halten.

»Was ist los, Batz?«

»Bei der Mariensäule hocken etliche Burschen, und daneben sind andere, und sie schreien immer noch.«

»Das hör ich selber. Aber siehst du nichts vom Major?«

»Nein, da sieht man gar nichts.«

»Schau an die Kirche hin. Zum Seifensieder Gumpold. Aus der Gasse müssen sie kommen.«

»Nein, man sieht nichts.«

»Heiß, druck fester an, daß der Spalt größer wird! Jetzt schau genau hin!«

»Man sieht keinen Menschen nicht.«

»Kreuzteufel, was ist das? Dem Schreien nach sind nicht mehr viel Burschen auf dem Platz.«

»Es sind höchstens noch zehn oder zwölf.«

»Dann ist der Herr Major den Lackeln nachgerückt. Wir müssen hinaus.«

»Jawohl und rasch!« rief der Oberst.

»Nur Zeit lassen!« kommandierte der Messerschmied Simon. »Du, Heiß, schiebst den Riegel zurück, aber stad, daß man es nicht hört! Batz und Schmied Maxl, ihr bleibt hart neben mir, und schreit's recht! So, jetzt das Tor geschwind auf! Hurra! Hurra!«

Die vier stürzten hinaus. Wie die Burschen das Feldgeschrei

hören, packen sie zusammen, und auf und davon, was sie laufen können.

Zwei sind in der Besoffenheit liegen geblieben, die hat dann hinterher die Polizei heimgenommen.

»Viktoria!« schreit der Messerschmied Simon, »wir haben sie! Jetzt schnaufen wir aus, und dann wollen wir unsern Brüdern zu Hilfe kommen.«

Er hat seinen Tschako abgenommen und auf dem Schlachtfeld Umschau gehalten.

Der Platz hat grauslich ausgesehen; Maßkrüge und Scherben sind herumgelegen, Bierlachen sind überall gewesen, und auf dem Pflaster unterm Rathaus war alles voll Glasscherben und Papier und Aktendeckeln.

Jetzt sind aber in allen Häusern die Fensterläden zurückgeschlagen worden, und die Leute haben herausgeschaut und dem Simon ein Bravo zugerufen.

Den tapferen Messerschmied hat es gefreut, und er hat militärisch mit dem Säbel gedankt.

»Aber«, hat er gesagt, »das ist nur der erste Sieg; der schwerere kommt noch.«

Indem pfeift der Rappenbräu-Martl und winkt dem Heiß.

»Was willst?«

»Da geht's her. Nehmt's euern Major mit!«

»Was für einen Major?« fragt der Simon.

Jetzt erzählt ihm der Martl, daß der Herr Major Schmitt sich in den Rappenbräu geschlichen und überhaupt kein Gros gesammelt hat.

»Ist er noch drin?« fragte der Simon.

»Und wie!« lacht der Martl. »Schaut's ihn nur an.«

Sie gehen durch die Gaststube in die Küche, und da macht der Hausknecht die Speistür auf, und richtig sitzt der Herr Major Schmitt neben dem Polizeidiener Kraus auf dem Anrichttisch, und sie schauen grasgrün vor lauter Angst, wer denn kommt. »Ah, du bist's, Simmerl!« ruft der Major, »Gott sei Dank, i hab schon was anderes geglaubt.«

Aber der Simon sagt kein Wort; er macht einen Schritt vorwärts und haut seinem Vorgesetzten eine Watschen herunter, daß er unter den Tisch gefallen ist und sozusagen betäubt war.

Das ist die Geschichte von unserer Dürnbucher Revolution, welche sich Anno 67 durch den Preußenhaß zugetragen hat.

Die Bauernburschen sind hinterher bös eingegangen; die Rädelsführer sind ins Zuchthaus gekommen. Viele haben als Soldaten zweiter Klasse in Ingolstadt Sand schieben müssen, und die anderen haben in den Kasernen auch nicht das schönste Leben gehabt.

Die Bürgerwehr ist bald nachher aufgelöst worden, weil Thron und Altar jetzt anderweitig geschützt sind.

Aber der Buchdrucker Schmitt, Gott hab ihn selig, ist acht Jahre später doch noch in der Majorsuniform in den Sarg gelegt worden. Denn er hat es ausdrücklich so gewünscht.

Der westfälische Glaubensbote

Wir waren damals unser drei Lateinschüler in Bernau.

Wenn wir zu Ostern und im Herbst in die Ferien heimkamen, mußten wir unsere Zeugnisse im Pfarrhofe vorweisen, denn der Herr geistliche Rat Hefter war der gesetzmäßige und sachverständige Beurteiler unserer Fortschritte.

Er war eben ein milder Richter.

Von einem Dreier wußte er zu sagen, daß er immerhin kein Vierer sei, und die zweite Note nötigte ihm schon Hochachtung ab. Wenn er alles geprüft und recht befunden hatte, lud er seine Studentlein für den kommenden Tag zum Essen ein.

Die Mahlzeiten waren reichlich und von auserlesener Güte, nach der schönen Tradition altbayrischer Pfarrhöfe. Da gab es brave Leberknödel, herzhafte Stücke Rindfleisch, auf die wir den Gansbraten setzten. Den herrlichen Schluß bildete allemal ein Rahmstrudel, über dessen Bereitung der hochwürdige Herr eine lehrhafte Rede hielt.

Denn er unterschied gewissenhaft zwischen dem ausgezogenen Strudel und dem Pfannenkuchenstrudel, und er sagte, daß leider die Kunst, den Teig in rechter Weise zu behandeln, allmählich verfalle.

Nach beendetem Mahle, wenn der Kaffee aufgetragen war, kam Fräulein Cornelia in das Zimmer und ließ sich von ihrem Herrn nötigen, Platz zu nehmen.

Ihr rundes Gesicht war gerötet vom Herdfeuer und strahlte ungemeines Wohlwollen aus. Sie wußte die Worte der Bescheidenheit zierlich zu setzen, wenn der Herr Rat die Mahlzeit lobte, und allemal beteuerte sie, es sei ihr nicht alles nach Wunsch geraten.

Dann fragte sie einen jeden von uns nach Gesundheitszustand und Befinden während des Jahres und wußte hier ein Tröstliches zu sagen, wenn ein Zeugnis schlecht ausgefallen war, und dort ihre Bewunderung auszudrücken, falls einer gute Noten heimgebracht hatte.

Woraus zu schließen war, daß auch Fräulein Cornelia unserem Studiengange Beachtung schenkte.

Das taten übrigens viele Leute in Bernau; und wenn der beste von uns dreien, der Joseph Haslinger, wieder einmal Noten heimbrachte, die uns recht in den Schatten stellten, ging die Kunde davon im Markte herum, und die Frommen freuten sich in der Hoffnung, daß er dereinst ein Diener Gottes werden würde.

Der geistliche Rat Hefter machte sich nicht viel aus dem Haslinger Pepi, der schon jetzt eine auffallende Heiligkeit herumtrug. Wir andern waren ihm lieber; und wir mußten ihn oft begleiten, wenn er in die Nachbardörfer ging, um die Herren Amtsbrüder zu besuchen.

Da saßen in den Pfarrhöfen von Aschau und Endorf wohlgeratene Altbayern, die uns in schattigen Gärten bewirteten und uralte lateinische Späße kannten.

Ab und zu auch einen deutschen, der recht nahe an die Grenze hinging, wo die Zimperlichkeit aufhört.

Das Liebste war es uns, wenn die ehrwürdigen Herren einen Kantus anstimmten, wobei wir mit Stolz bemerken konnten, daß unser Herr Rat mit seinem dröhnenden Basse die anderen aus dem Felde schlug. Hinterdrein kam der fröhliche Heimweg. Da war der hochwürdige Herr allemal redselig gestimmt und erzählte uns von der alten Zeit, in der er selber noch jung war.

Er führte sich aber nicht etwa als Beispiel der Tugend und des Fleißes auf, sondern verweilte lieber bei der Schilderung einer weltlichen Lustbarkeit. Wie er denn überhaupt von der glücklichsten Gabe der Heiterkeit beschenkt war.

Er war noch von der alten Art. Ein fröhlicher Junggeselle, dem das Alter den Humor mehrte, und der recht behaglich über den irdischen Kümmernissen stand.

Er hatte nie eine Streitfrage angefangen, aber manche geschlichtet; er hat nie Dummheit verdammt, aber über manche gelacht.

Und darum steht er bei mir im lieben Andenken, weil er oft meine Mutter mit Weltweisheit getröstet hat, wenn sie verzagte an meiner Zukunft.

Mein junges Herz hat sich an ihn gehängt, und zu den vielen Trübseligkeiten, die der Schulbeginn für mich hatte, gehörte auch der Abschied vom Herrn geistlichen Rat Hefter.

Eines Herbstes aber, als ich wieder in die Ferien kam, hatte sich vieles geändert.

Wie ich dem alten Herrn mein Zeugnis vorwies, las er es nur so obenhin, und er war nicht wie sonst.

Ich erfuhr bald, was ihm die Fröhlichkeit genommen hatte, wenn ich auch nicht alles verstand.

Nämlich: da war ein Fremder im Pfarrhofe eingezogen, ein junger Kooperator aus dem Westfälischen. Hieß Heinrich Wilmans.

Sein Aussehen hat mir gleich gesagt, daß er mir nie gefallen könne.

Er war ein himmellanger Mensch, und alles war ungeschlacht an ihm. Arme und Hände und Füße und am meisten der Kopf.

Der war wie viereckig mit der niedrigen Stirn und der furchtbaren Kinnlade.

Wäre der Wilmans ein Schmiedgeselle gewesen, so hätten ihm Arbeit und Ruß vielleicht zu einer anständigen Erscheinung verholfen.

Aber wenn einer mit solchen Knochen faulenzt und den Heiligen im Volke vorstellt, gibt es allemal ein schlechtes Bild.

Es war über die Maßen widerlich, wenn der Longinus zierlich tat mit den Händen, oder wenn er recht jüngferlich seine Füße setzte.

Wer ihm das noch verzeihen wollte, hat ihm gram werden müssen wegen seines Gesichtes.

Die Augen saßen ihm tief und waren graugrün und schauten so fromm, als wenn sie den Herrgott auch an Werktagen suchten.

Aber der Mund strafte sie Lügen. Die schwulstigen Lippen verrieten es, daß der heilige Heinrich dem Irdischen keineswegs entrückt war; und es war eine recht gemeine Sinnlichkeit, von der sie erzählten.

Für unseren geistlichen Rat muß es von der ersten Stunde an eine Qual gewesen sein, den Menschen in seiner Nähe zu haben. Denn alles war fremd und feindselig an ihm.

Die Gesinnung und die Art, wie er sie versteckte, und die Art, wie er sie von sich gab in dem spitzigen harten Dialekt.

Er war aus der Münsterischen Gegend, wo sie heute noch die Andersgläubigen am liebsten in Käfigen zum Verhungern aufhängen würden.

Vielleicht hätte er zu dem dummen Volke gepaßt, das dort oben haust und seine Quäler und Meinungsverfolger für Heilige hält. Aber hierher ins Altbayrische gehörte er nicht, und das hat niemand deutlicher gewußt wie unser braver Franz Hefter.

Er hat ihn aber eine Zeitlang haben müssen, denn die hohe Obrigkeit warf ihre Gunst auf den Kooperator.

Es war nämlich der Heinrich Wilmans ein Glaubenszeuge oder Märtyrer, indem ihn der Minister Falk mit mehreren seinesgleichen aus dem Königreiche Preußen vertrieben hatte.

So kam er von einem Glorienschein umgeben in unseren stillen Markt und prangte fürs erste in Tugend und Glaubensstärke.

Es fehlte ja auch zu Bernau nicht an Betschwestern, die ihr Katholisches schärfer haben wollten wie andere Menschen, und die es nicht genug loben konnten, wie der preußische Held ins Zeug ging. Und die alten Jungfern schnurrten wie die Katzen, wenn ihnen der Wilmans eigenartige Nerven aufregte und die christliche Kost pfefferte.

Dieses zwar hätte den geistlichen Rat wenig bekümmert; was da von alten Schafen zur neuen Tränke zog, ging ihm gut und gerne verloren. Aber bald mußte er bemerken, daß sich ein heimlicher Unfrieden festsetzte, daß erbitterte Feindschaften aufgingen unter dem befruchtenden Himmelstau, den der Herr Kooperator ausströmte.

Es gab jetzt Leute, die scharf auslugten, ob auch die Nachbarn dem Herrn dienten, und alle Tugenden wurden mit einemmal recht öffentlich durch die Gassen getragen und den Nebenmenschen vor die Nase gesetzt. Und je mehr Heilige aus dem Volke erstanden, desto größer wurde auf der anderen Seite die Schar der Verlorenen, für die man inbrünstig beten mußte.

Herr Hefter sah betrübt auf diese Wandlung. Wie seine Pfarrkinder jetzt die Ohren hängen ließen und nach der Vollkommenheit strebten, wollten sie ihm gar nicht gefallen. Bald begegnete er allenthalben giftigen Gerüchten, die alles Behagen aus den Häusern vertrieben, und er mußte persönlich darunter leiden, weil auch das brave Fräulein Cornelia nicht verschont wurde, sondern den Gegenstand sittsamen Abscheus bilden mußte.

Wenn sie nunmehr mit tiefer Wehmut in den Schüsseln rührte und häufig mit nassen Augen ihre Arbeit tat, schwoll der Ingrimm des gutmütigen Pfarrers mächtig an.

Jedoch konnte er den Feind nicht zum Kampfe stellen, denn auch hitzige Fragen beantwortete Wilmans mit einer himmlischen Sanftmut. Und er wußte nie etwas von den Bernauer Geschehnissen, Lügen und Feindseligkeiten, dieweilen sie irdischen Ursprungs waren.

Ich bin in derselbigen Zeit mit dem geistlichen Rat wieder einmal nach Aschau gegangen, wo uns der Dekan Staudacher gastlich aufnahm.

Es kam jedoch nicht zum fröhlichen Kommersieren, denn die Alten saßen mit ernsthaften Mienen einander gegenüber und tranken Bier in stiller Wut.

Herr Staudacher richtete halbe Fragen an seinen Freund, die ich nicht verstehen sollte, ob noch keine Aussicht bestünde, daß das Übel entfernt werde, und so ähnlich.

»Ja, Aussicht!« polterte unser Rat los. Aussicht! Immer schlechter werde es, und den Herren oben gefalle es gerade deswegen. Die brauchten jetzt Hetzer und Wühler, und wer nicht mittue, gelte nichts. Und der niederträchtige Halunke habe bei ihnen das größte Ansehen.

Herr Staudacher zwinkerte mit den Augen gegen mich hin, aber unser Rat sagte, ich dürfe es schon hören und wissen, daß der Wilmans ein Tropf sei. Es brächte bloß Schaden, den Menschen für anständig zu halten. Und er habe Vertrauen zu mir, daß ich nicht wie der Haslinger Pepi mit dem Kerl herumlaufe.

Allgemach wurde er warm und schlug grimmig in den Tisch hinein.

Da sagte Herr Staudacher zu mir, ich solle doch bei der Frau Arzböck gute Birnen und Äpfel in seinem Namen holen; er wolle sie mir für meine Frau Mutter geben.

Ich verstand wohl, warum er mich fortschickte, und ich blieb lange aus.

Als ich wieder kam, klopfte mir der Herr Staudacher auf die Schulter und zeigte seine Zufriedenheit. Ich konnte deutlich merken, daß die Alten noch etliches über den Wilmans geredet hatten, denn unser Rat hatte einen roten Kopf, und auf dem Heimwege blieb er oft stehen und brummte vor sich hin.

Und auf einmal sagte er zu mir: »Gelt, Ludwigl, du gibst dich nicht ab mit dem? Der Kerl ist schlecht. Grundschlecht.«

Ich antwortete recht männlich: »Niemals.« Da mußte er lächeln über meine feierliche Art.

Es war mir aber recht ernst mit meinem Versprechen, und ich hätte gerne durch eine verwegene Tat den Herrn Hefter von seinem Feinde befreit. Mein bester Wille konnte ihm nicht helfen, und er mußte noch ein halbes Jahr und darüber den westfälischen Glaubensboten um sich haben.

Bis sich die Vorsehung seiner erbarmte und den Wilmans über die eigenen Beine stolpern ließ. Der fühlte sich immer wohler in Bernau und breitete sein Reich darinnen aus. Und zuletzt glaubte er, daß er Herr über alles sei und verfahren könne wie die Heiligen in der Münsterischen Landschaft.

Da mußte er indessen mit Bitterkeit erkennen, daß die Altbayern nicht ganz so ehrfürchtig vor den Dienern des Altars aufwachsen. Es stand im Orte ein wichtiges Fest bevor. Schon seit Jahren wollte der Veteranenverein den Kameraden, die in Frankreich gefallen waren, ein Denkmal setzen, und er hatte fleißig gesammelt, bis er endlich die Mittel beisammen hatte.

Die drei kunstverständigsten Leute von Bernau begaben sich ins Schwäbische, wo eine Metallwarenfabrik zahlreiche Monumente im Vorrat hatte. Sterbende Soldaten, welche noch die Fahne halten, lebende Soldaten, welche die Fahne schwingen, Engel, die sich über Tote beugen, Engel, die Lorbeerkränze mit ausgestreckten Armen tragen. Die Bernauer Kommission, an deren Spitze der Zimmermeister Martin Degenbeck stand, wählte einen Engel mit Lorbeerkranz, obwohl sie eine lebhaftere Gruppe vorgezogen hätte. Aber leider steckten alle lebenden und toten Soldaten der Fabrik in preußischen Uniformen.

Nun waren die Käufer wohl oder übel zufrieden mit ihrem bronzenen Himmelsboten und priesen als kluge Leute daheim das Kunstwerk in allen Tonarten, so daß starke Neugierde herrschte.

Der Steinmetz Bonholzer stellte den Sockel her und brachte mit vergoldeten Buchstaben auf polierten Marmortafeln die Namen der Gefallenen an.

Seine Werkstätte war mit Zuschauern angefüllt, welche die saubere Arbeit bewunderten und kunstsinnige Betrachtungen anstellten, wie schön wohl der Engel auf diesem Sockel stehen werde.

Neben der Kirche richtete man den Platz für das Denkmal; da war ein großes Viereck durch steinerne Säulen gebildet; von einer Säule zur anderen schlangen sich eiserne Ketten von martialischem Aussehen. In der Mitte des Vierecks war ein Loch für den Sockel aufgeworfen, und um dasselbe herum war Gartenerde eingestampft, denn es sollten schöne Blumenbeete das Denkmal umgeben.

So gab es immer Neues zu sehen und zu besprechen, und viele Leute boten kluge Ratschläge dar, und die Spannung wuchs.

Der Zimmermeister Degenbeck war in diesen Tagen wieder einmal die wichtigste Persönlichkeit. Denn es oblag ihm, als dem Vorstande des Veteranenvereins, die Sorge um die richtige Ablieferung des Engels, um die sichere Aufstellung, um das Gelingen des Festzuges, um die angemessene Beteiligung der Honoratioren und der Vereine, um den würdigen Verlauf des Gartenfestes und um die Abhaltung der Reden. Man sah ihn jetzt im Laufschritte von einem Hause in das andere eilen, mit fliegenden Rockschößen durch die Gassen stürmen, immer atemlos, sorgenvoll und schweißtriefend.

Und wenn er abgehetzt des Abends heimkam, saß er einsam bei der Lampe und setzte die Reden auf. Denn es war notwendig, daß er sie halten mußte, weil es im weiten Umkreise von Bernau keinen zweiten für eine zündende Veteranenrede gab.

In den siebziger Jahren war ein gemächlicher Liberalismus in Altbayern eingezogen. Beamte, Schullehrer und die besseren Bürger nahmen ihn an und trugen das neue Gewand wie einen sonntäglichen Bratenrock und augenfälliges Zeichen der vorgeschrittenen Bildung.

Sie waren frei von Kampflust und paßten mit Klugheit ihre Ansichten dem bürgerlichen Zusammenleben an, welches bei klaffenden Gegensätzen nicht gedeiht. Die Politik mochte nur als Beschäftigung für Feierabende gelten, als Gegenstand leichter Gespräche im Wirtshause; sie griff nicht hinüber in gemeindliche Dinge, in das Erwerbsleben, und sie konnte die Gemüter nicht trennen. Man darf sogar annehmen, daß gerade die Rückständigen von heimlicher Hochachtung erfüllt waren gegenüber den Leuten, die verwegen über die uralten Grenzen geschritten waren.

Und so wurde sicher auch der Zimmermeister Martin Degenbeck von vielen in Bernau bewundert. Er las häufig im Konversationslexikon und breitete vor seinen Mitbürgern fremdartige Kenntnisse aus. Dazu war er in der Weltgeschichte gut beschlagen und urteilte über Menschen und Dinge mit dem überlegenen Rationalismus, den man aus Karl von Rottecks Schriften gewinnt. Er hatte sich ein treffliches System erbaut, in das er auch die kleinen Bernauer Dinge einfügte, und er geizte nicht mit seinen tiefbegründeten Meinungen. Er gab sie gerne und reichlich von sich und wurde angestaunt auch da, wo er nicht verstanden wurde. Mit Kirche und Obrigkeit lebte er in Frieden, so häufig er auch den Vertretern dieser Hoheiten seine Überlegenheit andeutete. Der geistliche Rat Hefter ließ ihn bei seinem Glauben und schätzte ihn als braven Familienvater; daneben auch als einen Mann, mit dem man einen anständigen Tarock spielen konnte.

Es war selbstverständlich, daß der neue Kooperator in Martin Degenbeck allsogleich seinen Gegenfüßler und grimmigsten Feind erkennen mußte.

Heinrich Wilmans brauchte ein Objekt für seinen Eifer; und welches wäre tauglicher gewesen als dieser laue Katholik und politisierende Handwerksmeister? Er begann also unverweilt ihn als abschreckendes Beispiel zu benützen, und Degenbeck konnte nun erfahren, mit wieviel Recht sein Lehrmeister Rotteck sagt, daß der philosophische Geschichtsforscher die Auswüchse der Priestermacht mit Unwillen und mit empörten Gefühlen betrachten müsse.

Es war ein Glück, daß die Friedensliebe in Bernau stärker war als diese neue Glaubenswut, und daß man in dem schmählichen Heiden immer noch den erprobten Mitbürger sah.

Da sollte jetzt Degenbeck Gelegenheit finden, bei der Errichtung des Kriegerdenkmals sein Ansehen neuerdings zu befestigen. Schon dieserhalb war das Fest Heinrich Wilmans unwillkommen, und er gab sich redlichen Eifer, im stillen Hindernisse aufzubauen.

Einige Mädchen, die als Ehrenjungfrauen prangen sollten, wiesen das Ansinnen zurück; ihre fadenscheinigen Ausreden ließen erkennen, daß sie fremdem Einflusse gehorchten. Der Sohn des Hafnermeisters Söll, den man als tüchtigen Trommler schätzte, sagte ab; der Lebzelter Höß ließ wissen, daß er zu heiser sei, um bei der Liedertafel mitzuwirken, und der Magistratsrat Späth erklärte mit rauher Offenheit, daß er bei dem preußischen Feste keine Rolle spielen werde. Was bedeuten aber diese kleinlichen Dinge neben der Begeisterung, die sich überall kundgab! Nahezu vierzig Veteranenvereine hatten ihre Beteiligung mit Fahnen zugesagt, mehrere Musikkorps waren angemeldet, die freiwilligen Feuerwehren der ganzen Umgegend, Schützenvereine, Turner wurden erwartet, Triumphpforten waren errichtet, das Barometer versprach herrliches Wetter, die Gastwirte hofften, daß die Landbevölkerung in Scharen herbeiströmen werde, und sie verhackten ungezählte Schweine zu Würsten.

Überall zeigte sich geschäftiges Treiben, überall regte sich die altbayrische Freude an lauten Festen. Wenn es Feierabend war, spazierte jung und alt durch die Straßen und bewunderte die Dekorationen. Zwei Tage vor der Feier kam der bronzene Engel sorgfältig verpackt an.

Der Zimmermeister Degenbeck mit seinem Gesellen nahm ihn auf der Bahn in Empfang und brachte ihn auf geschmücktem Wagen zum Festplatze.

Zwei Veteranen hielten die Ehrenwache bei dem Kunstwerke, dessen Formen sich unter den hüllenden Tüchern kaum erraten ließen. Trotzdem drängten sich die Leute herzu und wurden des Schauens nicht müde. Als es dunkelte, rückten Meister Bonholzer und Degenbeck mit ihren Leuten an; der Engel sollte vermittels eines Kranens auf den Sockel gehoben werden.

Der Turnverein hielt Ordnung. Während die einen hinter gespannten Stricken die Menge zurückhielten, leuchteten die anderen mit Fackeln zur Arbeit.

Degenbeck wußte, daß ganz Bernau anwesend war, und er ließ seine Kommandorufe laut über den Platz ertönen. Endlich stand der Engel oben; er wurde von seiner Verpackung befreit, aber zugleich errichtete man die Hülle, welche erst am Festtage fallen durfte.

Als die Arbeit beendet war, marschierten Meister, Gesellen und Turner in geordnetem Zuge ab. Und Martin Degenbeck sah in der Fackelbeleuchtung kriegerisch und ehrfurchtgebietend aus.

Der Platz leerte sich, und bald stand das Denkmal einsam hinter den schützenden Vorhängen.

Um die Mitternachtsstunde aber ging der Hutmacher Bergwieser an ihm vorbei. Er hatte mit einigen Freunden im Kronprinzen gezecht und war nun auf dem Heimwege. Er ging achtlos seines Weges und hatte den Platz schon überschritten, als er plötzlich ein sonderbares Geräusch vernahm.

Es war das Kreischen einer Feile.

Er blieb stehen und horchte. Eine Weile hörte er nichts mehr, dann setzte es wieder ein. Gedämpft und doch deutlich. Das Kreischen einer Feile. Und das Geräusch kam von der Mitte des Platzes her, wo das Denkmal stand.

Bergwieser war sonst ein beherzter Mann; wenigstens versicherte er das allen, denen er den Hergang schilderte.

Aber diesmal, sagte er, wurde es ihm sonderbar zumute; denn es hatte gerade zwölf geschlagen, und das Geräusch war so merkwürdig.

Er ging mit Herzklopfen weiter, und wie er beim Weinwirt Söllhuber Licht sah, stürzte er in die Gaststube, und da saßen noch der Degenbeck und der Kilger hinter der Flasche. Der Schmied Kilger.

Bergwieser war blaß im Gesicht und stieß seine Erzählung hervor, es sei nicht richtig auf dem Platze, es kratze und feile, und ja, weiß der Teufel, es feile.

Der Zimmermeister Degenbeck springt auf. »Himmel Laudon! Beim Denkmal?«

»Beim Denkmal oder nicht weit davon; ganz gewiß mitten auf dem Platze.«

Die drei laufen hinaus, und der Kilger sagt zum Bergwieser, er solle nun still sein. Denn der Bergwieser hat es auf einmal mit der Wut gekriegt und hat das Schimpfen angefangen.

Sie schleichen bis zum Platze vor. Kein Laut. Der Kilger schaut den Degenbeck an; der Degenbeck schaut den Bergwieser an. Da! Jetzt wieder!

Wie das Kreischen einer Feile; gedämpft, aber ganz deutlich.

Der Degenbeck voraus; der Kilger hinterdrein!

Der Bergwieser sucht in seiner Wut, ob er nicht etwas zum Zuschlagen findet; dann will er auch hinterdrein.

Aber da schreit es schon vom Denkmal herüber: »Hund verfluchter!«

Und eine andere Stimme jammert. Und dann patscht es.

Wenn das eine Ohrfeige war, dann war sie nicht schlecht.

Und da patscht es wieder. Einmal, zweimal, und nochmal, und wieder.

Wenn das lauter Maulschellen waren, dann ist keine daneben gegangen.

Und da jammert es wieder.

»Hören Sie auf! Hören Sie auf!«

Aber – – – patsch! patsch!

Und die wütende Stimme vom Degenbeck.

»Lumpenhund!« schreit er. »Hab ich dich!«

Der Bergwieser hat nichts gefunden zum Zuschlagen und geht jetzt ohne Waffe hin.

Voll Wut.

Der Degenbeck und der Kilger kommen ihm entgegen; sie halten einen, der sich losreißen will.

Aber wenn der Schmied Kilger einen hat, läßt er nicht los.

Sie zerren den Kerl vorwärts bis zu der Laterne beim Lebzelter Höß.

Da kann man ihn jetzt genau anschauen. Ein langer Mensch, die Haare hängen ihm in das Gesicht, und die Backen sind angeschwollen.

Aber man kennt ihn ganz gut.

»Ja, Degenbeck!« schreit der Bergwieser. »Das ist ja Hochwürden, der Herr Kooperator!«

»Nix mehr Hochwürden!« sagt der Degenbeck, und der Kilger zieht den Herrn Wilmans weiter.

»So helfen Sie doch!« kreischt der Kooperator.

»Aber Degenbeck...«, sagt der Bergwieser.

»Druck dich!« brummt der Schmied Kilger, »der hat unser Denkmal kaputt g'macht, und jetzt geht er mit zum Söllhuber, und nachher holen wir die Schandarmerie.«

Also, der Bergwieser kann ihm auch nicht helfen.

Sie kommen zum Söllhuber in die Gaststube; das heißt, der Degenbeck nicht; der lauft jetzt zum Kommandanten.

Der Söllhuber schaut groß und klein, und die Kellnerin schlagt die Hände überm Kopf zusammen.

»Jesus Maria! Was ist das mit unserem Herrn Kooperator! Nein, wie der ausschaut!«

Er hat nicht schön ausgeschaut. Die Backen!

»Laß doch los!« sagt der Söllhuber zum Kilger.

»Erst wenn der Kommandant da ist«, brummt der Kilger.

Es dauert nicht lang, kommt der Kommandant mit dem Degenbeck.

Er sagt zum Kilger, daß er den Kooperator auslassen muß; und wie der hochwürdige Herr frei ist, schreit er schon.

Er ist mißhandelt worden. Roh, gemein, niederträchtig mißhandelt. Er will sehen, ob es Gerechtigkeit gibt. Der Degenbeck muß ins Zuchthaus, ohne Gnade!

»Ta... ta... ta... ta!« sagt der Kommandant. »Nur Ruhe!«

Und er fragt den Degenbeck, wie die Sache war.

»Ja, wie die Sache war? Ganz einfach.«

Der Bergwieser hat sie geholt, weil er eine Feile gehört hat. Sie sind hinaus und haben es auch gehört. Sie sind zum Denkmal hingeschlichen und hören es deutlich, wie einer oben an dem Engel herumfeilt. Sie heben den Vorhang auf, da springt einer vom Sockel, aber pumms! Der Schmied hat ihn schon. Der Mensch hat noch die Feile in der Hand. Die läßt er jetzt fallen; sie muß noch dort liegen.

»Und ja, das ist die ganze Sache.«

»Lügner! Lügner!« schreit der Kooperator. »Geschlagen hat er mich! Mißhandelt hat er mich! Roh, gemein! Niederträchtig!«

»Ta ... ta ... ta ... ta!« sagt der Kommandant. »Nur Ruhe! Ist das wahr, Herr Degenbeck?«

»Ist schon wahr«, sagt der Degenbeck. »Ich habe dem Inkognitoattentäter die erste Strafe verabreicht.«

Nämlich, der Degenbeck hat es mit den Fremdwörtern.

»Er hat mich gekannt!« schreit der Kooperator.

»Das geht mich vorläufig nichts an«, sagt der Kommandant, »aber ich muß Sie fragen: Geben Sie zu, daß Sie das Denkmal beschädigt haben?«

»Ich gebe gar nichts zu. Was ich getan habe, ist mein heiliges Recht.«

»Sie geben es nicht zu?«

»Nein. Was ich getan habe, ist mein heiliges Recht.«

»Ja, wir werden halt jetzt das Denkmal untersuchen«, sagt der Kommandant.

»Sie werden jetzt protokollieren, wie mich dieser Mensch mißhandelt hat«, schreit der Kooperator.

»Das geht mich vorläufig nichts an«, sagt der Kommandant. »Sie können mitgehen, Herr Kooperator, oder Sie können heimgehen. Was Sie wollen.«

Jetzt fragt der Kilger: »Ja, soll ich ihn nicht halten bei der Untersuchung?«

»Ist nicht notwendig«, sagt der Kommandant.

Der Herr Kooperator schaut den Degenbeck an. Nicht freundlich. Und dann ist er hinaus; schnell, ohne Hut, und war gleich verschwunden. Die anderen haben vom Söllhuber eine Laterne genommen und sind zum Denkmal gegangen.

Die Feile ist dort gelegen, und der Kilger hat sie angeschaut.

»Eine zweihiebige Zollfeile«, hat er gebrummt, »die gibt aus.«

Dann hat sie der Kommandant genommen.

Der Degenbeck ist schnell unter den Vorhang und hinauf auf den Sockel.

Da flucht er mörderisch.

»Was ist?« fragt der Kommandant.

»Ein Loch ist an der linken Brust; die halbe Brust weggefeilt! Himmel Laudon! So ein Lump!«

»Nur Ruhe!« sagt der Kommandant, »wir wollen es untersuchen.«

Er steigt auch hinauf und leuchtet mit der Laterne hin; wie er herunter ist, schaut der Kilger die Sache an. Dann kommen die anderen.

Der Kommandant schreibt etwas in sein Buch und sagt: »Es ist schon so. Die Figur ist stark beschädigt.«

Das war der Hergang, wie ihn der Hutmacher Bergwieser erzählte.

Die Geschichte ging wie ein Lauffeuer durch den Markt. An jeder Haustür stand am anderen Morgen ein Mensch, der grimmig erzählte, und ein Mensch, der grimmig zuhorchte.

Meiner Mutter erzählte es die Frau Degenbeck, und ich stand dabei. Aber als die Geschichte eine Wendung gegen den geistlichen Stand nahm, mußte ich mich entfernen. Denn meine Mutter wollte in mir den Respekt vor den Dienern Gottes lebendig erhalten.

Beim nächsten Hause hörte ich schon Anfang, Mitte und Ende aus anderem Munde. Die Wut in Bernau war riesengroß. Denn selbst wer die Gemeinheit der Handlung nicht verstehen konnte, stand fassungslos vor den Folgen der Untat.

Das Fest mußte verschoben werden, den Vereinen mußte abtelegraphiert werden, und ein neuer Engel mußte gekauft werden.

Das alles ging noch.

Aber wer aß die Würste, die schon gemacht waren? Wer zahlte sie?

Und wer konnte den Hohn ertragen, der aus allen Schleusen sich über Bernau ergoß?

Die himmlischen Scharen selbst mußten den armen Leuten verhaßt werden; denn wer konnte noch von Engeln reden, und dachte nicht gleich an Bernau und abgefeilte Busen?

Und doch gab es einen, der sich trotz Schimpf und Schande über die Untat freute; ganz gewiß freute trotz aller Güte, die ihm eigen war.

Und dieser eine hieß Franz Hefter und hatte Grund zum Vergnügen. Denn Heinrich Wilmans, der Liebling des Himmels, brach den Hals bei der Geschichte.

Am Morgen nach seinem Beginnen erstattete er seinem Pfarrherrn Bericht.

Nicht freiwillig, denn der Kommandant hatte ihm schon vorgegriffen.

Nicht reumütig, denn er bestand stolz darauf, daß er eine heilige Pflicht erfüllt habe.

An diesem bronzenen Engel nämlich war das Obergewand zu kurz gewesen, und so war ein Teil des linken Busens unverhüllt geblieben.

Welcher Mensch aber, der im Umkreise von zehn Stunden bei der Stadt Münster geboren ist, kann einen solchen Anblick ertragen?

Nein, er nimmt die Feile und rottet aus, was Ärgernis gibt.

Das ist heiliges Recht für jeden Münsteraner.

Der alte, gute Rat Hefter sah seinen Kooperator während der feurigen Verteidigung nachdenklich an.

Ich fürchte, daß er nicht so sehr auf die frommen Worte achtete, als auf die Farben und Schwellungen, welche Wilmans Backen zur Schau trugen. Ich fürchte, daß er im stillen den Zimmermeister Degenbeck segnete.

Als der westfälische Glaubensbote mit seinem Bericht fertig war, lächelte der geistliche Rat voll der Güte.

Und er sagte, daß er dem jungen Streiter die Tat nicht verarge.

Durchaus nicht. Aber wirklich ganz und gar nicht. Nur Sorge habe er; recht ernstliche Sorge um das leibliche Wohlergehen seines Kooperators. Wenn man erwäge, welche Verwüstung *ein* zorniger Bernauer angerichtet habe, was habe man demnach von allen zu erwarten? Wenn er Heinrich Wilmans wäre, so würde er sich in seinem Kämmerlein verstecken und noch diese Nacht zum Wanderstabe greifen, bevor alle Haselnußstauden in Bernau lebendig würden.

Der Heilige aus Münster sah seinen wohlmeinenden Vorgesetzten an; vielleicht entging es ihm nicht, daß dieser Rat ohne Trauer erteilt wurde. Aber er folgte ihm.

Und als er denselbigen Abend seine Habseligkeiten packte, hörte er im stillen Kämmerlein ein vergnügliches Pfeifen.

Es kam aus dem Zimmer des Herrn Franz Hefter, der für sich selber Melodien flötete. Und alle hatten einen altbayrischen Rhythmus. So einen recht lustigen.

Die Wahrheit ist, daß es in Bernau bloß einen gab, der dem Fürsten Otto von Bismarck wohlgesinnt war. Die Anerkennung Degenbecks bedeutete für den Reichskanzler viel, obschon sie ihre Wenn und Abers hatte und nicht selten im Laufe der zwanzig Jahre – denn was vor 70 lag, zählte nicht – sinken und untergehen wollte. Aber es müßte erst gefunden werden, wen die Schuld traf, und ob sich der Minister immer so führte, daß ein altbayrischer Zimmermeister zufrieden sein konnte.

Wer die Politik als eine Geheimkunst der Großen betrachtet, darf trotzdem nicht leugnen, daß ihre Wirkungen dem schlichtesten Bürger fühlbar und diskutabel werden. Wenn es vom Himmel regnet, wird es im Tale naß, und es tropft auf den schäbigsten Zylinder. Droben auf den Wetterwarten können sie es meinetwegen besser wissen, wie die Sache morgen wird; jedoch, wem es heute seinen Gemüsgarten verhagelt, der soll und kann fluchen. Und damit ist übrigens nicht angedeutet, daß Martin Degenbeck nur das Gegenwärtige begriff, denn er stand festen Fußes in der Historie und führte seine Gedanken über ein weites Feld spazieren.

Unsereiner sagt: »Alexander der Große« und »Karl der Große« und schiebt die Verantwortung seinem Schulmeister hinüber, aber Degenbeck fragt sich: warum und wieso? Bloß Persien erobern und das Abendland beherrschen genügt noch lange nicht, um einen forschenden Geist zu blenden, der mit Altmeister Rotteck sucht, wieviel eigentlich die Menschheit von diesen auffallenden Erscheinungen profitiert habe. Glauben wir nicht, daß ein solcher Mann mißtrauisch wird gegen den Beifall, mit welchem das Publikum den zurzeit noch auf der Weltbühne agierenden Helden überschüttet? Während er bedenklich das Lob eines Königs prüft, der lange Zeit vor Christo seine Taten abgeschlossen hat? Halten wir es nicht für unrecht, wenn man diesem Forscher die geltende Meinung auf den Kopf schlägt und ihn verstummen macht, weil es sich um einen Staatsmann des neunzehnten Jahrhunderts handelt?

Ich meine, wir halten dieses Vorgehen für falsch und gratulieren dem Fürsten Bismarck dazu, daß ihm der Zimmermeister Degenbeck hinter allen Wenn und Abers immerhin noch einen respektablen Thron erbaute.

Der war von solider, bürgerlicher Art und stand auf so festen Füßen, daß er nicht im geringsten wackelte, als sich im März 1890 die

Gnadensonne hinter dunkle Wolken schob und ein kalter Wind zu blasen anfing. Mochte die durchschnittliche Mitwelt das Maul aufsperren und mit Bestürzung zum Himmel schauen, von dem dieses beträchtliche Gestirn herabgefallen war, für Martin Degenbeck kam die Sache nicht so überraschend, daß sie ihm seine Weltanschauung umgestülpt hätte. Auch er hatte die Begebenheit nicht vorausgesehen, denn dazu wußte er viel zu wenig von Berliner Impressionen, aber er kannte die Vergänglichkeit irdischer Größe und die Unbeständigkeit der Fürstengunst zur Genüge, und hierin konnte ihn nichts verblüffen. Wie war es dem Helden Belisarius ergangen, nachdem er für seinen Kaiser Justinian in Ost und West große Siege erfochten hatte?

Wer die Straßen kennt, auf denen das Rad der Weltgeschichte rollt, der weiß, wie sie bald hinauf, bald hinunter führen, und der gewiegte Kenner sucht das Blümlein Dankbarkeit nicht in den Höfen der Königsschlösser. Summa Summarum, der Zimmermeister Degenbeck übersah die Tatsachen von der Höhe der Wissenschaft und ließ sich sein gelassenes Urteil nicht beirren, und er hielt sich steif gegen die Luft, welche jetzt viele Wetterhähne in den Angeln drehte. Er verlor den Fürsten Bismarck nicht aus den Augen, als ihn der dichte Wald von Friedrichsruh vor der hochmögenden Menschheit verbarg, und er fügte seinen Wenn und Abers kein neues hinzu, das sich etwa auf die veränderte Glückslage gestützt hätte.

Es kam nun die Zeit, in welcher dem älteren Sohne des historischen Mannes die Hochzeit in Wien zugerichtet wurde. An das Familienfest hing sich ein Schwanz von sonderbaren Begebenheiten, welche den Zeitungsabonnenten nur zum Teile bekannt wurden, insoferne Verschiedenes zwischen diskrete Aktendeckel geklemmt wurde, aus denen es dermaleinst die ruhig denkende Nachwelt hervorziehen kann. Das mitlebende Geschlecht benahm sich zu aufgeregt, als daß man ihm die ganze Guckkastenherrlichkeit hätte aufweisen dürfen, und eine weise Regierung stellt ihren Kindern nur eine Suppe vor, welche sich im längeren Stehen abgekühlt hat. Wie man sich vielleicht freundlichermaßen erinnert, genügte auch das, was offenbar wurde, zur Spaltung der öffentlichen Meinung. Der eine Teil der deutschen Bürgerschaft war überaus fröhlich und sangeslustig und ging mit brennenden Fackeln spazieren, der andere Teil blickte ängstlich nach dem Dache des monarchischen Gebäudes, ob es denn die Erschütterung der Grundfesten noch aushalte. Vielleicht hätte sich das furchtsamste Gemüt der Ruhe hingegeben, wenn es rechtzeitig bekannt geworden wäre, daß gerade im Verlauf dieser Peinlichkeiten, ja unmittelbar durch sie veranlaßt, der Schneidermeister Schlamminger von Bernau aus einem Anarchisten zum Bismarckianer wurde. Und wenn das auch damals in der Skala der monarchischen Gesinnung nicht den höchsten Grad des Erreichbaren bedeutete, so war es doch eine beträchtliche Erhebung aus der untersten Tiefe des Staatsgedankens.

Wie wir eingangs vernommen haben, war Martin Degenbeck lange Jahre mit seinen Ansichten allein gestanden, obwohl er als eine lehrhafte Natur es oftmals versucht hatte, seine Mitbürger in sein Lager herüberzuziehen. Manche taten ihm einen Abend lang den Gefallen, seine Weltanschauung zu teilen, weil sie selbst keine besaßen, aber am ernüchternden Morgen sagten sie sich sogleich wieder von derartigen Standpunkten los. Jede Einseitigkeit erschwert das Geschäftsleben, und es ist zur Erhaltung wie zur Ausbreitung der Kundschaft dienlich, sich allen Meinungen mit der gleichen Kraft anzuschließen.

Wenn Bismarck ein Realpolitiker war, wie man das häufig behauptet, dann mußte er selbst einsehen, daß ein Bernauer Familienvater das fühlbare Wohlwollen seiner nächsten Umgebung nicht für eine unfruchtbare Begeisterung hingeben konnte.

In dem konzilianten Anhören der Degenbeckschen Politik lag also nicht eine Übereinstimmung, sondern bürgerliche Friedensliebe, welche einen Streit über fernliegende Dinge vermeidet und nur in lokalen Angelegenheiten aussetzt.

Sehr viel anders war die Situation, wofern der Schneidermeister Franz Schlamminger in Betrachtung genommen werden will. Dieser Mann kann seine richtige Wesenserklärung nur in einer seltsamen Laune der Natur finden, weil seine Entwicklung sich gegen alle bodenständigen Notwendigkeiten vollzog. Wenn in Bernau überhaupt die Möglichkeit für ein starkes Prinzip geboten war, dann – so müßte der Kenner der Verhältnisse annehmen – konnte es sich nicht nach links hinüberschlagen. Und da wäre nun eben auszufinden, wie Franz Schlamminger ins Anarchistische kam.

Das Problem wird schwieriger durch die Tatsache, daß er seine Heimat nie verlassen hatte und nie in einem Erdreiche stand, wo dieser Samen anfliegen konnte; in ein wahres Labyrinth geriet man aber erst durch seine persönliche Erscheinung. Denn er war von schmächtigem Wuchse und von so zarter Beschaffenheit, wie es einem Schneider zukommt, und an seinem Kinn hing ein wehmütiger Knebelbart, und das kleine Maul trug er halbgeöffnet nach Karpfenart. Das einzige Herausfordernde war eine lange, fleischige Nase, welche allerdings so ungebührlich viel Platz in seinem Gesicht beanspruchte, als wäre alles andere nur da, um sie zu garnieren. In den Augen saß eine stille Resignation, welche ihrer schwierigen Lage hinter einer solchen Nase angemessen war.

Bei einem sanften Äußeren und trotz der lähmenden Wirkung, welche eine zahlreiche Familie auch auf feurige Geister übt, war Schlamminger ein Bewunderer der Französischen Revolution, und der ami du peuple, Marat, war sein Liebling. Jeder ordnungsliebende Bernauer, der sich eine Hose anmessen ließ, mußte den Anblick des fürchterlichen Helden erdulden, denn sein Bild hing in der Schneiderwerkstatt und schaute grimmig auf die Bourgeois herunter. Dicht daneben erschreckte aus einem wurmstichigen Rahmen heraus die Hinrichtung Ludwigs XVI. und zeigte, wessen die Marats und Schlammingers fähig waren. Es konnte auch geschehen, daß der unbeugsame Schneider, während er Dicke und Länge eines Beines abnahm, zu singen anhub:

»So schwört, daß euer Schwert nicht auf zu schlagen hört,
Bis ausgerottet die Tyrannenrotten! Schwört!«

Diese Verse des Revolutionspoeten Chenier hatten beim Fest des höchsten Wesens ihre Wirkung getan und taten sie noch, denn Schlammingers Stimme kam dabei allemal ins Zittern, was die Bewegung seines Innern verriet. Jeder Bernauer, dem es dabei kalt über den Rücken gelaufen war, trug zu dem unheimlichen Rufe bei, der von dem Schneider ausging.

Martin Degenbeck, obzwar er die Berechtigung der Revolution anerkannte, ging mit seinen Sympathien nur bis zur Erstürmung der Bastille und wollte das Blutvergießen verabscheut haben und bekämpfte Schlamminger, wo er ihn antraf. Jedoch war er voll stiller Hochachtung gegen ihn und hätte gerne herausgebracht, aus welchem Buche der Schneidermeister seine Kenntnisse und seinen republikanischen Geist schöpfte, welches aber dieser nicht verriet, sondern als Geheimnis bewahrte.

Daß sie sich über Bismarck nicht einigen konnten, ist schon deswegen klar, weil Schlamminger nicht einmal die Erfolge des Reichskanzlers gelten ließ, denn er stand auf der französischen Seite und redete über die Prüssiäns, als hätte er die Revanche für Sedan zu nehmen.

Und dies war nun so und blieb so bis zu der historischen Nacht vom 23. auf den 24. Junius 1891. Nach dem Hochzeitsfeste in Wien, welches eine Ähnlichkeit mit der Cholera hatte, indem es die höheren Klassen zum Klimawechsel veranlaßte, beschloß Fürst Bismarck, nach dem Königreiche Bayern zu reisen, um auch hier zu sehen, wie schnell sich die Verehrung aus Livreen entfernt.

Als er nächtlicherweile in Salzburg ankam, konnte er auf dem schlecht beleuchteten Perron ein paar Dutzend Polizeidiener bemerken, welche aber schweigsam und finsteren Antlitzes standen, indem für diesen Fall jede Begeisterung behördlich untersagt war. Der Zug rollte trübselig aus dem Bahnhof hinaus, und wenn der alte Bismarck nicht schlief, stellte er vielleicht sonderbare Betrachtungen an über den Wandel der Zeiten, der scherwenzelnden Beamten eisige Zurückhaltung einflößt und singende Liedertafeln verstummen macht. Denn er wußte nicht, was sich auf der nächsten Haltstation vorbereitete.

Sie hieß Bernau, und hier wachte Martin Degenbeck und beschloß für diesen Abend auch die letzten Wenn und Abers zurückzustellen und der Mitwelt zu zeigen, daß es den Altbayern auf mehr oder weniger Fürstengunst nicht ankomme. Freilich mußte auch er die Macht der Verhältnisse spüren, denn als er von Haus zu Haus ging, um die Bernauer für einen festlichen Empfang zu gewinnen, sah er viele verlegene Gesichter. Jeder hätte gern mitgetan, aber der eine war nicht ganz wohl, der andere mußte bei seiner Frau bleiben, der dritte sagte so eifrig zu, daß man gleich sah, er werde nicht kommen.

Am Schlusse stand nur ein Häuflein von elf Mann zu Martin Degenbeck und schwor, ihm überallhin zu folgen, und so viele Wacht am Rhein zu singen, als er nur wolle. Der Befehl war, um halb ein Uhr nachts mit zwei Pechfackeln ausgerüstet am Bahnhofe einzutreffen und dort alles weitere zu erwarten. Unterweilen regnete es in Strömen, und die Klugen, welche abgesagt hatten, konnten sich auch darauf etwas zu gut tun, daß sie keine nassen Füße kriegten.

Als es Mitternacht schlug, brach Degenbeck mit drei Zimmerleuten gegen den Bahnhof auf, und nach und nach trafen alle andern ein; die meisten waren Handwerksgesellen und hatten als Turner etwas übrig fürs Deutsche Reich. Von den ansässigen Bürgern hatte sich nur der Schmiedmeister Kilger angeschlossen, der keine politische Meinung, aber auch keine Angst hatte, und der immer dort stand, wo Degenbeck stand.

»Der Zug hält nur drei Minuten«, sagte der Expeditor.

»Folgedessen«, sagte Degenbeck, »muß jeder für drei schreien, wenn wir das Hoch ausbringen, sonst kommt er gar nicht ans Fenster.«

»Nur keine Angst!« versicherte Kilger, »ich tu meine Pflicht und Schuldigkeit.«

Der Regen plätscherte ohne Aufhören, und die elf Mann rückten fröstelnd zusammen und horchten in die finstere Nacht hinaus.

Da ertönte klingend das Zeichen, daß der Zug die letzte Station passiert habe.

»Auf geht's!« kommandierte Degenbeck und zündete seine Fackel an, und die anderen folgten, und mit einemmal sah der kleine Bahnhof feierlich aus, und die Gestalten der Männer hoben sich martialisch aus dem feurigen Schein.

»Da kommt ja noch einer!« sagte Kilger und deutete auf etwas Dunkles, was langsam näher kam. Er hob die Fackel und leuchtete hin, und da stand, von Wasser triefend, der ami du peuple, Schlamminger.

In Degenbeck stieg ein fürchterlicher Verdacht auf.

»Was willst du?« fragte er hastig.

»Zuschauen will ich«, antwortete der Schneidermeister, »bloß zuschauen.«

Die Regentropfen rannen ihm über die Nase und fielen wie von einer Dachrinne zu Boden, und das ganze Männlein war von dem nassen Element so verklebt und hergenommen, daß jeder Argwohn verschwinden mußte. »Schlamminger! Schlamminger!« warnte Degenbeck, aber da hatte er schon keine Zeit mehr, den Satz auszusprechen, denn zwei riesige Lichter tauchten auf und glitschten die Schienen heran. »Fackeln hoch!«

Es rasselte und polterte, und krachend zog die Bremse an, und aus elf Kehlen, oder wie der Sattler Hans behauptete, aus zwölf Kehlen, denn er ließ es sich nicht nehmen, daß der Schneider Schlamminger neben ihm mörderisch geschrieen habe, aus zwölf Kehlen kam ein so furchtbares und ohrenbetäubendes Vivat hoch, daß es im Zug sogleich lebendig wurde und ein schwarzbärtiger Mann die Nase ans Fenster drückte. Das war aber der Leibarzt Schweninger, und es muß ihm der Anblick gefallen haben, denn er ließ das Fenster herunter, und da erschien im Rahmen eine andere Gestalt, an die viele Millionen Menschen lange Jahre ihre Liebe oder ihren Haß gewendet haben. Und es wurde totenstill, und das Gesicht des alten Mannes glänzte im Fackelschein, und zwei merkwürdige Augen blickten auf die Bernauer herunter, und den Martin Degenbeck überlief es heiß und kalt, daß ihn kaum zwei Schritte von der leibhaftigen Weltgeschichte trennten, aber er faßte sich das Herz und rief:

»Euer Durchlaucht begrüßen wir als die ersten wieder auf deutschem Boden, und wenn das Wetter hier auch recht schlecht ist, und wenn das Wetter in Berlin vielleicht noch viel schlechter ist, und wenn es da droben blitzt und donnert, das macht uns gar nichts, und deswegen ist es doch der allerschönste Tag, und ich fordere die

Anwesenden auf, mit mir einzustimmen: der Fürst Bismarck soll leben hoch und hoch und Vivat hoch!«

Und das war nun wieder ein furchtbares Geschrei, und die Turner zeigten, was aus einer deutschen Brust herauszukriegen ist, und dem Schmiedmeister Kilger schwoll die Ader am Halse, und aus dem Hintergrund kam eine dünne, klägliche Stimme, die man erst vernahm, als die anderen schwiegen: »Durchlaucht, nie vergessen! Ewig dankbar!«

Das war der Schneidermeister Schlamminger. Über das alte Gesicht im Fensterrahmen flog ein Lächeln.

Ja, ja, ihr Bernauer, und nun redete einer zu euch, den man einmal über das ganze Europa hin gehört hat, und es klang einfach und menschlich.

»Die Herren haben sich wirklich einem schlechten Wetter ausgesetzt, um mich zu begrüßen. Ich danke Ihnen.«

Und der Gründer des Deutschen Reiches Fürst Otto von Bismarck streckte die Hand aus, und Martin Degenbeck faßte sie, erst scheu, denn es war die Hand, die den Napoleon vom Thron gestoßen hatte, aber dann schüttelte er sie herzhaft, ein Deutscher dem andern, und die Turner griffen zu, und der Schmiedmeister Kilger griff auch zu mit harten Fingern, und der Fürst lachte und sagte: »Donnerwetter, das sind kräftige Händedrücke!«

Und dann drängte sich noch eine spindeldürre Hand vor, und die klägliche Stimme rief wiederum: »Nie vergessen, Durchlaucht! Nie vergessen! Ewig dankbar!«

Es war noch einmal der Schlamminger. Der Zug fuhr an, und das Bild verschwand aus dem Bahnhof von Bernau, aber nie mehr aus dem Herzen des Martin Degenbeck. Die andern mußten das Erlebnis im Wirtshaus feiern; er ging still nach Hause und er beachtete es nicht einmal, daß neben ihm etwas mit kurzen Schritten trippelte.

Doch bei seinem Hause faßte es ihn am Mantel, und es war wieder der Schneidermeister.

Und er zog ihn aufgeregt unter die Laterne.

»Gib mir deine Hand, Degenbeck!« sagte er. »Du weißt es, wie ich gesinnt war, aber von heute an bin ich für Fürst Bismarck, durch und durch.«

Er sah Degenbeck feierlich an und ging in die regnerische Nacht hinein, und noch zweimal hörte man ihn rufen: »Bismarck, durch und durch!« Dann wurde es ruhig in Bernau.

Hinauf und hinunter führte der Lebensweg des Kaspar Asam; aus einer verachteten Jugend bis zu der Glücksmöglichkeit, daß ihn Magistrat und Behörden beneiden mußten, und wieder zurück in das Dunkel der Armut.

Er wuchs in der Vorstadt auf. Die Häuser der gutsituierten Bürger lagen hoch über seiner Geburtstätte und sahen nur mit den ungepflegten Hinterfronten zu ihr herunter, und dies war gewissermaßen sinnbildlich für die Einschätzung, welche seiner Herkunft zuteil wurde.

Sein Vater Bartholomäus Asam übertrug auf ihn keinerlei Grundsätze, sondern überschattete seine Kinderjahre durch das öffentliche Mißtrauen, mit dem er behaftet war. Er trieb Handel mit Goldfischen, Stallhasen und Meerschweinchen und gedieh bei dieser Beschäftigung so merkwürdig, daß es allen bisherigen Anschauungen widersprach.

Wenn es mit rechten Dingen zuging, mußte Bartholomäus Asam ein kümmerlicher Mensch sein, der den engsten Gürtel in das letzte Loch schnallen konnte.

Aber er besaß nach dem Bierbrauer Spanninger den umfangreichsten Bauch und ging vor aller Welt mit rosigen Wänglein und runden Waden spazieren und wurde den Dürnbuchern unheimlich.

Die Öffentlichkeit hat ein Recht darauf, zu wissen, wovon einer fett wird, und eine solche Üppigkeit, deren Nährboden rätselhaft war, erregte Verdacht und übertrug sich leider auf die Familie. So stand Kaspar Asam ohne eigene Schuld abseits vom bürgerlichen Wohlwollen, und eine edle Natur hätte vielleicht aus dieser Ungerechtigkeit Haß gesogen.

Er tat dies nicht, sondern hielt sich frei von Ehrgeiz, und sein Knabengemüt wurde viel heftiger durch den Schulzwang getroffen, als durch die Mißachtung der Altersgenossen. Sowie er seine Freiheit erlangt hatte, trat er in das väterliche Geschäft ein und steigerte bald durch sein eigenes Aussehen den Abscheu der Dürnbucher, indem auch er alle Zeichen der Wohlgenährtheit ansetzte.

Wenn er des Weges kam, blieben die ehrenwerten Leute stehen und sahen ihm kopfschüttelnd nach, und viele Blicke trafen ihn, aus denen Abweisung sprach und jene Scheu, welche das ehrliche Besitztum vor der Zweifelhaftigkeit hegt.

Kaspar kümmerte sich nicht darum und gedieh ruhig weiter, und aus Mangel an Beweisen mußte die Stadt Dürnbuch glauben, daß es um den Handel mit Stallhasen etwas recht Opulentes sei.

Dann kam aber ein aufregender Vorfall.

Als der Bäckermeister Vierthaler eines Morgens seinen Laden öffnete, merkte er mit Schrecken, daß die Kasse ausgeplündert war.

Es gab zwei Möglichkeiten. Entweder hatte Asam der Vater gestohlen, oder Asam der Sohn. Der Polizeirottmeister Muggenschnabel konnte noch ein drittes Verdachtsmoment beibringen, indem er beide gemeinsam für schuldig hielt.

Die Haussuchung ergab nichts. Aber das hatte man in Dürnbuch nicht anders erwartet; denn wer vor aller Augen in der rätselhaftesten Weise einen Bauch kriegen konnte, ließ sich nicht so leicht überführen.

Die stille Abneigung gegen die Asamischen wurde jetzt zum unverhohlenen Zorn, und Kaspar, der sich gerade in dieser Zeit zu einem Verehrer der Damen ausbilden wollte, wurde auf einem dieses bezweckenden Spaziergang überfallen und windelweich geschlagen.

Das traf ihn härter wie alles Vorhergegangene, und im Kummer über die öffentliche Unsicherheit verließ er Dürnbuch bei Nacht.

Niemand beklagte sich darüber, daß er ohne Abschied von dannen gegangen war, und niemand erkundigte sich in der Folgezeit nach seinem Befinden.

Die Nachbarn, denen der Vater Bartholomäus erzählte, daß er, vertrieben durch Ungerechtigkeit, sich auf das wilde Meer begeben habe, wünschten, daß ihn alsbald ein Walfisch verschlucken, aber nur ja nicht wieder ausspeien möge, wie zu derselbigen Zeit den Jonas.

Die Tage vergingen.

Der Mond nahm zu und nahm wieder ab, und als die Sonne in das Zeichen des Löwen trat und es allenthalben recht heiß war, kamen absonderliche Nachrichten über das Meer.

Niemals hatte man von solchen Menschen gehört, die sich Boxer nannten, und jetzt erfuhr man, daß sie, von einer wilden Grausamkeit erfaßt, in China Spektakel machten. Was ging es die Dürnbucher an?

Es ging sie viel an. Zunächst als Untertanen des Deutschen Reiches, denn der Gesandte des Landes war von den Heiden erschlagen worden, und freilich waren die Dürnbucher geneigt, dieses weit entfernte Ereignis nachsichtig zu beurteilen. Allein der Schwerpunkt liegt in Berlin, und von dort kam es zu lesen, daß nunmehr Krieg mit den Chinesen sein müsse. Die Vermutung ging dahin, daß auch die Dürnbucher sich an den Kosten beteiligen durften, und damit war das Ereignis näher gerückt.

Zunächst nur für die allgemeine kühle Betrachtung, welche durch das Wochenblatt geleitet wurde. Denn Haupt- und Staatsaktionen begeben sich in Höhenlagen, welche der Bürger nicht überblickt, und er leiht sich vom Zeitungsschreiber das Glas, um sie zu betrachten, und auch die Gedanken, welche darüber anzustellen sind.

Die Boxer belagerten die europäischen Gesandten, und es wurde viel geschossen, und in London, in Paris und Berlin horchte man mit großer Spannung. Der Dürnbucher Redakteur weissagte nichts Gutes, aber er stand über der Situation und faßte die schrecklichsten Möglichkeiten mit Ruhe ins Auge. Dann kam die Nachricht, alles sei ermordet worden, die Gesandten, die Verteidiger und Weib und Kind. In London, in Paris und Berlin gab es Schreie der Entrüstung; der Dürnbucher Redakteur schrieb, es sei genau das, was er sich gedacht habe, und er verlor den Kopf nicht, sondern brachte gleich hinter der Schreckensnachricht die Einladung zu einem Preiskegelschieben.

Allein die Dürnbucher sollten bald erkennen, daß sie dieses Mal nicht weit vom Strudel der Ereignisse saßen, denn das Schicksal hatte einen merkwürdigen Faden von Peking nach ihrer Stadt gesponnen.

Es lief ein amtliches Schreiben aus Berlin ein und hatte ein großes Siegel und war adressiert an den Herrn Bartholomäus Asam, Produktenhändler, und trug die Aufschrift: Kaiserliches Marineamt.

Der Postexpeditor hatte den Brief voll Erstaunen hin und her gedreht und gegen das Sonnenlicht gehalten, und der Postbote hatte ihn verschiedenen Leuten gezeigt, und alle Mittel waren versucht worden, dem Inhalt von außen her beizukommen, aber zuletzt mußte er dem Adressaten eingehändigt werden. Asam öffnete ihn, viel zu langsam für die Ungeduld des Postboten, und zog ein Blatt heraus, welches ehrfurchtgebietende Embleme und Wappen trug. Und dann las er.

»Euer Wohlgeboren!« Er las es noch einmal, und es hieß wirklich so und konnte von niemand in Zweifel gezogen werden. »Euer Wohlgeboren! Ich habe die traurige Pflicht, Ihnen mitzuteilen, daß Ihr Sohn Kaspar Asam, Gefreiter im I. Seebataillon, sich unter den Verteidigern der Gesandtschaft in Peking befand und nach den telegraphischen Berichten vermutlich den ruhmvollen Tod für das Vaterland starb.«

Gezeichnet: Admiral...

Und dann kamen zwei Schnörkel, die einen preußischen Namen bedeuten mußten.

Der wohlgeborene Produktenhändler wollte etwas fragen oder sagen, aber der Postbote war schon weggeeilt, um es brühwärmstens anzubringen. Die Nachricht flog durch die Gassen und lockte die Bürger aus den Häusern, daß sie stundenlang Geschäft und Handwerk im Stiche lassen mußten.

Die Boxer hätten mit Wahrheit sagen dürfen, daß sie sich in Dürnbuch Achtung und Vertrauen erweckt und daß sie sich in einem deutschen Bäckermeister einen aufrichtigen Bewunderer erworben hatten.

Was Bartholomäus Asam anbetraf, so ging er unter dem ersten und starken Eindrucke der Trauerbotschaft zum königlichen Bezirksamt und erkundigte sich, wieviel er vom Staate als verwaister Vater zu beanspruchen habe, und die Auskunft, daß er nichts erhalte, ließ seinen Schmerz neu erwachen. Er sollte bald erfahren, daß es ihm außer an sonstigen rechtlichen Gesichtspunkten auch an einem toten Sohne fehle.

Die Zeit war reich an Überraschungen und arm an verlässigen Nachrichten. Das Gerücht von der Erstürmung der Gesandtschaft war falsch, der Abscheu vor den Boxern übertrieben, und die Freude eines Bäckermeisters verfrüht gewesen. Man hörte jetzt, daß die Gesandten mit heilen Gliedern der Gefahr entronnen waren. Die Berliner Zeitungen waren erstaunt; der Dürnbucher Redakteur aber schrieb, er hätte die tendenziöse Aufbauschung sofort erkannt und nur das Weitere abgewartet. Die weniger Einsichtigen im alten Europa atmeten auf und sagten, daß der Allmächtige seine Hand über die Bedrängten gehalten habe. Nur der Bäcker Vierthaler murrte gegen die Vorsehung und meinte, es sei eben wieder nach der alten Regel gegangen: was am Galgen sterben müsse, könne nicht ersaufen, und Unkraut verderbe nicht.

Der Mann hätte vorsichtiger sein dürfen mit seinen veralteten Sprichwörtern, denn man beleidigt nicht die Freunde der Monarchen, und Kaspar Asam hatte drei auf seiner Seite, was sich bald genug herausstellte. Zuerst wurde es angedeutet durch ein Telegramm des preußischen Admirals, welcher sich beeilte, den Druck jener Todesnachricht von dem gramvollen Vater zu nehmen, und welcher die Tatsache, daß der Gefreite Asam erhalten geblieben war, als etwas Freudiges hinstellte. Man muß eben bedenken, daß im Schlachtenpulverrauche die bürgerlichen Qualitäten verschwinden, und daß das Vaterland die Leumundszeugnisse seiner Helden nicht prüft.

Immerhin war es den Dürnbuchern erlaubt, ihre eigene Meinung zu haben und über die Schwärmerei des Marineamts zu lächeln, solange keine geheiligte Autorität sich der Sache angenommen hatte. Aber das geschah einige Wochen später, indem Kaspar Asam von drei Machthabern dieser Erde affektioniert und durch Kreuze und Medaillen unter die Ausnahmemenschen gestellt wurde. Von Sr. Majestät dem Deutschen Kaiser, von dem Allergroßmächtigsten Zaren zu Petersburg und von Sr. Majestät dem Könige von Großbritannien und Irland und Kaiser von Indien. Mit einem Schlage war Kaspar neben die Kämpfer von Königgrätz und die Löwen von Plewna und die Sieger von Omdhurman gesetzt und war ein Held für drei Länder des alten Europas. Es liegt in der Souveränität begründet, daß vor ihr Meinungen ebensowohl wie Tatsachen schweigen müssen, und der Bäckermeister Vierthaler tat gut, seine alte Geschichte zu begraben und sich an ein anderes Sprichwort zu erinnern, welches so hieß: Jugend hat keine Tugend.

Die Stadt konnte dem Glanz, der auf sie zurückfiel, nicht ausweichen, und sie konnte nicht darauf verzichten, aus dem Ruhme ihres Sohnes Anerkennung und Besonderheit zu gewinnen. Der Dürnbucher Zeitungsschreiber traf wieder einmal mitten ins Schwarze, als er einen begeisterten Artikel über den bayrischen Löwen brachte, der mit mächtigen Tatzenschlägen die wütenden Heiden niedergestreckt hatte. Jedermann fühlte es mit Stolz, daß dieser Löwe ein Dürnbucher war.

Die Chinesen lagen am Boden, und das Christentum hatte wieder einmal einen schönen Triumph erfochten. Engländer, Russen, Franzosen und Deutsche teilten sich in die Gloria, und für die Stadt Dürnbuch an der Glonn fiel ein Hauptstück ab. Kaspar Asam hatte deutschen Boden betreten und teilte seine baldige Ankunft mit. Davon kam eine starke Bewegung in den Veteranenverein, dessen Vorrat an vaterländischen Helden in dreißig Friedensjahren bedenklich gelichtet war, und der es mit Freuden begrüßen mußte, nach so vielen Jubiläen endlich wieder einen richtigen Kriegereinzug abzuhalten. Der Magistrat hatte einstimmig seine Mitwirkung zugesagt, und die königlichen Behörden waren entschlossen, mit Schiffhüten und Fräcken das Fest offiziell zu gestalten. Kein Mißton störte die Vorbereitungen, und als Bartholomäus Asam über den Stadtplatz schritt, sah er, daß die Vorderfronten der stattlichsten Häuser für seinen Sohn mit Fähnlein und Girlanden geziert waren.

Am folgenden Sonntag rückte der Veteranenverein mit Musik aus und marschierte bis zum Egersrieder Kreuzweg, wo der Omnibus in Empfang genommen werden mußte. Es war ein lieblicher Frühlingsmorgen und eine gehobene Stimmung, als nun der gelbe Wagen bedächtig die Straße heranschaukelte. Der Schlosser Sebald als Vorstand gab die letzten Befehle; Musik links am Rande, und auf ein Zeichen den Präsentiermarsch, die Krieger gegenüber, zwei Mann hoch aufgestellt und gut ausgerichtet. Achtung!

Der Postillion hielt an, und vor allen neugierigen Augen kletterte der Sieger von Peking aus dem Wagen; und wahrhaftig, dieser merkwürdige Jüngling war rund und fett, und nichts an ihm zeugte von Strapazen und Entbehrungen. Aber davon war jetzt nicht die Rede, denn Sebald machte soldatischen Lärm. »Achtung! Still-gestanden! Augen rechts! Präsentiert das – Gewehr!« Die Regenschirme flogen klappernd an die Schultern, und müde Handwerkerbeine versuchten es, durchgedrückt und stramm zu stehen.

»Im Namen des Veteranen- und Militärvereins Dürnbuch begrüße ich Sie, indem Sie gezeigt haben, daß auch die jetzige Generation in Treue fest für Fürst und Vaterland überall ihre Pflicht tut und den bayrischen Waffenruhm, welcher einst bei Wörth und Sedan erstrahlte, zu wahren weiß. Wir gedenken wie immer, so auch in diesem Augenblicke unseres obersten Kriegsherrn und geben diesen erhabenen Gefühlen Ausdruck, indem wir rufen: Seine königliche Hoheit, des Königreichs Bayern Verweser, lebe hoch, hoch, hoch!«

Tara, tara, taridadaradada, fiel die Musik ein, und Kaspar Asam nahm die Händedrücke entgegen und zeigte sich dem Augenblicke angemessen. An seinem Rocke hingen vier Orden, welche die alten Soldaten blendeten, und sie glitzerten in der Sonne und klirrten, wenn er auftrat.

»In Sektionen links schwenkt – marsch!«

Hinter der Fahne zwischen Sebald und dem pensionierten Gendarmen Angerer marschierte Kaspar, und es ging mit Trompetenschall nach Dürnbuch hinein bis zum Stadtplatz, auf dem eine Tribüne errichtet war.

Oben glänzten feierliche Zylinderhüte, und unter deren einem schaute das breite Gesicht des Bäckermeisters Vierthaler in diese Welt der merkwürdigsten Schicksalswechsel. Wer hätte es je gedacht, daß er für einen Asam den Bratenrock anlegen werde? Dort unten stand dicht gedrängt lauter ehrbares Volk, hier heroben stand neben ihm ein königlicher Bezirksamtmann, und die jämmerlichen Beine entlang baumelte der Staatsdegen. Warum? Weil jetzt von der Kirchgasse her mit Brausen und Sausen der Kaspar Asam einherschritt, wiederum an der Spitze von ehrlichen Leuten. O du runde Welt, auf der sich das Unterste zu oberst kehrt! Es war einmal eine

Ladenkasse, da lagen siebenunddreißig Mark darin, ein Goldstück, fünf harte Taler und das übrige...

Silentium!

Freilich da waren jetzt die Veteranen vor der Tribüne, und des Kaspar Asam Soldatenauge überflog die Schmerbäuche, als wären sie nichts, und blieben haften auf Seiner Wohlgeboren, dem Herrn rechtskundigen Bürgermeister, welcher nun sprach:

»Silentium! Hochverehrte Festversammlung! Nil admirari sagt jener berühmte Horatius, welchem wir auch das andere Wort verdanken, es ist schön und ehrenvoll, für das Vaterland zu sterben. Nil admirari oder Mensch, wundere dich nicht! Hochverehrte Festversammlung! Ist es doch wahr, dieses Wort des lateinischen Dichters! Denn wohin wir auch blicken, immer wieder ereignen sich wunderbare Dinge und zeigen, daß das Walten der Vorsehung unberechenbar ist. Wer von uns erinnert sich nicht jener bangen Stunden, als die Gesandtschaft umheult von den ergrimmten Chinesen, in der furchtbarsten Gefahr schwebte? Wer erinnert sich nicht jener Nachricht, welche jeden Europäer bis ins Mark traf? Jener Nachricht, daß Weib und Kind unter den Streichen der Wütenden hinsanken? Damals war es, daß auch in unserer Stadt sich ein Vaterherz im bittersten Schmerz zusammenzog, damals trat das Schicksal in seiner fürchterlichsten Gestalt auch an einen aus unserer Mitte, und ein tiefgebeugter Vater blickte in die Gruft seines Sohnes.

Hochverehrte Festversammlung! Nil admirari! Welch ein Unterschied zwischen heute und gestern! Der Totgeglaubte steht gesund und fröhlich in unserer Mitte, und seine Brust schmücken zahlreiche Orden zum Lohne für die Tapferkeit, welche er bewiesen hat. Auch uns ziemt es, ihm dankbar zu sein. War es doch schon im alten Athen gebräuchlich, den heimkehrenden Sieger von Olympia zu feiern, und haben wir doch vielmehr Grund, ihrem Beispiele zu folgen! Denn nicht ein leichtes Spiel war es, aus dem unser Held heimkehrt, nein, es war ein blutiger furchtbarer Kampf. Fürwahr, den deutschen Männern, welche im fernen Asien den Schimpf abwuschen, jenen Schimpf, welcher den glänzenden Schild der Germania eine kurze Weile getrübt hatte, diesen Männern, sage ich, gebührt allgemeiner Dank. Soll es uns nicht mit Freude erfüllen, daß unter diesen Männern auch ein Kind unserer Stadt sich befindet, und haben wir nicht die Pflicht, dieser Freude öffentlich Ausdruck zu geben und damit zu bekunden, daß jene patriotischen Gefühle, welche jetzt in Nord und Süd, und in Süd und Nord, hochverehrte Festversammlung, – daß jene patriotischen Gefühle auch uns beseelen? In diesem Sinne spreche ich namens des Magistrates und Gemeindekollegiums

Ihnen, Herr Kaspar Asam, den tiefgefühltesten Dank aus. Mögen wir alle in den zahlreichen Orden, welche Ihre Brust schmücken, auch eine Ehrung für unsere Stadt erblicken und zugleich die Mahnung, daß auch wir immer bereit sind, mit Gut und Blut zu unserem engeren, sowie zu unserem weiteren Vaterlande zu stehen. Wir können diesen Gefühlen keinen besseren Ausdruck verleihen, als indem wir rufen: Seine königliche Hoheit, des Königreichs Bayern Verweser, und seine Majestät, der deutsche Kaiser, sie leben hoch! hoch! hoch!«

Viele Zylinder und ein Schiffhut wurden zum Himmel gehoben zur mittelbaren und mit einbegriffenen Ehrung des Kaspar Asam, und der Bezirksamtmann zog ihn in ein längeres Gespräch, und es schloß mit einem viel bemerkten Händedruck, und das gleiche tat der Bürgermeister. Beim festlichen Frühschoppen im Lammbräu kam es sogar zu einem direkten Lebehoch auf Kaspar. Ein aufmerksamer Beobachter hätte wohl feststellen können, daß sehr angesehene Bürger sich mit jovialen Witzen an den Helden des Tages heranmachten, und daß sie ihre Bedeutung gehoben glaubten, wenn Kaspar mit ihnen lachte. Der Beobachter hätte weiterhin feststellen können, daß man dem heute schon in öffentlicher Rede erwähnten Vater Bartholomäus zutraulich auf die Schulter schlug und ihm auch sonst einige Brosamen herzlichen Wohlwollens zukommen ließ. Er hätte feststellen können, daß der Bäckermeister Vierthaler im Schatten saß, weil kein Strahl der Asamischen Sonne auf ihn fiel, und daß er sich frühzeitig und unbeachtet nach Hause begeben mußte, während hinter ihm die lauteste Fröhlichkeit auf die Gasse drang.

Es war einmal eine Ladenkasse, und da waren siebenunddreißig Mark darin, ein Goldstück, fünf harte Taler und...

Geh heim mit deiner alten Geschichte, Vierthaler, denn niemand will sie hören. Wenn du aber mit gegrätschten Beinen am Fenster stehst und verdrossen über den leeren Marktplatz schaust, so denke an deinen rechtskundigen Bürgermeister. Nil admirari!

Kaspar Asam war so versöhnlich gestimmt durch den Empfang, daß er seinen Groll gegen Dürnbuch beiseite legte und zu bleiben beschloß. Als vaterländischem Helden stand es ihm nicht wohl an, den Handel mit Stallhasen und Meerschweinchen wieder aufzunehmen. Die Begründung einer neuen Existenz aber war so wichtig und folgenschwer, daß er nicht mit überstürzter Eile an sie heranging, sondern in abwartender Ruhe als täglicher Gast des Lammbräu der Zukunft entgegensah. An dieser Stätte seiner Ehrungen fühlte er sich wohl, und hier glaubte er ständiger Anerkennung sicher zu sein.

Allein die Saiten der bürgerlichen Gemüter bleiben nicht lange in hoher Spannung, und sie ließen nach und gaben bald nur mehr dürftige Töne von sich, wenn Kaspar auf ihnen das Lied von seiner Heldenschaft begleiten wollte. Seine Orden verloren ihre festliche Bedeutung, und ihr Glanz erblindete, weil er sie Tag für Tag den Dürnbuchern vor Augen führte, während sie doch von der Vorsehung dazu ausersehen sind, das sonntägliche Gewand zu schmükken. Der dekorierte Krieger, welcher jeden mühevollen Werkeltag hinter der Bierbank saß, wurde eine gewöhnliche Erscheinung und bald eine ärgerliche Erscheinung. Unterweilen versiegte auch sein chinesischer Kriegsschatz und gleichzeitig mit ihm das Wohlwollen des Lammbräu. Auch Kaspar Asam mußte erfahren, daß der Dank des Vaterlandes kein Kredit fundierendes Objekt, sondern nur ein idealer Begriff ist. Mit unschönen Worten erklärte ihm eines Tages die Kellnerin, daß ihm weiterhin keine Lebens- und Genußmittel anders als gegen bare Bezahlung verabreicht würden, und der Lammbräu, welcher herbeigeholt wurde, zeigte nicht die geringste Scheu vor dem Günstling der drei Monarchen.

So kurze Zeit nach jenen hochklingenden Versicherungen siegte im dankschuldigen Dürnbuch der nüchterne Erwerbssinn über höherstehende Gefühle.

Kaspar Asam erkannte mit Bitterkeit die Forderungen des Alltags und nestelte den russischen Annaorden vom Rock und gab diese goldene Medaille der Kellnerin zum Pfand. Da lag nun das würdige Ehrenzeichen, welches die Soldaten Suworoffs und Kutusoffs und Skobeleffs gleichermaßen zur Tapferkeit angefeuert hatte, neben schmierigen Bierzeichen im Schenkkasten und bewies die Hinfälligkeit der historischen Größe.

Das Gerücht von dieser Tat durchlief die Stadt Dürnbuch und wirkte in gewisser Beziehung zersetzend, denn es ist immer gefährlich, wenn ein Nimbus verloren geht, und die Leute, welche sich von der Kellnerin den Orden zeigen ließen und ihn mit plumpen Späßen von Hand zu Hand gaben, schädigten, wenn auch unbewußt, den monarchischen Gedanken.

Was aber Kaspar Asam betrifft, so trank er so lange, bis der Lammbräu die pfandmäßige Sicherheit für erschöpft hielt, und dann wurde er hinausgeworfen und zog zu seinem Vater in die untere Stadt.

Und die stattlichen Häuser der achtungswerten Bürger schauten wieder mit den schmutzigen Hinterfronten auf ihn hinab.

Anfänge

Da war ich also Rechtsanwalt in dem kleinen Orte D., und weil ich der erste war, der sich hierorts auf diese Weise sein Brot verdienen wollte, konnte ich nicht verlangen, daß alle Welt von meiner Bedeutung oder meinen Aussichten überzeugt war.

Der Schneidermeister, in dessen Hause ich eine Wohnung gemietet hatte, brachte mir ein stilles, aber inniges Mißtrauen entgegen, das wiederum nicht frei war von einem wohlwollenden Mitleid. Der Vorstand des Amtsgerichtes, dem ich mich sogleich vorstellte, strich einen langen, grauen Schnurrbart und heftete seine scharfen Augen auf mich.

Dann sagte er nur:»So, Sie san der?«

Es war manches aus den Worten herauszulesen, nur keine freudige Zustimmung zu meinem Unternehmen.

Wenn ich über die Straße ging, merkte ich wohl, daß sich Leute nach mir umdrehten, und wenn ich auch nicht feinnervig war, merkte ich doch, daß sie sich frei von allem Respekt über meine mutmaßliche Zukunft unterhielten.

Am reichbesetzten Stammtische legten mir alle diese fest angestellten, besoldeten und pensionsberechtigten Männer Fragen vor, die ihre Überlegenheit ebenso wie ihre Zweifel dartaten.

Das alles entmutigte mich nicht, aber wenn ich heim kam und durch meine drei kärglich möblierten Zimmer ging, in denen die Schritte so stark widerhallten, dann packte mich doch ein Gefühl der Unsicherheit und der Vereinsamung.

Ich half mir auf meine Weise. Mit dem alten Zimmerstutzen meines Vaters schoß ich nach der Scheibe und vertrieb mir die langweiligsten Stunden.

Denn wenn ich mich an den Tisch setzte und etwa zu lesen versuchte, hörte ich mit einem Male diese Stille um mich, ich horchte auf sie, und sie klang mir brausend in die Ohren.

Da fiel mir alles schwer aufs Herz, was einmal war und nie mehr sein würde, und ein Heimweh kam über mich nach lieben Menschen, nach Dingen und Zuständen, von denen ich für immer hatte Abschied nehmen müssen.

Das waren Trübseligkeiten, über die mir keine Arbeit weghalf, weil ich keine hatte.

Wenn ich die Treppe heruntertieg und in die Werkstatt meines Schneidermeisters einen Blick werfen konnte, beneidete ich die blassen, jungen Leute, die darauflos nähten von Montag bis Samstag und jeden Feierabend und jeden Feiertag sich redlich verdienten.

Das sah anders aus als in meiner leeren Stube, an deren Wand zwecklos ein kleiner Tisch stand, auf dem ein Paket frischer Papierbogen lag neben dem nagelneuen Tintenfasse, den ungebrauchten Federhaltern und scharfgespitzten Bleistiften. Drei, vier lange Tage schlichen vorbei, ohne daß jemand zu mir gekommen wäre.

Der fragende Blick des Hausherrn wurde eindringlicher, die Bemerkungen am Stammtische wurden berechtigter, die Mienen aller mir begegnenden Spießbürger wurden höhnischer. Wie lange ich nachts mit offenen Augen im Bette lag und nun erst recht die brausende, tosende Stille um mich herum hörte!

Leute standen vor mir, die mich mit ernsten Augen anblickten und mir die Aussichtslosigkeit meines Versuches darlegten, Menschen, die ich liebte und denen ich auch etwas galt, – gegolten hatte.

Denn was war dann, wenn ich hier scheiterte und allen recht gab, die mir abgeraten hatten?

Es waren lange Nächte.

Gegenüber lag eine Schmiede, und vor Tagesanbruch klangen schon die Hammerschläge.

Da mußte ich aufstehen, zuschauen und mir immer wieder sagen, das sei Arbeit, Freude und Leben.

Am fünften Tage kroch mir schon die häßlichste Mutlosigkeit ans Herz.

Aufstehen und warten, in der Stube herumgehen und warten.

Den Zimmerstutzen hatte ich in eine Ecke gestellt.

Mir war gottsjämmerlich zumut. Mein ganzes Vermögen von achtzig Mark ging auf die Neige, und hier mit Schulden beginnen wollte mir doch als Anfang vom Ende vorkommen.

Da!

Nein, es war keine Täuschung, hell und durchdringend läutet die Glocke an meiner Wohnungstüre.

Ich eilte hinaus und öffnete.

Ein hochgewachsener, wohlbeleibter Mann mit einem mächtigen altbayrischen Knebelbart stand vor mir, und sein städtischer Anzug war für mich eine Enttäuschung, weil er so gar nicht wie ein prozessierender Ökonom aussah.

Aber vielleicht ein Gutsbesitzer, Pächter oder Verwalter?

Das schien mir zweifelhaft. Eher konnte er ein behäbiger Bürger des Marktes sein, und ja, das würde wohl stimmen.

»Hab' ich die Ehr', den Herrn Rechtsanwalt...?«

»Bitte, kommen Sie nur herein...«

Ich mußte so etwas von der einladenden Höflichkeit eines Friseurs, eines Zahnarztes, des Besitzers einer schlechtbesuchten Schaubude an mir haben.

Der Gast stand hoch und breit in meinem Zimmer und war sich, wie ich merken konnte, sogleich über die Situation klar.

»Aha!« sagte er, »–m–hm – da is aber a bissel – –«

»Wie meinen Sie?«

»A bissel laar is.«

»Ich lasse mir meine Möbel erst nachkommen«, sagte ich. »In den ersten Tagen mochte ich natürlich nicht – –«

»Freili, natürli. Aba wo san denn de Büacha?«

»Die kommen auch nach.«

»M–hm – ja – ja. – I will Eahna was sag'n, Herr Dokta. Dös erste, was Sie hamm müass'n, san Büacha. Es is ja scho weg'n de Klient'n. Da wenn oana rei kimmt zum Beispiel, nacha muaß 's ausschaug'n da herin, als wia 'r in a alt'n Kanzlei. An dera Wand da drüb'n, da müass'n lauta Büacha steh', und da herent, da müassen S' a so a Stellaschi mit Papier und Aktendeckel hamm. Derfen S' ma 's glaab'n, i hab scho mehra junge Herrn o'fanga sehg'n...«

»Das kommt alles, aber mit was kann ich Ihnen dienen?«

»Mir? Dös wer i Eahna glei sag'n. I bin nämli der Vertreter von der Buchhandlung Maier – I. A. Maier & Sohn – Sie kennan ja die Firma?...«

Es war wieder eine Enttäuschung, und diesmal eine ziemlich starke.

»N ... nein ...«, sagte ich.

»Dös wundert mi, aba mir lerna uns scho no bessa kenna«, antwortete er, und es strömte ein wirkliches und wohlwollendes Behagen von ihm aus. »Mir lerna uns no guat kenna. Nämli, unser Spezialität is ja, daß mir junge Herrn Rechtsanwält ausstaffiern, und i kann Eahna sag'n, i hab scho ziemli viel Herrn ausstaffiert. Lesen S' no...«

Er gab mir eine Karte.

I. A. Maier – Buchhandlung – Spezialität – Anlage von Bibliotheken für Herren Notare und Rechtsanwälte – An- und Verkauf von juristischen Bibliotheken – Kulante Gewährung von Teilzahlungen – usw.

»Seh'gn S', Herr Dokta, dös is dös, was Sie brauchan. De Wand da drüben, de muaß ganz zuadeckt sei mit lauta Büacha. Erschtens« – er streckte den Daumen aus – »brauchan Sie wirkliche juristische Büacha – dös kriag'n ma nacha – zwoatens« – er gab den Zeigefinger dazu – »brauchan Sie Entscheidunga – mir hamm antiquarisch a paar

Sammlunga – drittens« – und jetzt kam der Mittelfinger – »drittens, da gibt's so Amtsblätter und alte Verordnungsblätter, de ja koan Wert nimmer hamm, aba de san hübsch groß, in blaue Pappadeckel ei'bund'n, und macha an recht'n Krawall, de nehman si großartig aus in da Kanzlei. De kriag'n S' von uns drein, an achtz'g Bänd für zwölf Markl...«

»Das ist alles recht schön, aber...«

»Nix aba!« Er sagte es energisch und jede Widerrede abschneidend. »Dös is dös, was Sie brauchan, Herr Dokta. Und jetzt schreib'n mir amal auf, was Sie für wirkliche Büacha hamm müass'n. Mit 'n Strafrecht fanga ma 'r o...«

Und er fing mit dem Strafrecht an und nannte im befehlenden Ton alle anderen im besten Ansehen stehenden Kommentare, schrieb sie mit der Füllfeder auf, fand immer noch ein Buch und gab es dazu, und erklärte endlich, daß mir nunmehr einigermaßen und fürs erste geholfen sei.

Alle Zahlungsbedenken schnitt er kurz ab, und erst, als er sein dickes Notizbuch in die Brusttasche und seine Füllfeder in die Westentasche gesteckt hatte, gab er den befehlshaberischen Ton auf und wurde wieder umgänglich.

»Soo«, sagte er gemütlich, »jetza hamm ma 's, und Notabeni, i mach no mei Gratulation, daß Sie Eahna hier niederlassen hamm. De Gegend is guat, de Bauern streit'n gern, g'rafft werd aa no, Gott sei Dank, da hat a junger Rechtsanwalt a ganz a schön's Feld der Betätigung, und jetzt bhüat Eahna Good!«

Er schied mit einem freundlichen Lächeln von mir, und seine Worte taten mir wohl. Nur allmählich wurde mir klar, daß diese Anschaffung auf Kredit meine Stellung nicht gerade gebessert und befestigt hatte.

Ein ereignisloser Tag, der nun folgte, und die Gewißheit, der ich entschlossen ins Gesicht sehen mußte, die Gewißheit, daß ich das nächste Mittagessen würde schuldig bleiben müssen, ließen mir die Bestellung einer Bibliothek als verbrecherische Torheit erscheinen.

Die Schneider nähten, die Schmiede hämmerten, der Rechtsanwalt schaute zum Fenster hinaus auf den Marktplatz.

Vor seinem Bäckerladen stand der dicke Herr Holdenried und stocherte in den Zähnen herum und gähnte und spuckte aus, und tat das alles mit Ruhe, wie sie eine gefestigte Sicherheit gibt.

Zwei Häuser weiter stand der Seiler Weiß auf dem Bürgersteig und zeigte ebenso aller Welt, die es wissen wollte, daß er sich sattgegessen hatte.

Sie riefen sich etwas zu und lachten, und Herr Holdenried ging ein paar Schritte hinauf, und Herr Weiß ging ein paar Schritte herunter, bis sie beisammen standen und offenbar von den gleichgültigsten Dingen miteinander redeten. Jeder stand würdig und breitbeinig und zahlungsfähig auf dem Pflaster und jeder wußte, daß aus irgendeinem Fenster, oder aus mehreren Fenstern, neidische Blicke auf sie geworfen wurden. Und jeder wußte, daß er wie Vater und Vatersvater den Neid verdiente.

Ob je einer von diesen niederträchtigen Spießbürgern Sorgen getragen hatte, oder auch nur wußte, wie der Gedanke an morgen bleischwer auf dem Magen liegen konnte?

Sie bliesen die Luft von sich und waren zufrieden mit sich und einer mit dem andern, und dann ging Herr Holdenried ein paar Schritte hinunter und Herr Weiß ein paar Schritte hinauf, und sie schloffen durch ihre Haustüren ins Behagen zurück.

- -

Und es war doch wieder die Glocke! Es war gewiß und wahrhaftig wieder die Glocke! Ein kleiner, schmächtiger Mann stand vor der Türe. An seinen Stiefeln hing zäher Lehm, und ich sah wohl, daß er auf Feldwegen gegangen war, und in seinen Blicken lag etwas Unsicheres, Fragendes...

»Sind Sie der neue Herr...«

»Ja, jawohl, kommen Sie nur herein, bitte!«

Es klang immer noch wie die Einladung einer Schießbudenmadam, nur zögernder.

Und das war also ein Lehrer aus Irzenham, einem weit entlegenen Orte, der zu einem anderen Gerichte gehörte, aber der Herr Lehrer war etliche Stationen weit mit der Bahn gefahren, hier ausgestiegen, und nun eben, nun war er da.

Es handelte sich um eine Beleidigung. Eigentlich um eine ununterbrochene Reihe von Kränkungen, Beleidigungen und Ehrabschneidungen.

Man mußte weit zurückgreifen. Es handelte sich, wenn man es recht sagen wollte, um einen förmlichen Krieg zwischen Pfarrer und Lehrer, Sie wissen ja, wie das leider so häufig vorkommt... Ob ich es wußte! Und ob ich nicht, was ich wußte, mit starken Worten sagte, mit Entrüstung, allgemeiner und gerade auf diesen Fall angewandter besonderer Entrüstung!

Wie konnte man einen Mann, der... und wie konnte man einen Lehrer, dessen dornenvoller, verantwortungsreicher Beruf – – und so weiter – Wie konnte man das?

Der Pfarrer hatte es gekonnt. Er hatte schon bald, nachdem der

Herr Lehrer nach Irzenham versetzt worden war, begonnen, die Stellung des Mannes zu untergraben, ihn zu reizen, ihn zu verdächtigen, ihn herunterzusetzen –. Man mußte da weit zurückgreifen und die Irzenhamer Geschichte der letzten drei, vier Jahre kennen lernen, um dann wieder hier vorgreifend, dort Rückschlüsse ziehend, um, auch den schlechten Charakter des neu gewählten Bürgermeisters so ganz begreifend, zu verstehen, warum und wieso die letzten Angriffe auf den Herrn Lehrer, dessen Ehefrau Amalie und wiederum deren Schwester Karoline von langer Hand vorbereitet und besonders giftig waren.

Man mußte weit zurückgreifen, und ob ich es gern tat!

Ob ich nicht politische Bemerkungen einfließen ließ und mich voll und ganz auf die Seite der Lehrer stellte, ganz allgemein aus Gesichtspunkten, die für jeden anständigen Menschen gelten mußten, die in jedem vernünftig geleiteten Staat, die in jeder ordentlich verwalteten Gemeinde überhaupt nicht in Frage kommen konnten!

Ob ich sie nicht mit juristischen Bemerkungen spickte!

Ob ich nicht selber von einer sittlichen Entrüstung durchbebt war!

Und ob ich nicht immer wieder betonte und feierlich versicherte, daß diese seit Jahren auf Irzenham drückende schwüle Temperatur bloß durch das Gewitter einer Gerichtsverhandlung gereinigt werden könne und müsse!

Ja, ich hatte wirklich das Gefühl der Erleichterung, der Befriedigung, als es nun endlich feststand, daß ich als Kläger gegen den Pfarrer auftreten würde!

Es sollte dabei nichts verschwiegen werden.

Aber gewiß nichts!

Die Irzenhamer Geschichte der letzten vier Jahre sollte vor dem Forum der Öffentlichkeit aufgerollt und unter eine alle Winkel erhellende Beleuchtung gesetzt werden. Darauf konnte sich der Herr Lehrer verlassen.

Darauf konnten sich der Herr Lehrer, seine Ehefrau und deren Schwester Karoline unbedingt verlassen.

Die Vollmacht war unterschrieben. »Und ja, womit kann ich noch dienen?«

»Ich möchte«, sagte der ehrenwerte und in allen seinen Gefühlen heftig verletzte Mann, »ich möchte natürlich einen Vorschuß erlegen, aber ich habe leider nicht mehr als fünfzig Mark bei mir ...«

Er zog einen reizenden, von der liebenden Hand der Ehefrau gestickten Geldbeutel hervor und nahm wundervoll klingende Goldstücke daraus ...

Ich schwieg und sah ihm zu.

Ich dachte durchaus ernsthaft darüber nach, wie unsagbar roh man veranlagt sein mußte, wenn man diese Frau, welche die hübsche Geldbörse vermutlich zu Weihnachten gestickt hatte, kränken oder ihrer Schwester Karoline zu nahe treten konnte! Der Lehrer faßte mein tiefsinniges Schweigen irrtümlich auf.

»Ich kann Ihnen ja noch einiges schicken, wenn das nicht genügt...«

»Es genügt«, sagte ich und ließ meine Gedanken nicht weiter abschweifen.

Er zählte das Geld auf den Tisch, ich schrieb mit scheinbarem Gleichmut eine Quittung, alles sah geschäftsmäßig und richtig aus, und er wollte nach höflichem Abschiede gehen.

Da drängte sich mir eine Frage auf die Lippen.

»Herr Lehrer, wie kommt das nun eigentlich? Ich meine, wie kommen Sie von Irzenham hierher und zu mir?«

»Hierher? Hm–m...«

»Sie haben wahrscheinlich meine Anzeige im Wochenblatt gelesen?«

»Nein... eigentlich nicht...«

»Und wieso...?«

»Ich wollte nämlich nach München fahren und dort zu einem Anwalt gehen, aber in der Bahn... wissen Sie... da war ein Herr... ein gebildeter Mann, so militärisch hat er ausgesehen...«

Der Lehrer zwirbelte mit der Hand einen imaginären Schnurr- und Knebelbart...

»... wie ein alter Soldat und auch in der Sprechweise... nicht wahr... Und ja, wir sind ins Gespräch gekommen, wie man eben eine Unterhaltung beginnt, und da erzählte ich dem Herrn von meinem Prozeß...«

»Richtig, dem Herrn erzählten Sie...«

»Daß ich nach München fahre, um einen Anwalt aufzusuchen, und da sagt er zu mir: Was wollen Sie denn in München? Wissen Sie denn nicht, daß ein ausgezeichneter Anwalt hier ist? Er meinte nämlich, hier...« Der Lehrer machte eine Verbeugung.

»Bitte!« sagte ich ruhig.

»Ja, und der Herr erzählte von Ihnen in sehr schmeichelhafter Weise, und er sagte, es sei ein Glück, wenn sich in der Provinz so gute Anwälte niederlassen, Sie entschuldigen, Herr Doktor, wenn ich das so wiedererzähle, aber...«

»Bitte!« sagte ich ruhig.

»Sie müssen schon öfter für den Herrn Prozesse gewonnen haben?«

»Möglich«, log ich. »Momentan natürlich kann ich mich nicht erinnern...«

»Ein auffallend großer Mann mit einem militärischen Bart«, wiederholte der Lehrer und zwirbelte einen unsichtbaren, martialischen Bart...

»Er war, wenn ich so sagen darf, sehr energisch. Wie der Zug hier anhielt, und ich... Sie entschuldigen, Herr Doktor, weil ich Sie doch nicht kannte... und ich wußte noch nicht, ob ich aussteigen sollte, da hat er mich gewissermaßen hinausgeschoben und hat mir meinen Mantel und meinen Regenschirm hinausgereicht, und er sagte immer: Sie müssen zu dem Anwalt hier gehen. Das ist der rechte Mann für Sie, und er sagte: Sie werden mir ewig dankbar sein, denn sehen Sie, sagte er, in der Großstadt, da hat man nicht das Interesse und die Zeit, da werden Sie kurz abgefertigt, sagte er, – und da ist der Zug schon weggefahren, und ich bin dagestanden. Ja, und der Herr hat noch zum Fenster herausgesehen und hat mir gewunken... hm... ja... und da bin ich eben zu Ihnen gegangen... und wenn ich so sagen darf, ich bin eigentlich froh...«

»Seien Sie unbesorgt, Herr Lehrer, ich werde energisch für Ihr Recht eintreten...«

»Ja, und wissen Sie, diese Äußerung gegen meine Schwägerin Karoline, die muß besonders hervorgehoben werden...«

»Sie *wird* hervorgehoben«, sagte ich mit starker Stimme, »wir wollen einmal sehen, ob der politische Fanatismus alles und jedes beschmutzen darf, wir wollen sehen, ob... kurz und gut, Sie können beruhigt heimfahren.«

Die Augen des Lehrers leuchteten auf. Er bot mir die Hand und schüttelte sie und ging...

Ich nahm zuallererst die Goldstücke und ließ sie klirrend auf den Tisch fallen und wieder in den hohlen Händen aneinander klingen. Ha!

Ob ich mich an den Mann erinnerte, der einen so befehlenden Ton hatte, wenn er die Bestellung einer Bibliothek erzwang oder zaghafte Klienten zum richtigen Anwalt schickte?

Es sollte mehr solche Männer geben!

Das alte Recht

Es scheint mir, daß jene uns Deutschen oft nachgerühmte Scheu vor gewissen Vorrechten der Geburt, des Ranges, des Besitzes in Wahrheit besteht und unser öffentliches Leben vergiftet, indem sie das Fundament der Gesellschaft, die Gleichheit vor dem Gesetze aufhebt, während sie hinwiederum unserem privaten Leben durch Anreiz zur Eitelkeit, zur Selbsterniedrigung, zu allen Gegenteilen von Stolz und Selbstgefühl einen bedenklichen Einschlag gibt – – ja, das alles scheint mir so, und ich finde diese Meinung durch alle möglichen Vorkommnisse immer wieder auf ein neues bestätigt. Auch in unseren kleinen Provinzstädten, wo doch wahrhaftig der Anblick des Hofes, der Umgang mit glänzenden Militärs, die Bewunderung genialer Staatsmänner, wo all dies nicht die klaren Begriffe von Recht verwirren könnte, selbst da finde ich immer wieder, natürlich ins kleine übertragen, aber nicht minder verderblich – was wollte ich sagen? – Ja, also in Dornstein – aber das muß ordentlich und der Reihe nach erzählt werden, und weil das Thema an sich etwas unappetitlich ist oder sein könnte, muß es auch mit Zartheit vorgetragen werden. Nur eine Frage vorher!

Wenn nach allgemein gültigen Begriffen von Moral, Anstand und Hygiene die Verunreinigung von öffentlichen Plätzen und Straßen – ich möchte absichtlich keinen starken Ausdruck gebrauchen – als ordinär, jedenfalls aber als verboten gilt, wenn dieses Verbot in deutlichen Verfügungen der Ortspolizeibehörde niedergelegt ist, mit Ausdrücken, die keinerlei Deutung zulassen, so meine ich doch, dieses Verbot müßte für alle Bewohner des Ortes gelten? Aber wir werden ja sehen!

Ich meine sogar, gerade Leute von Bildung müßten im Falle einer Zuwiderhandlung stärkere Mißbilligung und strengere Strafe finden, denn wenn Bildung wirklich Bildung ist – aber wir werden ja sehen!

Jedenfalls hier will ich nur die Tatsachen in ihrer zeitlichen Folge berichten und feststellen, und jeden Schein einer irgendwie gearteten Färbung vermeiden.

Alles, was sich in der Zeit vom 17. März bis mit 11. April 1913 in Dornstein ereignete, das heißt: in dieser betreffenden Sache sich ereignete, werde ich chronologisch erzählen.

Eigentlich müßte man das Datum weiter zurücklegen, denn schon am 21. Februar, 2. März und wieder am 11. März erschienen im ›Dornsteiner Volksboten‹ »Stimmen aus dem Publikum«, welche auf die Vorkommnisse Bezug nahmen.

»Gibt es *keine Polizei,* welche in der Luitpoldstraße *gewisse Schweinereien gewisser Herren betrachtet,* und dürfen selbe tun, was sie wollen?!?« (Volksbote vom 21. 2. 1913, Seite 3.)

»Es scheint, daß die *Nemesis* sich vor *gewissen Leuten verkriecht,* welche die Luitpoldstraße zum Schauplatze ihrer *Gemeinheit* machen, und daß sie in diesem Falle nicht so pünktlich bei der Hand ist, wie vielleicht gegen die *minder bemittelte Klasse!!!«* (Volksbote vom 2. 3. 1913, Seite 3.)

»Auch unsere gute Stadt Dornstein soll, wie es scheint, ihren *Panamaskandal!!* haben, ohne den es *überhaupt in Deutschland nicht mehr abzugehen scheint!!* Trägt der Kadi eine stärkere Binde vor den Augen, wenn es *sogenannte Gebildete* betrifft?!? Wir fragen zum *letzten Male!!«* (Volksbote vom 11. 3. 1913, Seite 2.)

Die letzte Anfrage des Blattes war denn doch in einem Tone gestellt, der hätte gehört werden müssen, wenn die maßgebenden Behörden dazu eine Lust verspürt hätten, ich möchte sagen, wenn sie eine durchaus strenge Auffassung von ihrer *Pflicht* besessen hätten.

Sie hatten diese Auffassung *nicht.* Und nun traten in diesem Drama die Personen aus den Kulissen heraus vor die Rampe der Öffentlichkeit.

– Ich glaube, man kann dieses Bild füglich gebrauchen? –

Am *17. März* gelangte folgendes hier wörtlich wiedergegebene Schreiben der Realitätenbesitzerswitwe *Ursula Hirgstettner* in den Einlauf des Stadtmagistrats Dornstein:

An den Maschißtrath, hochwolgebohren dahir und zu Händen des Herrn Bürchermeisters.

Eigene Angelegenheit des Empfängers!

Beträf: Notdurfth und unberächtigte Ausübung dersälben in der Luitpoldstraße. Auch beträf gegen die Sitlichkeith.

Es ist gewieß ales recht und man schweicht oft und denkt sich blos etwas, denn man wiel nichd fier eine frau gelthen, die wo zimbferlich ist und die wo gleich iber ales sich empörth ist und obwoll man doch auch seine Steuern und Abgahben zahlt und Gemeindeumlahgen.

Aber was zu arch ist ist zu arch und mahn braucht sich nicht ales zu gefallen zu lassen, indem man doch auch zum weiblichen Geschlächte gehörth und vielleicht mehr bieldung besiezt als die wo immer davon sprechen. Oder muß sich vieleicht eine schuzlose Wittwe ales gefallen lasen? Oder denkt man vieleicht, ja hier braucht es keine Rücksicht durchaus nicht mehr, weil diese Beträfende keinen Man nicht besiezt, der wo solchene Angriefe auf das Schahmgefühl nicht erlaubt?? Alerdings wenn mein unvergeslicher Leonhard nicht dahin geraft wäre durch ein unerbitliches Geschiek, hernach würden sich vieleicht *gewise Herren der Schöpfung* besinnen, ob sie sich so etwas trauen oder vieleicht lieber ihre nothurft anderswo verriechten.

Aber freilich, ich bin ja blos eine schuzlose Wittwe und da braucht man keine Rücksicht nicht zu nehmen!! Aber ich zeige es hiemit dem hochwolgebornen Maschißtrate an und gebe keine Ruhe nicht mehr sondern apeliere.

Im Gasthaus zum Schiemel sitzen die *»besseren«!!* Herren beinahe ale tage bis in die spähte Nacht obwol es mich nichts angeht und verlasen selbes meistens um Mitternacht und sage ich auch nichts obwol oft ein groser Spektakel ist, aber man denkt sich, es gibt auch feinere Herren, wo so viel trinken wie ein Fuhrmann.

Aber leider dises ist nicht ales, sondern sie bleiben auf der Strase stehen und verrichten selbes, wo man vieleicht als feinere Herren anderswo veriechten soll und unterhalten sich dabei mit lauther Stimme. Dises sind meistens der Herr Majohr Röklmeier und der penzionirte Oberambsriechter Pollner und verschiedene Bürger und Maschißtratsräthe, wo ich auch den Herrn Haslinger und Mühlberger deuthlich unterscheiden konnte. Dieses geschieth vor meinem Hause, indem ich davon oft erwache und mit Schmertzen frage, ob mahn dieses einer schutzlosen Wittwe ales biethen darf. Ich habe es schohn dem Polizeiwachtmeister genau beschriehben, aber leider es hilft nichts, sondern die feineren Herren betreiben erst recht ihr schweinisches Geschäft und man hört auch daß sie sich dabei zu Anspillungen auf meine Persönlichkeit erfrächen. Der betrefende ist besonders erkannt und wenn es auch ein Beahmter ist, besiezt er doch keine Bieldung und soll vieleicht denken, das er nicht so unferschämbt zu sein braucht gegen leuthe, wo seine Penziohn auch mitzahlen.

Hochwollgeborener Maschißtrat ich zeige es hiedurch an, daß ich mir durchaus nichts mehr gefahlen lasse und mich nicht mit Injuhrien auch noch behaften lasse, sondern meine Geduld ist erschöpft, wodurch ich auf einen standpunkt bin, das mahn sich sagt, bis hieher und nicht weither!

Wenn der Maschißtrat vieleicht sein Auge zudrüken will weil es feinere Herren sind und die besiezende Klasse, dann weiß ich schon was ich thue.

Ich verlange die strengste Bestraffung dieser Obigen und eine

Tafel gegen nächtliche Verunreinigung und ich glaube das auch eine schuzlose Wittwe disses erreichen kann gegen die wo sich nicht schähmen, sondern ihre sogenannte Bieldung in disser weise bezeichen. Ich verlange die strengste Bestraffung! Disses möchte ich noch bemerken.

Laut Unterschrift: Ursula Hirgstettner,
hochachtungsvoll dahir.

Am 26. März kam dieser Brief in geheimer Magistratssitzung zur Sprache.

Herr Bürgermeister Dr. Pilzweyer hatte ursprünglich die Absicht gehegt, und diese Absicht auch gegenüber dem Magistratssekretär Weigel kundgetan, die Eingabe der Hirgstettner zu perhorreszieren, aber eine Notiz im Volksboten brachte denn doch die Sache in Gang, da man nun befürchten mußte, daß weitere sehr unangenehme Preßerörterungen das stille Begräbnis der Anklage verhindern würden.

Also ging man daran, die Angelegenheit amtlich, wenn auch nicht ernstlich, zu behandeln.

Denn schon die Miene des vorstehenden Sekretärs verriet die merkwürdige Neigung, diese Herzensnöte einer Frau als Spaß zu betrachten, und ein den Vortrag begleitendes Lächeln des Bürgermeisters schien die Anwesenden aufzufordern, auch ihrerseits den Humor des Schriftstückes zu erkennen.

Allein Magistratsrat Mühlberger, ein angesehener Bäckermeister, konnte trotzdem seinen aufsteigenden Zorn nicht meistern und sprang sogleich auf, indem er rief:

»Dös san ja Insinationa! Hat ma scho so was g'hört von so an alt'n miserablinga Trankhafa? Dös san ja Insinationa!«

»Herr Magistratsrat«, sagte der Bürgermeister in verbindlichem Tone, »wir können und wollen uns über dieses Schriftstück doch wahrhaftig nicht aufregen – –«

»Sie Eahna net! Aber i!« schrie Mühlberger. »Dös san ganz oafach Insinationa! Und dös sag' i!«

»Wir werden später darauf zurückkommen«, sagte immer lächelnd Herr Dr. Pilzweyer. »Aber«, fuhr er fort, indes er seinen Kneifer abnahm und ihn spielend an der Schnur pendeln ließ, »ich muß nun wohl das tatsächliche Material den Herrn unterbreiten.«

»Es handelt sich hier«, sagte er und lehnte sich zurück, indes er jedes Wort mit verstandesmäßiger Betonung aussprach und im Wohlklange seiner Rede schwelgte, »es handelt sich hier zweifellos um das Haus Nummer 104a, als welches zu Eigentum der Witwe des verstorbenen Realitätenbesitzers Leonhard Hirgstettner im Grundbuche vorgetragen ist, – und welches sich auf der nördlichen Seite der ehemaligen Bachleitergasse, jetzt Prinzregent-Luitpold-Straße befindet. Gegenüber von diesem Hause ist die Gast- und Taferwirtschaft zum Schimmel, welche von den Eheleuten Johann und Maria Leutgschwendtner betrieben wird. Dieses Gasthaus erfreut sich des Besuches gerade der Honoratioren.«

»I g'hör aa dazua«, fiel hier die Baßstimme des Magistratsrates Haslinger ein.

»Gerade der Honoratioren«, fuhr der Bürgermeister fort, indes ein Lächeln über seine Züge flog, »und man begegnet dort außer angesehenen Bürgern« – er machte eine leichte Verbeugung nach der Richtung, wo Haslinger und Mühlberger saßen – »man begegnet dort Offizieren, Angehörigen des Beamtenkörpers, also Herren, denen eine Störung der Ordnung, ein Zuwiderhandeln gegen Sitte und Anstand niemals, ich betone das, niemals zuzutrauen wäre!«

»Dös moan i halt aa«, rief Mühlberger...

»... Zuzutrauen wäre. Die streng vertraulich gepflogenen Recherchen haben ergeben, daß vielleicht hier und da einer der Herren, dem Zwange und Drange der Natur folgend, ganz gewiß in unauffälligster Weise ...«

»Bitt ums Wort!« schrie Herr Haslinger.

»Sogleich! Sie werden das Wort sogleich erhalten, Herr Magistratsrat... also in diskretester Weise jenem Drange vielleicht Folge leistete. Aber eine Beschuldigung wie diese hier« – Herr Dr. Pilzweyer klopfte, nun ernster werdend, auf das Schriftstück – »eine solche Beschuldigung ist frivol. Ich stehe nicht an zu sagen, es ist ein starkes Stück von Frivolität.«

»An Insination is!« rief Mühlberger...

»Eine haltlose Verdächtigung, und ich erteile nun, bevor ich einen Antrag stelle, das Wort dem Herrn Magistratsrat Haslinger.«

Dieser, von Beruf Brauereibesitzer, ein beleibter Mann von stattlicher Größe, erhob sich, und da er gerade geschnupft hatte, zog er ein blaues, geblümtes Taschentuch von der Größe einer Serviette aus der Tasche und entfernte von Bart, Weste und Rock die Tabakreste. Dann begann er in jovialem Tone zu reden. »Also, meine Herrn, de Sach' is eigentli ganz oafach; und i muaß scho sagn, daß ma über so was überhaupts red'n muaß, dös g'hört aa zu de Erscheinunga der Neuzeit. Also i sag ganz oafach, de Beschwerde von dera ... Beißzanga da... is eigentli a Frechheit ersten Grades. Indem daß also Familienväta und verheirate Männa, und daß ma 's scho glei sag'n, lauta Leut, de wo eppas san und de wo eppas hamm und de wo eppas vorstell'n – net – lauta richtige Leut – net – indem daß diese Leut a so hingestellt wern als wia Sittlichkeitsverbrecher – net – und von an solchen alt'n Trankhafa, bei der ma si do überhaupts nix mehr denkt...«

Der Bürgermeister rührte an der Glocke. »Ich möchte den Herrn Magistratsrat bitten, im Interesse einer sachlichen Behandlung...«

»Net unterbrecha!« sagte Haslinger grob. »Sie hamm dös überhaupts a bissel gern, Herr Bürgermoasta, und i sag 's Eahna, daß über dös bereits Stimmen laut geworden sind.

Über diese Unterbrecherei von Eahna. Da kimmt ma ja aus 'n Thema außi! Also, meine Herrn, daß i 's kurz sag, seit i ins Wirtshaus geh, und aa früherszeit, wia no mei Vata ganga is, und natürlicherweis mei Großvata grad so, also da woaß ma's nia anderst, als daß ma vom Wirtshaus außa... no ja... in Gott's Nam... Sie verstengan mi scho. I möcht überhaupts sag'n, dös is an alts Recht! Wenn ma so seine vier, fünf oda sechs Maß Bier trunka hat – no ja – in Gott's Nam! De Damenwelt is do um de Zeit nimma auf da Straß, und so lang unser Dornstoa steht, hat ma dös net anderst g'wißt. Jetzt auf oamal kam de Mistamsel, de abscheilige, daher... Teans mi net unterbrecha, sag i, Herr Bürgermoasta, – jetzt kam de daher und möcht ins des alte, guate Herkomma für an Unsittlichkeit histell'n. Aba i sag bloß dös, solchane Beleidigunga, solchane neumodische Unverschämtheiten, von dera grauslinga Beißzanga, diese prallen an unserer Brust ab!«

»Brafo! Brafo!« riefen die Magistratsräte und patschten auch lebhaft in die Hände, so daß Herr Haslinger sich dankend noch einmal halb vom Stuhle erhob und wiederholte: »Sie prallen ab, sag i, und mehra sag i net...«

»Dös Luada mit ihre Insinationa!« rief Mühlberger, worauf sich der Herr Bürgermeister räusperte und also begann:

»Meine Herren! Nach den bemerkens- und auch dankenswerten Ausführungen des Herrn Vorredners, nach diesen von den Tönen eines beleidigten Ehrgefühls durchzitterten Worten erübrigt mir jetzt nur... wie?«

»Ich bitte ums Wort!« sagte zum zweiten Male der Buchbindermeister Kallinger...

»Ach so! Pardon! Der Herr Magistratsrat Kallinger hat das Wort.«

»Meine Herren!« sagte dieser, ein Freund feinerer Bildung, der einige Jahre in Norddeutschland befindlich gewesen war, ... »meine Herren! Ich glaube fürwahr mit Recht behaupten zu dürfen, daß ich einige Erfahrungen besitze in betreff nämlich der Sitten und Gebräuche fremder Städte...«

»Geh, hör auf!«

»Ich höre *nicht* auf, Herr Haslinger, und ich möchte nur bemerken, bald Sie sich beschweren in betreff von Unterbrechungen, dann dürfen auch Sie nicht einen Redner unterbrechen ... ich möchte also nur dieses sagen, daß ich in fremden Städten einige Erfahrungen gesammelt habe auch in betreff dieses Themas, über das ich mich nicht näher ausdrücken kann, und ich behaupte, daß auch in anderen Städten dieses häufig vorkommt. Dann möchte ich sagen, daß zum Beispiel während einer Regenperiode sicherlich kein Grund zur Beschwerde vorhanden ist, während im Schnee fürwahr zu viele Spuren zurückbleiben. Ich möchte hierdurch nur eine bescheidene Anregung geben, ob die betreffenden Herren nicht doch eine gewisse Rücksicht auf die Witterungsverhältnisse walten lassen könnten ...«

Damit setzte sich Herr Kallinger, und Herr Haslinger stieß Herrn Mühlberger mit dem Ellenbogen an, und Herr Mühlberger stieß Herrn Arzböck an, und es herrschte die allgemeine Ansicht, daß der Kallinger natürlich wieder seinen Senf habe dazugeben müssen.

Aber der Bürgermeister hustete leicht und fuhr an der alten Stelle fort.

»Es erübrigt mir jetzt nur die Frage, ob der Magistrat sich irgendwie offiziell, also beschlußfassend, mit der Sache beschäftigen soll ...«

»Nix da! Da werd überhaupts nix mehr g'redt! Freili! Daß der alte Trankhafa sei Freud hätt! ...«

»Ja, also, ich entnehme den allgemeinen Zurufen, daß man über die Beschwerde zur Tagesordnung übergeht ... Herr Kallinger?«

»Ich möchte nur einen Beschluß darüber vorschlagen, daß während einer Schnee- oder Kälteperiode auch nachts keine solche Verrichtung stattfinden dürfe ...«

»Wer für den Antrag des Herrn Magistratsrates Kallinger ist, möge sich erheben! ... Niemand? Also, der Antrag ist mit allen gegen eine Stimme abgelehnt ... und damit gehen wir zur Tagesordnung über. Es liegt vor ein Antrag des Kaufmanns Oberloher ...«

Das war am 26. März.

Am 29. des gleichen Monats brachte der ›Volksbote‹ einen geharnischten Artikel über »Korruption«:

»Es ist einem Häuflein Bevorzugter gelungen, dem Gesetz ein Schnippchen zu schlagen ... usw. ... bis ... wir erinnern aber an das so wahre Sprüchwort: justitia fundamentum regnorum, welches denn doch auch in Dornstein einige Geltung haben dürfte...«

(Siehe Beilage 5 im Akt: Beschwerde der Ursula Hirgstettner usw.)

Am Abend des 1. April brannte im Hause der Frau Hirgstettner das Gaslicht nicht mehr. Tagsüber hatten zwei städtische Arbeiter sich an der Leitung in der Luitpoldstraße zu schaffen gemacht und jede Auskunft verweigert. Als nun Frau Offiziant Koppenwallner, welche in dem Hirgstettnerschen Hause wohnte, im Gange Licht machen wollte und immer wieder den Gashahn aufdrehte, blieb es dessenungeachtet dunkel.

Obwohl sofort eine Magd zum Leiter der Gasanstalt geschickt wurde, kam niemand zur Abhilfe. Auch den 2. und 3. April ließ sich der städtische Installateur nicht blicken.

Am 4. April ging Frau Ursula Hirgstettner selbst im Zustande der höchsten Aufregung, da die Familie Koppenwallner sofort kündigen wollte, zu Herrn Gasanstaltsdirektor Pfrombeck und stellte ihn entrüstet zur Rede.

»Nur net so hitzig!« sagte Herr Pfrombeck gelassen. »Am Gas fehlt's net, aba wahrscheinli fehlt's an der Leitung. Vielleicht hamm S' dös letzte Quartal net zahlt?«

»Dös tat i mir scho verbitt'n! I bin meiner Lebtag nix schuldi blieb'n...«

»Ja no! Na werd's wo anders fehl'n. Mi geht dös nix o. De Gasleitung hat da Herr Magistratsrat Mühlberger unter sich. Da müassen S' zu dem geh' und frag'n.«

Nun ging der Frau Ursula Hirgstettner allerdings ein Licht auf, aber als resolute Witwe ging sie unverzagt in den Kampf um ihr gutes Recht und in den Laden des Bäckermeisters und Magistratsrates Mühlberger.

Sie mußte warten, bis alle Kunden bedient waren, und stand endlich in dem Hinterzimmer vor dem finster blickenden Stadtvater.

»Was woll'n denn Sie?«

»I? Da tat i no lang frag'n, wenn seit vier Tag 's Gas nimmer brennt!«

»So?«

»Ja! Zahlt ma desweg'n seine Umlag'n und Gebühr'n, daß nacha a solchena Schlamperei vorkimmt...«

»Sie, tean S' Eahna a bissel z'ruckhalt'n!«

»Gar net halt i mi z'ruck, und auf der Stell muaß i wiss'n, warum daß de Arbeita mei Leitung abdraht hamm...«

»Welchane Arbeita?«

»Ja, ma hat's scho g'sehg'n! Für gar so dumm müaßt's oan aa net halt'n!«

»Wenn de Arbeita Eahna Leitung unterbrocha hamm, nacha hat am Rohr was g'feit. Vastand'n?«

»So, warum fehlt denn grad bei mir was? Und bein Schimmiwirt net? Und bei koan Nachbarn net?«

»Dös is de Rohr eahna Sach.«

»I wer scho sehg'n, ob i mir dös g'fall'n lass'n muaß. I woaß scho, was da für a Spitzbuamg'schicht dahinta steckt.«

»Halten S' Eahna z'ruck, sag i!«

»Und a Spitzbuamg'schicht is, sag i!«

»Sie, passen S' auf, Eahna kennt ma!«

»Sie kenna mi no lang net, und wenn i net auf da Stell mei Gas kriag, nacha zoag i Eahna, mit wem Sie's z'toa hamm!«

»Dös braucht's net. Eahna kennt ma, sag i. Sie san eine Frau, de wo Insinationa macht. Verstengan Sie? Insinationa!«

»I mach Eahna no ganz was anders, Sie Loawibacha, Sie ausgschamta!«

»Jetzt hab i Eahna! Dös is an Amtsbeleidigung!«

»Mei Gas möcht i!«

»An Amtsbeleidigung is dös! Verstengan Sie? Jetzt san Sie g'richtsmaßig!«

»Gengan S' aufs G'richt! Auf da Stell geh i mit und bring mei Sach vor! I will amal sehgn, ob Sie mir's Gas abdrahn derfa, weil i Eahna Sauerei anzoagt hab' – Sie!«

»Und jetzt macha S', daß S' naus kemma, sunst gibt's an Hausfriedensbruch aa no, Sie Trebernfaß, Sie ordanärs! Sie Mistamsel, Sie gräusliche!«

»So? So red'n Sie? Aba . . .«

»Außi!«

Der Befehl war so kategorisch und mit Schub und Druck begleitet, daß die fassungslose Witwe, ohne zu wissen wie, vor der Türe und auf der Straße stand.

Ihr eiligster Lauf ging in die Redaktion des ›Volksboten‹.

– –

Aber der Kämpfer für ihre Rechte, Herr Martin Irzinger, war nicht wie sonst.

Er hörte sie nicht an, er unterbrach sie lange, bevor ihre Klagen zu Ende waren.

»Dös is alles ganz recht, Frau Hirgstettner, und i kenn ja de . . . i will sag'n, i woaß ja alles, aba, es tuat mir leid, i ko in dera Sach' nix mehr toa.«

»Sie san guat. Zerscht hamm's mi allaweil aufghetzt, daß i de Eingab' mach, und Sie hamm in Eahnern Blattl de G'schicht aufgrührt...«

»Ja... ja... Dös hoaßt, i hab mi für Eahna a bissel einseitig ins Zeug g'legt. Einseitig, verstengan Sie?«

»Aba Sie hamm do g'sagt...«

»I *hab* g'sagt, aba jetzt sag i Eahna was anders, Frau Hirgstettner. Schauen S', i muaß *von* de Leut' leb'n, und *Sie* müass'n *mit* de Leut leb'n. Wir kinnan den Kriag net weiter führ'n.

Mir geht da Proviant aus. Verstengan S', der Diridari – und Eahna geht 's Liacht aus.«

»Ja, was soll i denn toa?«

»An Fried'n schliaß'n. Es bleibt ins nix anders net übrig...«

Da verließ die Witwe aller Kampfes- und Lebensmut, und sie fing gottesjämmerlich zu weinen an.

Es müssen hier einige Tatsachen nachgeholt werden.

Am 1. April wurde dem ›Volksboten‹ amtlich mitgeteilt:

1. daß der Magistrat das bisherige Abonnement von zwei Exemplaren *nicht* erneuere,

2. daß der ›Volksbote‹ künftighin keine amtlichen Inserate mehr zu gewärtigen habe.

Noch den gleichen Tag suchte Irzinger den Bürgermeister auf und bat um Aufklärung.

»Wundern Sie sich darüber?« fragte Herr Dr. Pilzweyer mit Nachdruck. »Konnten Sie etwas anderes erwarten, nachdem Sie in jeder Nummer Ihres Blattes...?«

»Entschuldinga, Herr Bürgermoasta...«

»Oder, ich will sagen, wenn Sie beinahe in jeder Nummer die angesehensten Männer der Stadt, ja, die Stadtverwaltung selbst, in maßloser Weise angreifen?«

»Entschuldinga, Herr Bürgermoasta...«

»Jawohl, maßlos, Herr Irzinger! Das Wort ist keineswegs stark gewählt...« Herr Dr. Pilzweyer spielte hier wieder mit dem Zwicker und lauschte auf seinen Tonfall. »Sie zweifeln unsere Intaktheit an, unsere Gerechtigkeitsliebe, Sie sprechen von einem Panama...«

»Entschuldinga, Herr Bürgermoasta...«

»Wortwörtlich Panama! Das ist ein schlimmer Vorwurf, Herr Irzinger! Und ich kann Ihnen nur sagen, er hat mich persönlich geschmerzt, denn ich verkenne keineswegs die Bedeutung der Presse...«

»Entschuldinga, Herr Bürgermoasta...«

»Ich kann aber, und das werden Sie mir zugeben, ein Blatt nicht unterstützen, welches in unser Gemeinwesen den Unfrieden trägt, welches das Ansehen der besten Bürger zu untergraben sucht, welches die Leitung der Gemeinde verdächtigt, welches ...«

»Entschuldinga, Herr Bürgermoasta, und bald diese Angriffe unterbleiben?«

»Wenn Sie mir das Versprechen geben ...«

»Und bald ich den Herren vom Magistrat gewissermaßen im ›Volksboten‹ eine Genugtuung gebe?«

»Dann abonniere ich wieder.«

»Und de Inserat'?«

»Bekommen Sie wieder.«

»Gilt scho!«

»Ihr Ehrenwort, Herr Irzinger?«

»Auf Ehr und Seligkeit, sag i. Und bal i amal was sag', da gibt's nix; dös is wia Stahl und Eis'n ...«

»Also gut! Sie unterlassen die Angriffe – auch in dieser etwas komischen Sache ...«

»A glänzende Ehrerklärung gib i, wenn i 's amal sag, Herr Bürgermoasta! A glänzende Genugtuung.«

»Schön, dann sind wir wieder einig.«

»Dös glaab i.«

Die glänzende Ehrenerklärung kam am 5. April, denn einiger Zeit bedurfte Herr Irzinger denn doch, um seinen Gesinnungswechsel zu stilisieren. Er packte die Sache beim richtigen Ende an, indem er zuerst etwas humoristisch wurde, dann aber doch die echt altbayrische Standhaftigkeit der Männer hervorhob, welche auch in einer kleinen Sache, deren allzu deutliche Beschreibung sich von selbst verbot, am alten Herkommen festhielten und durch diese Hartnäkkigkeit alle Widerstände besiegten.

Auch, wie Herr Irzinger freimütig bekennen zu müssen erklärte, den Widerstand der Presse.

Der im vollsten Sinne des Wortes verlassenen Witwe blieb nichts anderes übrig, als die Verzeihung der standhaften Verunreiniger zu erflehen.

Sie tat es.

Nicht ganz so leichten Gemütes und nicht ganz so rasch wie der Redakteur des ›Volksboten‹; aber die Notwendigkeit, Gas zu erhalten, erlaubte auch kein allzulanges Zögern.

Mühlberger sträubte sich und verzieh nur unter bissigen Bemerkungen die Insinuationen der schmähsüchtigen Frau.

Aber am 11. April brannten die Gasflammen wieder.

Lange nachdem sie in dieser Nacht erloschen waren, um die Geisterstunde vernahm die Lauschende wiederum Ausübung jenes alten Rechtes oder Herkommens.

Und sie konnte feststellen, daß die vier Hauptkämpfer für den alten Brauch samt und sonders sich betätigten.

Der Herr Major Stöckelmeier, der Oberamtsrichter Pollner und die zwei kriegerischen Magistratsräte.

Peter Spanningers Liebesabenteuer

Die oberbayrische Stadt Dürnbuch liegt keineswegs an der Eisenbahn.

Vor etlichen fünfzig Jahren stand es der Regierung im Sinne, eine Hauptbahn an die Stadt zu legen. Aber der Brauereibesitzer Peter Spanninger, der Großvater des jetzigen Peter Spanninger, wehrte mit anderen Bürgern die Neuerung ab. Man sagte der Regierung mit klaren Worten, daß die Dürnbucher am Alten und Hergebrachten hingen. Sie wollten mitnichten das Fuhrwesen von der Landstraße bringen und alle Wirte und Lohnkutscher schädigen. Der Weitblikkende möge bedenken, daß mit ihnen die Schmiede, Sattler und Wagner Einbuße litten, die Bräuer minderen Absatz fänden und die anderen Geschäftsleute in Gefahr schwebten. Denn alle Kundschaft könne mit der Bahn schnell und mühelos die große Stadt erreichen und dort Geld ausgeben, was besser in Dürnbuch bleibe.

Die Regierung wollte die treue Bevölkerung nicht kränken und legte den Schienenstrang so weit entfernt von der Stadt, daß die Nachkommen des Peter Spanninger zwei Stunden mit dem Omnibus fahren müssen, wenn sie den Pfiff einer Lokomotive hören wollen. Heute noch rumpelt frühmorgens um sechs Uhr der Postwagen über den Stadtplatz, und der Postillion Johann Glas lenkt die Pferde, wie es sein Vater tat. Zu Winterszeiten sitzt er verfroren auf dem Bocke und schaut neidisch auf die dunklen Fenster, hinter denen die Bürger in warmen Betten liegen.

Wenn es aber Frühling wird, und ein feiner Morgen tagt, setzt er das Posthorn an und bläst sein altes Lied. Dann kommen Leute an die Fenster und prüfen mit verschlafenen Augen das Wetter. So hat sich in Dürnbuch das gute alte Wesen erhalten.

Hierin wie überhaupt.

Dürnbuch hat dreitausendvierhundertneunzehn Einwohner. Darunter sind vier Protestanten und ein Israelit; die übrige Bevölkerung ist römisch-katholisch.

Auch darf man nicht glauben, daß jene Andersgläubigen Eingeborene sind. Der Stadtschreiber Rellstab, der mit seiner Frau und zwei Kindern der evangelischen Konfession angehört, ist Mittelfranke. Der Israelit heißt Isidor Blumschein, stammt aus dem Schwäbischen und wurde durch den Produktenhandel in die Gegend geführt.

Im übrigen erlitt das katholische Bekenntnis keinerlei Schaden durch die Fremdlinge. Bei den jüngsten Wahlen fielen alle Stimmen auf den ultramontanen Kandidaten, Kaufmann I. B. Irzenberger.

Der Stadtschreiber wollte die politische Überzeugung der Herren Bürger schonen, und auch Blumschein heulte mit den Wölfen.

Dürnbuch ist der Sitz ansehnlicher Behörden, nämlich eines königlichen Bezirksamtes, Amtsgerichtes, Rentamtes und Notariates; es hat eine Gendarmerie-, eine Post- und Telegraphenstation. Zu den Lehranstalten gehören außer der Volksschule eine Töchterschule der armen Schulschwestern und eine Realschule. Ferner befinden sich dort sechs Kirchen, acht Bräuhäuser, eine Kunstmühle und ein herrschaftliches Schloß, welches aber nicht mehr bewohnt wird.

In früheren Zeiten gehörte es den Grafen Selz-Dürnbuch, einem alten Geschlechte.

Der letzte Dürnbuch, Johann Anton, starb unverehelicht als kurfürstlich bayrischer Kämmerer im Jahre 1764. Der Besitz ging auf die Familie der Freiherrn von Selz-Gögging über, deren letzter Sprosse um die Mitte des neunzehnten Jahrhunderts das Zeitliche segnete.

Vor seinem Tode verkaufte er das Gut Dürnbuch an den Fiskus. Dieser bewirtschaftet noch heute den schönen Forst, läßt aber das Schloß verfallen, weil die Kosten der Instandhaltung zu hoch kommen. Die Säle zu ebener Erde hat Isidor Blumschein um geringen Preis gemietet; er benützt sie als Lagerräume für Landesprodukte.

Handel und Industrie stehen in Dürnbuch in gedeihlicher Blüte.

Die Landbevölkerung bringt ihre Erzeugnisse in die Stadt und deckt hier wiederum ihre Bedürfnisse. Die zwei größeren Warenhandlungen von J. B. Irzenberger und Gabriel Riedlechner haben erklecklichen Umsatz. Die Brauereien sind gut betrieben; die bedeutendste von Peter Spanninger »Zum Stern« siedet über achttausend Hektoliter Malz ein. Die Kunstmühle war bis vor wenigen Jahren im Besitze des Herrn Jakob Bonholzer, ist aber jetzt in eine Aktiengesellschaft umgewandelt.

Der Handel mit Getreide und Vieh ist rege; auch mit Holz werden gute Geschäfte gemacht. Das ehrsame Handwerk gedeiht. So ist im allgemeinen die Bevölkerung wohlhabend, auch wohllebig. Die Arbeit wird mit bedachtsamer Ruhe getan, und alle Feste werden gewissenhaft begangen.

Jeder Familienvater muß in pünktlicher Reihenfolge die Wirtschaften besuchen, um die Beziehungen aufrecht zu erhalten.

In der behäbigen Art der Bürger liegt es begründet, daß gerade diese Seite der geschäftlichen Tüchtigkeit am besten ausgebildet ist.

Über Lage und Bau der Stadt läßt sich Rühmendes sagen. Dürnbuch liegt vierhundertachtzig Meter über dem Meere, in dem von Hügeln durchzogenen Alpenvorlande. Die Höhen sind bewaldet; aber das dunkle Fichtenholz wechselt ab mit Wiesen und Getreidefeldern, was ein freundliches und mannigfaltiges Bild gewährt. Man erblickt in der Nähe zahlreiche Dörfer und Weiler; auch in größerer Ferne, wo sich die Häuser dem Auge verbergen, lugt da und dort ein spitzer Kirchturm über die Hügel hervor.

Der Ort Dürnbuch ist um die Mitte des vierzehnten Jahrhunderts entstanden. An die alte Zeit erinnern einige Reste der Stadtmauer und ein gut erhaltenes Tor. Man gelangt durch dasselbe auf den mäßig großen Marktplatz, dessen Mitte ein Marienbrunnen ziert.

Hier steht auch die schöne Pfarrkirche, welche im spätgotischen Stil erbaut ist.

Auf der Südseite des Platzes erheben sich die drei stattlichen Brauereien »Zum Stern , »Zum Rappen« und »Zum Goldenen Lamm«.

Sie strecken, wie einige Wirtschaften gegenüber, große schmiedeiserne Schilde in die Luft hinaus.

Die blinken freundlich in der Sonne und verheißen Eingeborenen wie Fremden behagliches Unterkommen.

Die Gassen, welche in den Marktplatz einmünden, sind krumm, eng und uneben. Die Häuser sind mannigfaltig gebaut. Viele haben nach italienischem Muster breite Fassaden, welche in geraden Maueraufsätzen die Dächer überragen.

Diese sind mit Schindeln gedeckt und stoßen hart aneinander. Nicht selten üben waghalsige Knaben auf der gefährlichen Höhe ihre Spiele, indem sie über alle Dächer klettern von einem Hause zum andern.

Und die Kater haben hier oben ein weites Feld für ihre Liebesfahrten.

Der Stolz der Stadt ist eine Lindenallee, welche am Schlosse vorbei bis Holzhausen führt.

Zum mindesten einmal im Jahre beschreibt der quieszierte Lehrer Furtner ihre Reize im ›Alzboten‹, gewöhnlich in den Herbsttagen, weil er an die wundervolle Färbung der Bäume und an den wehmütigen Anblick der sterbenden Natur passende Gedanken über den Allerseelentag anzuknüpfen weiß.

Dem Dürnbucher Bürger ist die Allee mit allen Erinnerungen des Lebens verwachsen.

Hier hat er als Kind gescherzt, hier schlich er in dämmernden Abendstunden an der Seite eines weiblichen Wesens, und hier schreitet er jetzt, wenn die Zeit der Torheiten vorüber ist, am hellen

Tage neben seiner ehrbaren Frau und neben dem Kinderwagen her.

Südlich der Allee fließt die Alz, ein stattlicher Fluß. In seinem klaren Wasser spiegeln sich die Rückseiten der Häuser, Weidenbüsche und Erlen und die Kühe, die den kleinen Leuten der Vorstadt gehören. Und manches Mal auch die Wäsche der Dürnbucher Damen, welche am Ufer zum Trocknen aufgehängt wird. Im Luftzuge wiegen sich die blühweißen Geheimnisse hin und her, und der Spaziergänger kann hier vieles erblicken, was er sonst nicht zu sehen kriegt.

Man darf es als Tatsache hinstellen, daß die Spanninger in vier Geschlechtern die reichsten und damit die angesehensten Leute von Dürnbuch waren; daß auch der jetzige Besitzer der Bierbrauerei »Zum Stern« auf dieser Höhe steht. Und daran knüpft man die Hoffnung, daß sich kein Spanninger in absteigender Linie bewegen wird.

Die erblichen Eigenschaften wie die Stellung der Familie schließen Befürchtungen aus. Einem Spanninger ist der Weg geebnet und die Bahn zu allen Ehrenstellen offen. Ein Spanninger kann mit der Überzeugung ins Leben treten, daß er Distriktsrat wird, und daß dermaleinst an seinem offenen Grabe die sämtlichen Vereine Dürnbuchs mit umflorten Fahnen stehen werden.

Diese Laufbahn ist ihm vorgezeichnet; die Achtung der Bürger hängt an seinem Besitze. Die Spanninger strebten nie darüber hinaus und sanken nie darunter hinab.

Sie waren in vier Geschlechtern gutmütige Menschen; und jeder hatte mit fünfundzwanzig Jahren seinen Bauch, mit sechzig Jahren seinen Schlaganfall.

Was dazwischen lag, war Durst, Fröhlichkeit und Verständnis dafür, daß auch die armen Teufel leben wollen.

Die Bildung der Spanninger hielt zwar Schritt mit den Anforderungen der Zeit, aber sie blieb innerhalb der Grenzen des Notwendigen. Den älteren Geschlechtern hatten die Grundelemente, Lesen, Schreiben und Rechnen, genügt; die gewerbliche Kunst wurde daheim gelernt.

Der jetzige Inhaber der Brauerei mußte schon mehrere Jahre die neugegründete städtische Realschule, oder, wie man sie damals hieß, Gewerbeschule, besuchen. Die Neuerung wandelte den Familiencharakter nicht um; sie blieb ohne einschneidende Wirkungen. Und das war gut. Denn mancher, der eine höhere Stufe der Erkenntnis erklimmen will, gewinnt nichts als eine Verachtung der tieferen, die ihm guten Halt gegeben hätte.

Der Sternbräu geriet nicht in die Gefahren der Zwiespältigkeit von Beruf und Bildung. Er streifte die angeflogenen Kenntnisse ab und behielt als Rest nur eine Vorliebe für Fremdwörter.

Durch ihren häufigen Gebrauch erhob er sich mit einiger Befriedigung über die große Menge. Noch ein anderes kam ihm zustatten. Sein Vater hatte ihn nach Straubing geschickt; er verbrachte hier ein volles Jahr als Volontär in der Kollerschen Brauerei, und galt später den Dürnbuchern als ein Mann, der sich in der Welt umgetan hatte. Der Sternbräu zog daraus die Lehre, daß der bloße Anschein ungewöhnlicher Regsamkeit das Ansehen mehrt. Und diese Erfahrung leitete ihn wieder bei der Erziehung seines Sohnes. Er war nicht bekümmert, als der heranwachsende Peter in der Realschule sehr geringe Tüchtigkeit bewies. Es ist nicht einmal sicher, daß er die Semesterzeugnisse aufmerksam las; die Noten, welche hinter Algebra, Geschichte, Geographie, französischer Sprache standen, waren ihm herzlich gleichgültig. Das Wichtige, nicht für jetzt, sondern für alle Zeit war, daß so bedeutend klingende Wissenschaften mit seinem Sohne überhaupt in Zusammenhang gebracht wurden. Dabei konnte er wohl die schulmeisterliche Ansicht über Fleiß und Talent eines Spanninger übersehen.

Als Peter das achtzehnte Lebensjahr erreichte, schickte er ihn nach Weihenstephan.

Darin lag ein Zugeständnis an die Forderungen des Zeitgeistes. Der Besuch der Brauerschule gewährt den allgemeinen Vorteil jeder akademischen Bildung; dazu den besonderen der scheinbaren Umwertung einer gewerblichen Tätigkeit in eine Wissenschaft.

So verbrachte also der junge Sternbräu zwei Jahre unter den Jünglingen, die in Freising ungeschlachte Fröhlichkeit zeigen. Sie bildeten einen Verein »Gambrinia« und fanden ihre Freude in der Nachahmung studentischer Manieren. Die Berufsehre bedingte, daß sie noch trinkfester waren als die Jünger der Hochschulen. Peter tat rechtschaffen mit und glaubte an das Verdienstliche und an das Bedeutende dieses Treibens. Er war von der besonderen Ehre der drei Farben rot, gold und blau überzeugt, schwur ihnen Treue und vermaß sich im Gesange, für Rot, Gold und Blau in Kampf und Tod zu gehen.

Es war eigentlich nicht die Art der Spanninger, so große Dinge zu versprechen; noch weniger, sie zu erfüllen. Aber da sich Peter nicht viel dabei dachte, störte der fremde Zug den Grundton seines Wesens nicht allzusehr. Die Flammen seiner Begeisterung schlugen nicht hoch. Und wenn er sie mit dunkeln und hellen Bieren löschte, geriet er wieder in Dürnbucher Fahrwasser. Nach zwei Jahren kehrte er in das Elternhaus zurück und paßte sich ohne Mühe dem bürgerlichen Leben an. Die äußerlichen Spuren der Weihenstephaner Zeit verwischten sich freilich nicht. Peter war dick geworden, und die Augen traten noch mehr aus dem stark geröteten Gesichte hervor. Das in der Mitte gescheitelte Haar kämmte er in die Stirne.

Die Schultern zog er hoch, um sie noch breiter erscheinen zu lassen. Er schloß gerne den untersten Knopf seiner Jacke, damit sich die Brust bauschig wölbte. Beim Gehen ballte er die Hände zu Fäusten und hielt sie mit dem Daumen an den Hosentaschen fest.

Die Dürnbucher bemerkten das studentische Gebaren sehr wohl und waren geneigt, darin die Kennzeichen eines reizvollen Lebenswandels zu erblicken. Denn weil sie keine Erfahrung in akademischen Dingen besaßen, statteten sie ihre Meinung darüber mit den abenteuerlichen Vorstellungen ihrer geheimen Sehnsucht aus. Sie wollten es nicht anders gelten lassen, als daß der Sohn ihres reichsten Mitbürgers zwei Jahre mit seltsamen Liebeshändeln hinter sich gebracht habe. Wer in solchem Rufe steht, ist gut daran, wenn ihn das bürgerliche Gewissen im Besitze der nötigen Mittel schätzt. Und darum zog Peter ohne sein Zutun Nutzen aus dem, was eigentlich ein Vorwurf war.

Nun lebte damals in der Kreuzgasse ein Mann, der vielen unheimlich war, weil die Art seines Erwerbes nicht klar zutage lag. Er hieß Korbinian Fröschl und trieb weder Handel noch Handwerk. Er hatte aber nicht etwa die Mittel, welche ihm das Leben eines Privatmannes möglich machten, sondern er stand in offenkundiger Dürftigkeit. Seinen Unterhalt verdiente er durch leichte Geschicklichkeiten, die auf geheimes Wissen begründet waren und schon darum den Verdacht der seßhaften Bürger erregten.

So war er ein Quellenfinder. Wenn er mit einem Gabelzweige in der Hand über die Hügel schritt, konnte er mit untrüglicher Sicherheit bestimmen, wo man nach Wasser graben könne. Überdies besaß er gute Mittel gegen landesbräuchliche Krankheiten, so daß er den Bauern als schätzbarer Heilkünstler galt.

Weil er aber viele Kenntnisse nur mit Heimlichkeit verwerten durfte, hatte er ein schweigsames Wesen angenommen, welches das Vertrauen verscheuchte. Überdies war er nach seinem Äußeren eine düstere Erscheinung, und manche seltsame Nachrede hing an seinem Namen. Dieser Korbinian Fröschl besaß eine zwanzigjährige Tochter mit Namen Anna; sie war eine schön gewachsene Person, von angenehmen Zügen, jedoch ohne rechte weibliche Tugend. Ihre Kindheit war nicht behütet worden. Die Mutter war früh dem Tode verfallen, und der Vater, den seine Geschäfte oft vom Hause fernhielten, kümmerte sich wenig um die Erziehung. So gewöhnte sich Anna nicht an Pflichterfüllung und entbehrte der tröstlichen Grundsätze, daß Arbeit das Leben versüßt und Armut nicht schändet.

Vielmehr hing sie ihr Herz an vergängliche Dinge und hegte den Wunsch, ihre Schönheit, die ihr wohlbekannt war, mit nichtigem Putze zu heben. Dieses Frauenzimmer lernte der junge Spanninger durch einen gewöhnlichen Zufall kennen. Es war zu Ende April, und die Dürnbucher Welt hatte ein frühlinghaftes Aussehen. Die Stare pfiffen in allen Gärten, und die Schlehdornhecken waren mit weißen Blüten bedeckt, und Gabriel Riedlechner und J. B. Irzenberger hatten ihre Neuheiten in Frühlingsstoffen ausgelegt.

Da ging Anna Fröschl über den Stadtplatz und blieb vor den Ladenfenstern stehen. Sie betrachtete Pers und Zephir, blau gemusterte Baumwollstoffe, Musselin und Mull. Sie fertigte sich in Gedanken von jedem Zeuge eine Bluse an und suchte sich bunte Gürtel aus, die dazu passen konnten, und drehte sich vor den Spiegelscheiben, als hätte sie nun die ganze Pracht zu probieren.

Peter, der vor seinem Hause stand, sah die gefällige Person von weitem und ging wie von ungefähr über den Platz. Er spazierte einige Male mit hochgezogenen Schultern an dem Laden vorüber und bemerkte unterweilen die Vorzüge des Frauenzimmers.

Auch dieses übersah seine Aufmerksamkeit nicht, und als es sich zum Gehen schickte, warf es ihm einen brennenden Blick zu.

Peter überlegte, ob er darin eine Aufmunterung erblicken dürfe, aber da trat Kaufmann Irzenberger aus dem Laden und begann ein Gespräch mit ihm. Peter fragte gleichgültig und nebenher, wer die Person gewesen sei, die so lange die Auslage betrachtet habe.

Irzenberger gab genaue Auskunft, und so erfuhr der junge Spanninger, daß die Tochter des anrüchigen Fröschl seine Beachtung gefunden hatte. Das kühlte ihn ab.

Die natürliche Scheu, welche gut situierte Leute von zweifelhaften Elementen ferne hält, war in ihm stark entwickelt. Nicht weniger das dunkle Gefühl, daß arme Leute immer bestrebt sind, die Wohlhäbigkeit auszunützen.

So war er abgeneigt, sich in ein unrühmliches Abenteuer einzulassen, und schon wenige Tage später bestärkte ihm eine zufällige Begegnung diesen Vorsatz.

Er ging um die Mittagszeit das Alzufer entlang und sah nahe der Brücke einen Menschen, der mit nackten Beinen im Flusse stand und ein Netz aus dem Wasser hob. Zwei kleine Fische zappelten darin. Der Mann faßte sie mit der Hand und warf sie in eine rostige Gießkanne. Es war Korbinian Fröschl. Peter erkannte ihn und sah auch, daß er ein schmutziges Hemd auf dem Leibe trug und eine Hose, die an vielen Stellen nicht geflickt war. Da fühlte Peter mit Macht, wie gut er getan hatte, solche Leute selbst auf verbotenen Wegen zu meiden.

Allein Anna hatte die Blicke des jungen Spanninger nicht vergessen. Im Gegenteil dachte sie häufig daran und brachte sie in Zusammenhang mit ihren heimlichen Wünschen nach hellen Blusen und gelben Ledergürteln. Sie ging jetzt häufig auf den Stadtplatz, und immer so, daß sie an der Brauerei zum Stern vorüberkam.

Doch traf es sich nie mehr, daß sie dem Peter in die Hände laufen konnte.

Ein oder das andere Mal stand er im Kreise der Honoratioren, welche sich allabendlich auf dem Bürgersteige vor Sonnenuntergang zusammenfanden. Aber er war durch die dicken Bäuche und breiten Rücken so versteckt, daß sie ihm keine Blicke zuwerfen konnte. Da nahm sie einen raschen Entschluß und schrieb einen Brief an den Jüngling, der sein Glück nicht verstand. Sie wählte ein überaus zierliches Papier, das mit Spitzen umrändert und auf der ersten Seite mit einem schnäbelnden Taubenpaare geschmückt war. Darunter setzte sie den Vers:

Kein Feuer, keine Kohle kann brennen so heiß
Wie heimliche Liebe, von der niemand nichts weiß

und weil sie die Anrede nicht zu kalt und nicht zu warm wählen mochte, half sie sich, indem sie ein Fragezeichen und zwei Ausrufezeichen über den Text schrieb. Dann sagte sie, es sei vielleicht ein gewisser Jemand, dem man kürzlich begegnete, erstaunt über diese Kühnheit, und vielleicht denke er sich gar etwas Schlechtes. Sie habe lange gezweifelt, ob es sich schicke, einem fremden und doch nicht fremden jungen Herrn zu schreiben, und sie wisse, es schicke sich eigentlich nicht. Denn besonders in Dürnbuch seien die Leute gleich bereit, ein Mädchen schlecht zu machen, aber sie hoffe, daß ein gewisser Jemand nicht so sei. Und wenn sie das nicht dächte, und wenn sie glauben müßte, er könne etwas Schlechtes meinen, dann würde sie überhaupt nicht schreiben. Aber sie müsse doch schreiben, weil sie ihm sagen wolle, daß sie gerne den gewissen Jemand wiedersehen möchte, und wenn er deswegen nichts Schlechtes denke, dann solle er am Mittwochabend in die Kreuzgasse kommen, weil ihr Vater nicht daheim sei. Jedoch, wenn er etwas Schlechtes denke, dann solle er um Gottes willen nur ja nicht kommen. Und er solle nicht vor der Dunkelheit kommen, weil neidische Augen wachten. Darunter schrieb sie: »Ungenannt und doch bekannt A. F.« Und sie setzte wiederum ein Fragezeichen und zwei Ausrufezeichen hinter die Buchstaben.

Der Brief stürzte Peter in Ratlosigkeit. Er sah das frische Mädchen vor sich mit allen runden Heimlichkeiten, die sein Blick begehrlich gestreift hatte, aber als Spanninger konnte er nicht blind in den Strudel der Leidenschaft tauchen. Denn, wie gesagt, er war von Kind auf mit großem Mißtrauen gegen das andere und ärmliche Menschentum angefüllt worden. Und dachte er auch zu manchen Stunden, daß er wohl verstohlen in den Liebesgarten schleichen könne, so überlegte er baldigst wieder, daß solche Leute wie Fröschl Geheimnisse gerne zu Geld machen. Stündlich wechselte er mit seinem Entschlusse seine Stimmung.

Jedesmal, wenn er sich vornahm, zu entsagen, wurde sein Gemüt leicht und froh, und jedesmal, wenn er der Lockung folgen wollte, fühlte er sich bedrückt. Die helle Stube, der sauber gedeckte Tisch, alle Behäbigkeiten des Elternhauses mahnten ihn, die bürgerliche Ehrsamkeit zu wahren, aber wieder winkten ihm die lebhaften Gedanken an beachtenswerte Reize.

Denn trotz aller Meinungen, die in Dürnbuch feststanden, war es sein erstes Abenteuer. Und weil sich seine Tugend nicht auf gefestigte Grundsätze, sondern auf äußerliche Bedenken stützte, mußte sie immer wieder ins Wanken geraten.

Am Tage des Stelldicheins spazierte Peter gleich nach dem Mittagessen durch die Kreuzgasse. Er wollte unauffällig die Örtlichkeit erkunden, und darum hatte er sich zur Jagd gerüstet. Vielleicht dachte er nebenbei, daß er so das Wohlgefallen an seinem Äußeren heben könne, denn er war mit Joppe und Gewehr gewalttätig anzusehen.

Überdem hatte er seine Waden mit ledernen Gamaschen umkleidet, obschon die Sonne leuchtend am Himmel stand und alle Wege in Trockenheit lagen. So stieg er mit langen Schritten durch die Gasse.

Die Häuser waren unbehaglich anzuschauen; es fehlte ihnen die rechte Breite. Sie standen eng aneinander gepreßt und ragten steil in die Höhe, damit sie oben Luft schöpfen konnten. Kleine Fenster saßen unregelmäßig neben- und übereinander, die Scheiben waren trübe, und viele gähnten schmucklos in die Gasse herunter. Nur wenige waren mit dunkelfarbigen Vorhängen geschmückt. Was Peter sah, wirkte erkältend auf seine Gefühle, und er wünschte jetzt, unbemerkt zu entkommen. Aber die stille Gasse war an hallende Schritte und knarrendes Leder so wenig gewohnt, daß sie erwachen mußte.

Der Flickschneider Söllbeck, der mit untergeschlagenen Beinen in seiner Werkstätte saß, erhob sich rasch, um dem jungen Manne mit den prallsitzenden Beinkleidern nachzusehen.

Gegenüber trat die Frau Buchbinder Gnadl unter die Türe und schüttete schmutzige Brühe auf das Pflaster. So hatte sie ein Recht, im Freien zu weilen und zu ergründen, was den Sohn des Sternbräu in die Gegend führen könnte.

Nebenan trug die Schusterin Brummer ihr Knäblein auf dem Arme heraus, und dieses begann alsogleich zu schreien. Da öffneten sich herüben und drüben die Fenster, und alle neugierigen Augen folgten dem blanken Jägersmanne.

Peter trachtete vorwärts, aber in der Mitte der Gasse stutzte er, denn er sah Anna Fröschl, die freundlich auf ihn herablächelte. Weil ihr Jäckchen nicht völlig geschlossen war, sah man den Ansatz der runden Brust. Peter faßte sich ein Herz und grüßte und merkte, daß das Mädchen zweimal nickte. Das gab ihm und den andern zu denken. Dem Flickschneider Söllbeck blieb es für den Nachmittag ein Gegenstand innerlicher Betrachtung, und die Gnadlin erschien von da ab bis zum Abend jede halbe Stunde vor ihrem Hause, um Spülwasser auszuschütten und Rundschau zu halten. Peter verließ die Stadt und schritt über Felder und Wiesen. Er hatte Gefahr und Glück des Abenteuers dicht beieinander gesehen und war in neue Zweifel verstrickt. Aber als nun die Bäume lange Schatten warfen, hatte die Tugend einen großen Sieg errungen, und die Schar der Guten war um einen vermehrt. Der junge Spanninger war entschlossen, auf Liebe und schlimme Nachrede zu verzichten. Und er machte sich auf den Heimweg. In Dürnbuch läutete man den Englischen Gruß. Die hellen und tiefen Töne der Glocken klangen mit gemessener Feierlichkeit in den Abend, und wäre Peter eine stimmungsvolle Natur gewesen, so hätte er empfinden mögen, daß seine reinliche Seele sich in diesem Augenblick aufwärts erhob, bis zu den rosaroten Wolken des Frühlingshimmels. Jedoch auch sein gröberes Gemüt kam in Schwingung, freundliche Heimatgefühle faßten ihn an. Er sah im Geiste ungestörte Behaglichkeit, reichlich gedeckte Tische und Ordnung. Und so sicher wußte er sich, daß er den Rückweg wiederum durch die Kreuzgasse wählte. Sie lag schon im Dunkeln, als er sie betrat. Am Eingange brannte ein trübes Licht; der Schein der Laterne reichte kaum bis zum zweiten Hause. Peter wollte seinen Gang beschleunigen, als eine vermummte Gestalt ihm entgegentrat. »Herr Spanninger!«

Er blieb stehen und erkannte Anna, die sich in ein Tuch gehüllt hatte. Sie sagte mit leiser Stimme, daß sie an sein Kommen nicht mehr geglaubt habe, und bei diesen Worten zog sie ihn sanft in den Schatten der Mauer. Peter folgte mit halbem Widerstreben und antwortete, daß er gleich wieder gehen müsse, weil man ihn daheim erwarte. Er horchte dabei ängstlich in die Gasse hinaus. Es war tiefe Stille und nichts zu vernehmen als die Atemzüge des Mädchens.

Das flüsterte, der Herr Spanninger könne doch ein wenig verweilen. Ein anderes Mal gerne, sagte Peter, aber nur heute ginge es nicht, weil er Besuch habe von einem Freisinger Freunde.

Der würde sicherlich warten, meinte Anna, und der Herr Spanninger könne sagen, daß er sich auf der Jagd verspätet habe. Und der Herr Spanninger dürfe nicht glauben, daß sie ihn lange aufhalten wolle, denn sie wisse wohl, daß es für sie nicht schicklich sei, bei einem Herrn zu stehen, obgleich sie gewiß niemand erblicken könne.

Peter wurde allmählich sicher und fragte, warum ihm das Fräulein geschrieben habe.

Nur so und überhaupt, erwiderte Anna, und dann habe sie sich gedacht, daß der Herr Spanninger sie vielleicht noch kenne, denn sie sei ihm in früheren Jahren öfter begegnet.

Daran könne er sich nicht erinnern, sagte Peter. Sie glaube es wohl, antwortete Anna, denn ein so vornehmer Mann gäbe kaum acht auf ihresgleichen. Das Gespräch stockte, indem Peter nichts zu erwidern wußte.

Anna knüpfte den Faden auf ein neues an. Sie habe gemeint, der Herr Spanninger kenne sie noch, denn er habe ihr neulich nachgeschaut.

Das sei nicht darum gewesen, sagte Peter, sondern weil ihm das hübsche Fräulein aufgefallen sei.

Das könne sie aber gewiß nicht glauben, erwiderte Anna, und sie sähe deutlich, daß der Herr Spanninger sie verspotte. Denn es gäbe schönere als sie in Dürnbuch.

Es sei keine so hübsch, versicherte Peter.

O, da müsse sie lachen, sagte Anna, denn er sei ein galanter Herr, der solche Dinge allen Mädchen sage. Aber sie wisse recht gut, daß vornehme Leute gerne ihren Scherz trieben.

Peter schwieg und horchte mit Unbehagen auf Schritte, die vom untern Ende der Gasse her klangen.

Da sei der Schuhmacher Brummer, flüsterte Anna, und Herr Spanninger möge in das Haus eintreten. Sie nahm ihn bei der Hand und schlich auf den Zehenspitzen voran.

Peter konnte nicht widerstreben, da die Schritte näher kamen. Es war ihm jedoch in dem engen Hausgange keineswegs wohl zumute, und er beschloß, baldigst Abschied zu nehmen.

Anna lehnte die Türe zu und lugte durch die Spalte hinaus. Der nächtliche Spaziergänger kam vorbei, und es war wiederum stille.

Jetzt gab Peter kund, daß er nicht mehr länger bleiben könne; aber das Mädchen ließ ihn nicht ziehen. Er müsse noch warten, denn der Schuhmacher Brummer könne umkehren. Bei den Worten schmiegte es sich an den jungen Mann; er fühlte ihre Schulter und roch den Duft ihrer Haare, aber er rührte sich nicht.

Anna seufzte.

Was sich der Herr Spanninger denken müsse, daß sie jetzt so mutterseelenallein im Dunkeln bei ihm stände?

Peter sagte, sie könne nichts dafür, daß sie sich verbergen müßten, und es dauere nicht mehr lange.

Nein, nein! erwiderte Anna, so leicht sei es nicht zu nehmen, alle Welt sei dabei, von einem Mädchen immer das Schlechteste zu denken, und der Herr Spanninger habe gewiß eine schlimme Meinung von ihr.

Er habe eine gute Meinung von ihr, sagte Peter.

Anna seufzte wieder.

Das hoffe sie fest. Denn sonst müsse es sie bitter gereuen, daß sie den Brief geschrieben habe. Und eigentlich, sie könne es nicht begreifen, wie sie den Mut gefunden habe.

Es sei nichts weiter dabei, sagte Peter.

Für ihn nicht, erwiderte Anna. Aber was würden die Leute von ihr sagen, wenn sie es erführen? Sie könne sich nicht mehr auf der Straße blicken lassen, so würden alle über sie herfallen.

Das erfahre niemand, sagte Peter.

Ja, das müsse der Herr Spanninger versprechen, das Geheimnis müsse er wahren. Er dürfe nicht sagen, daß sie ihm geschrieben habe, und er dürfe nicht sagen, daß er in ihrem Hause gewesen sei in der stockfinsteren Nacht und ganz allein.

Er werde nie davon sprechen, sagte Peter.

Sie habe jedoch davon gehört, erwiderte Anna, daß die Vornehmen sich darüber lustig machen, wenn sie einem Mädchen den Kopf verdrehen. Und der Herr Spanninger habe gewiß viele Abenteuer gehabt und lache über die Mädchen, die ihm Glauben schenkten.

Er werde gewiß nichts verraten, versicherte Peter, und überdem, jetzt wolle er gehen.

Anna öffnete zögernd die Tür und schloß sie hastig wieder.

Denn auf ein neues klangen Schritte in der engen Gasse.

Es waren feste, grob aufgesetzte Tritte. Eilige Tritte.

Das Mädchen fuhr erschrocken zusammen.

»Jesus! Der Vater!« flüsterte sie. Peter fühlte sein Herz stille stehen. Er wollte hinaus in das Freie. »Um Gottes willen nicht!« sagte das aufgeregte Mädchen. »Es ist zu spät! Da hinein! Sie müssen da hinein!« Hastig zog sie ihren Besucher in den Gang zurück, bis sie an eine Türe kam, die sie aufriß. Ein dumpfer Kellergeruch schlug Peter entgegen, aber Anna ließ ihm keine Zeit zur Besinnung. Sie gab ihm einen heftigen Ruck, also daß er stolpernd nachfolgen mußte. Dann stand er schwer atmend in einem moderigen Gewölbe und horchte. Die Haustüre wurde geöffnet. Eine rauhe Stimme fluchte über die Nachlässigkeit, daß um diese Stunde nicht abgesperrt sei. Dann rief die Stimme Anna beim Namen, mehrmals, und mit jedem Male lauter. Dann klangen schwer genagelte Stiefel gegen die Treppenstufen. Fröschl wollte über die Stiege hinaufgehen, um seine faule Tochter zu wecken. In diesem Augenblicke machte Peter in seiner Angst eine Bewegung und schlug mit dem Gewehrkolben heftig gegen die Gießkanne, die hinter ihm stand. Der Schlag tönte laut durch den Gang, und Fröschl schrie, was das sei? Hallo, was das sei?

Anna kam hervor und sagte, daß sie es wäre, und was der Vater wolle.

Fröschl herrschte sie an, was sie in der Kammer um diese Zeit zu tun habe, und das wolle er gleich sehen.

Peter hörte, wie der grimmige Mensch mit einer Zündholzschachtel hantierte, und dann sah er Licht aufblitzen.

Schreckliche Gedanken bestürmten ihn. Erinnerungen an teuflische Geschichten von Menschen, die in verborgenen Kellern umgebracht wurden, von Totengerippen, die erst nach vielen Jahren bei baulichen Veränderungen gefunden wurden; von jungen Männern, die spurlos verschwanden. Er warf sein Gewehr von sich, denn er dachte, daß der Anblick der Waffe die Roheit seines Feindes steigern würde. Und er schrie mit heiserer Stimme: »Schonen Sie mich! Ich bin der Sohn achtbarer Bürgersleute!« Was und wie? grollte Fröschl. Und Peter wiederholte es:

»Halten Sie ein! Hier steht der Sohn ehrbarer Leute!«

»So, so, der Herr Spanninger!« höhnte Fröschl, indem er den todbleichen Jüngling beleuchtete. Dann wandte er sich um gegen seine Tochter, und als er merkte, daß sie über die Stiege eilte, folgte er mit schrecklichen Worten.

Peter tastete sich die Mauer entlang bis zur Haustüre. Er riß sie auf und stürmte hinaus und lief mit tollen Sprüngen durch die Kreuzgasse. Er lief bis in die Mitte des Stadtplatzes und machte erst am Marienbrunnen halt, um Atem zu schöpfen. Als er wieder zu sich kam, hielt er Umschau.

Von drüben, wenige Schritte entfernt, blinkte das Licht über dem goldenen Sterne, dem ehrenvollen Wahrzeichen des Hauses. Nie hatte es ihm freundlicher gelacht.

Es überkam ihn wie Dankbarkeit gegen den Schöpfer, der es nicht zugelassen hatte, daß ein Spanninger sein junges Leben verlor in den schmutzigen Kellern des Fröschlhauses. Dann ging Peter heim. Er wartete die Gelegenheit ab, daß er unbemerkt auf sein Zimmer schleichen konnte, und kleidete sich um. Seine Joppe und den Hut mit der verwegenen Feder warf er beiseite, und als er gleich darauf in der väterlichen Wirtsstube saß, fühlte er kräftiges Wohlbehagen und herzliche Freude an der bürgerlichen Ehrbarkeit.

Er hoffte zuversichtlich, daß sein Abenteuer geheim bleiben würde. Fröschl hatte guten Grund, über seine Mordpläne zu schweigen, und das Mädchen nicht weniger. Denn sicherlich war das ein abgemachtes Spiel gewesen.

Die Nacht schlief Peter unruhig. Arge Träume quälten ihn. Er sah einen wilden Menschen und eine üppige Weibsperson in einem Keller schwere Verbrechen begehen. Sie pökelten einen Leichnam in das riesige Krautfaß ein; und der Tote trug die Züge des Peter Spanninger.

Schweißtriefend erwachte er. Es pochte heftig an die Türe; der Hausknecht trat ein und brachte ein Gewehr. Der Fröschl habe es abgegeben, sagte er und drückte sein linkes Auge bedeutsam zu und lächelte.

Und dieses Gehaben mußte Peter durch mehrere Wochen sehen. Nämlich alle Bräuburschen und alle Dienstboten und die Kellnerinnen und die Gäste und der alte Sternbräu selber hatten es angenommen, mit den Augen zu blinzeln, wenn sie Peter sahen.

Und noch viele Jahre später, als Herr Spanninger senior schon längst von sämtlichen Vereinen zu Grabe geleitet war, und Herr Spanninger junior hinwiederum einen Sohn und künftigen Sternbräu erzeugt hatte, erzählten sich die Dürnbucher, daß Peter gar seltsam hinter den schönen Mädchen her gewesen sei.

Und auch dieses mehrte sein Ansehen.

Papas Fehltritt

Eine seltsame Zärtlichkeit wallte in Rentier Otto Schwalbe auf. Er hatte am Mittagtische still und gedrückt teilgenommen, war zerstreut gewesen und hatte sehr wenig gegessen. Jetzt erhob er sich beinahe stürmisch und machte den Versuch, seine Frau auf den Mund zu küssen, traf aber nur die Wange, da sie den Kopf zur Seite bog. Er wiederholte die Sache nicht, da sie ihm selber ungewöhnlich, fast ein bißchen blödsinnig vorkam. Er sagte: »Tinchen!« recht aus der Tiefe herauf und ging.

»Was er nur hat?« fragte Mama.

»Gott!« sagte ihr Töchterchen Hanna, eine frische Blondine mit einer entzückend frechen Stupsnase. Tante Mally behauptet, daß diese Stupsnase ein Geschenk Gottes sei, denn mit so 'ner Nase könne man sich viel mehr erlauben, als sonst jungen Mädchen verstattet sei, und man könne unbeanstandet verfängliche Dinge sagen. Jedermann fände es stilvoll. Hanna sagte und fragte viel Unpassendes; sie war schon als Backfisch nicht gezwungen, eine Verständnislosigkeit zu heucheln, die ihr bei diesen Augen und dieser Nase doch niemand geglaubt hätte. Eigentlich, um der Wahrheit die Ehre zu geben, sie sagte späterhin, als sie die Zwanzig überschritten hatte, nicht mehr so viel Entsetzliches wie ehedem in den unschuldsvollen Jahren. Vielleicht hatte sie mit feinem Gefühle den pikanten Reiz verstanden, den der Kontrast zwischen unreifer Jugend und überreifen Äußerungen hatte. Sie machte auch jetzt noch Gebrauch von dem Rechte der Stupsnase, aber spärlicher, mit kluger Einteilung. »Gott!« sagte sie jetzt und zog die Achseln hoch. »Wahrscheinlich hat er ein schlechtes Gewissen!«

»Aber Hanna! Übrigens, ich muß zugeben ...« Frau Klementine vollendete den Satz nicht, vielleicht blieb sie sogar mitten in dem Gedanken stecken. Ihr mildes Wesen hatte sie zur Körperfülle, ihre Körperfülle zur absoluten Gleichgültigkeit geführt. Sie setzte sich in einen bequemen Lehnstuhl, und ihre Augenlider waren schwer, als sie nach langer Pause fragte: »Schlechtes Gewissen – glaubst du ...?«

»Ich finde seine unpassende Zärtlichkeit verdächtig –«, antwortete das Töchterchen.

»Unpassende Zär ...«

Frau Klementine war eingeschlafen.

Herr Schwalbe ging gewohnheitsmäßig seinem Stammkaffee zu, aber auf halbem Wege kehrte er um und irrte planlos durch die Straßen. Was tun? Irgend etwas mußte geschehen. Das heißblütige Weib hatte ihm in einem ziemlich unorthographischen Briefe Rache angedroht. Diese ungarischen Volksschulen ... na ja... aber stolz waren sie, diese Kinder der Pußta... Paprika, setzte Schwalbe in Gedanken hinzu... stolz waren sie, und Kränkungen nahmen sie nicht stillschweigend hin.

Was würde sie tun, diese Verschmähte? Ach, Herr Schwalbe ahnte, wußte es nur zu gut! Er hatte sich von seinen Gefühlen zu Briefen hinreißen lassen, die von Phantasie strotzten, von einer verderbten, auf schlimme Abwege geratenen Phantasie. Wenn sie diese frivolen, häßlichen Erzeugnisse an Tina...

»Un – mög – lich!«

Er schrie es so laut hinaus, daß sich die Leute nach ihm umdrehten. Er überquerte die Straße und setzte sich in den Anlagen auf eine Bank. Nur ruhig denken, ruhig überlegen!

Konnte die Polizei...? Unsinn! Was ging es die an? Im Gegenteil, dieses staatserhaltende Institut konnte und mußte ihm die Verletzung seiner Familienpflicht verübeln.

Ein Detektiv? Welcher Kulturmensch schaut heute in fatalen Situationen nicht zu diesen Sternen am großstädtischen Nachthimmel empor? Es gab Namen, besser gekannt als die der größten Gelehrten. Sherlock Holmes, Stuart Webbs. Aber es waren Helden, deren Taten wohl das ganze Volk bewunderte, die gefilmt in den Herzen der Deutschen weiter lebten, aber sie waren sagenhaft, wie Achill und Hektor. Die wirklichen Detektive, deren Offerten in den Zeitungen standen, waren nicht so edel und nicht so kühn; die stiegen nicht an Blitzableitern empor, um anzügliche Briefe zu stehlen.

Nee – mit Detektivs war's auch nichts.

Was sonst? Nur kühl und logisch denken! Einen Freund ins Vertrauen ziehen, der die Person durch Güte, durch List zur Herausgabe der Papiere veranlassen konnte? Ja – das war das Richtige, das Einzige, was helfen konnte. Denn ein reumütiges Geständnis vor Tine? Einfach – unmöglich!

Nicht als ob – natürlich davon war keine Rede mehr – nicht als ob eine zärtliche Liebe dadurch zerstört worden wäre, aber etwas Anderes, Wertvolles hätte sein Ende gefunden. Klementine sah zu ihm auf, und dieses Ideal, das ihr, der Guten, in sechsundzwanzig Jahren erhalten geblieben war, das durch die Stürme des Lebens et cetera... ja, das mußte ihr bewahrt werden.

Einem Manne nimmt die rauhe Wirklichkeit – Herr Schwalbe räusperte sich, als er diesen Satz in seinen Gedanken formte – die rauhe – jawohl! – Wirklichkeit alle Illusionen; man kann sich nicht so kinderrein erhalten, wie man möchte, man hat auch einmal und gewiß aus ehrlichem Herzen heraus diesen Glauben an dauernde Liebe, an Treue gehabt, aber dann kam – tja, was kam? – eben die Wirklichkeit, die rauhe. Man denkt sich das so: man steigt am Hochzeitstage mit der Gefährtin in ein rosenumkränztes Boot; es treibt hinaus auf spiegelglatter Fläche; sie kräuselt sich, leichte Wellen bringen das Boot zum Schaukeln, aber der Mann sitzt am Steuer und hält es mit nerviger Hand. Dann kommen die Stürme, der Wind zerfetzt die Segel, aus der Tiefe herauf wirbeln die Strudel der Leidenschaften, das kocht und zischt, und schäumende Wogen schlagen über Bord. Endlich kommt man in den Hafen, verwittert, zerzaust, das wackere Boot hat Wunden, die Rosengirlanden sind längst weggespült, doch die Gattin sitzt lächelnd im Schiffe, sie hat, Gott sei Dank, von den schlimmen Stürmen nichts gemerkt, vertrauensvoll sah sie nur immerzu auf den Mann am Steuer. Tja – und dieses Vertrauen zerstören? Nie!

Es blieb nur der bewährte Freund, der helfen mußte.

Justizrat Pillkuhn? Der Mann hatte Erfahrung und kannte das Leben, das uns nicht kinderrein erhält, aber er war ein Spötter. Wie würde er ihm mit höhnischem Behagen allerlei vorhalten! Schwalbe hatte nicht selten mit ihm über sittliche Anschauungen gestritten, und Schwalbe hatte die höheren gegen die ätzenden Bemerkungen des Justizrates verteidigt. Worte – und Taten. Er sah den kleinen, dicken Herrn grinsen, er hörte ihn sagen: »Na also, da haben wir wieder einmal einen Cherusker. Aber so seid ihr, in Phrasen eingesponnen. Wenn ihr bloß eure Nebenmenschen anlügen würdet, das hätte 'n Sinn, aber ihr schwindelt euch selber an.« Nein, an Pillkuhn konnte man sich nicht wenden. Stadtrat Doege? Der hatte öfter mit ihm Schulter an Schulter für das gestritten, was einem trotzdem und alledem heilig bleiben mußte, selbst wenn die rauhe Wirklichkeit et cetera – –

Aber war der Mann so, dann konnte er für diese Dinge kein Verständnis haben, noch weniger eines zeigen.

Hagemann – natürlich der alte Fritz Hagemann war der Rechte. Der nette, joviale Kerl würde ihm auch sicher den Gefallen tun. Er dachte beinahe zärtlich an den dicken Fritz, der so dröhnend lachen konnte, der immer guter Laune war, und er machte sich Vorwürfe, daß er ihn in den letzten Jahren vernachlässigt hatte. Wo wohnt er wohl jetzt? Schwalbe ging in einen Laden und sah im Adreßbuch nach. Immer noch in der Jacobistraße, Ecke Inselstraße. Schwalbe nahm sich eine Droschke. Unterwegs überlegte er, wie er dem Jugendfreunde die Sache beibringen sollte. Am besten frischweg mit burschikosem Einschlag. »Junge, Junge, hör' mal . . .« und so weiter. Das linke Auge zukneifen. »Verfluchter Kerl, was?« Der Wagen hielt, und Schwalbe stieg leise vor sich hinpfeifend die Treppen aufwärts. Ein Mädchen öffnete, eine dralle Unschuld vom Lande, eine, die man gerne in die Backen zwickt. Im Salon mußte er warten.

Endlich Schritte. Schwalbe setzte zu geräuschvoller Herzlichkeit an, als die Türe aufging. Aber das war doch gar nicht der fidele Fritz, das war ein grämlich blickender Herr, dessen rechter Fuß in einem Filzschuh steckte.

»Nanu, was ist los mit dir?«

»Nischt mehr, das siehste doch. Das verfluchte Podagra . . .«

Schwalbe machte die scherzhaften Bemerkungen, die man Gichtleidenden zuteil werden läßt, und ging zum Bedauern über, als der Patient seinen Schmerzen keine spaßhafte Seite abgewinnen wollte. Er empfahl sich rasch, und sein Herz war voll Bitterkeit. Was ist Freundschaft? Was ist sie, der man so viele Abende opfert, eigentlich wert? Nun, da er der Hilfe bedurfte, konnte er sie bei keinem der Männer finden, mit denen er so viele biedere Händedrucke getauscht hatte.

In solchen Momenten empfindet der Mensch die Nichtigkeit eingebildeter Werte. Aber was nun? Zu Verwandten gehn? Schwager Wilhelm? Nich in die la mäng! Der würde es bloß herumerzählen. Es war schon so. Das Leben brauchte nur einmal seine ernste Seite hervorzukehren, dann stand man allein.

Fünfuhrtee bei Frau Schwalbe. Heydenhauß war da mit Frau und Tochter, dann Frau Rösicke und Fräulein Pillkuhn, die Tochter des Justizrates, eine talentvolle Kunstgewerblerin. Man sprach von allem Hohen und Schönen, von Reinhardt und von Moissi, als die Türe aufging und Papa Schwalbe eintrat. So was Seltenes! Und tatsächlich sagte er mit einem milden Lächeln zu den Anwesenden, daß diese Dämmerstunden im eigenen Heim das Behaglichste wären, was er kenne. Tine schenkte ihren eigenen Gemütswallungen so wenig Beachtung, daß sie über die des Gatten nicht nachdachte, und Hanna war sich bereits im klaren; vielleicht hätte sie eine überraschende Antwort gegeben, wenn nicht die Gäste dagewesen wären.

Und so strömte Schwalbe von Güte über und von Interesse am Kleinsten, was sonst nur Damen tiefer berührt. Er verfolgte mit betonter Aufmerksamkeit ein Gespräch, das sich um die neuesten

Hüte drehte, er forderte Tinchen auf, ein Modell, von dem sie schwärmte, ohne langes Besinnen zu kaufen, und er war zart, weich und milde.

Hanna faßte ihren Erzeuger scharf ins Auge und bemerkte, daß er beim Ton der Wohnungsglocke in Unruhe geriet und ängstlich nach der Tür hinhorchte; auch bestand zwischen ihm und Rieke ein heimliches Einverständnis. Das Mädchen machte mit Kopfschütteln und mit Blicken beruhigende Gesten, wenn sie der schuldbewußte Greis ängstlich anstarrte. Papa war wirklich ein schlechter Schauspieler; vor den geschärften Augen der Jugend hielten seine kümmerlichen Mittel nicht stand. Wenn er um Zucker bat, hatte er einen Tonfall – gräßlich! Und dieser Augenaufschlag! Und wenn er Mama zuflüsterte, daß er noch ein Täßchen vertragen könne, war es, als wenn er ihr ein süßes Geheimnis anvertraue. Die Gäste mußten baff sein über dieses konservierte Familienglück. Ob sie merkten, wie rührselig der Alte war? Er hatte fortwährend Tränen in der Stimme; hoffentlich glaubten sie, daß er vor einem Schnupfen stehe. Als sie gingen, kam das Wunderbare. Papa fragte flötend, ob sie, Mama und Hanna, den Abend daheim zubrächten, es wäre doch zu gemütlich, wenn man beisammen bliebe. Als sich das zufällig so traf, tat er so vergnügt, als wenn Christbescherung wäre.

»Komm mal, Rieke«, sagte Hanna im Flur draußen zum Mädchen und zog es in eine Ecke. »Was hat Papa für'n Auftrag gegeben?«

»Der gnädche Herr?«

»Ja. Tu nur nich so erstaunt und besinn dich nicht lang auf ne Lüge...«

»Ich weiß aber doch gar nich...«

»Wenn du mir's nicht sagst, schicke ich dich nie mehr abends weg, und dann kann dein Unteroffizier lange an der Ecke warten?«

»Ochott, gnädches Fräulein, nu sein Sie nich gleich böse, ich sage es Ihnen doch schon. Der gnädche Herr hat befohlen, wenn 'n Brief im Kasten liegt oder wenn 'n Brief abgegeben wird, den soll ich'n gnädchen Herrn jeben, und wenn auch die Adresse an die gnädche Frau is... Und nu weeß ich nich, soll ich...«

»Natürlich sollste. Es ist 'n Krankheitsfall in der Familie, und Mama soll nicht erschrecken. Aber siehste, wie ich dir's gleich angemerkt habe?«

»Das gnädche Fräulein sieht auch wirklich allens...«

Und nun saß Herr Schwalbe nach dem Abendessen, dessen Traulichkeit für einen Film hingereicht hätte, in seinem Studio, oder wie man den Raum nennen will, in dem viele unbenützte Bücher standen. Er brütete vor sich hin, als sich eine Hand auf seine Schulter legte. Hastig wandte er sich um.

»Hanna?«

Sie sah ihm klar und mitfühlend in die Augen.

»Bist du arg in der Patsche, Papa?«

»Was soll das heißen?«

»Ich meine, ob dir sehr viel an dem Briefe liegt, den du abfangen willst?«

»Hör' mal, ich bin gewiß kein strenger Vater gewesen, und ich habe dir viel Freiheit gewährt, aber gewisse Schranken...«

»Merkwürdig, wie papieren ihr alle sprecht...«

»Wer ihr?«

»Die ältere Generation...«

»Hanna, was hast du für'n Fimmel? Du bist wohl brustkrank?«

»Schon besser. Aber ich will gar nichts, als dir helfen.«

Schwalbe sah seine Tochter an. Abgesehen davon, machte die den Eindruck eines aufgeweckten Mädchens, das heißt, abgesehen davon, daß sie sein Kind war, und daß er sich von der Idee väterlicher Überlegenheit nicht sofort losreißen konnte. Fast hätte er sie hilfesuchend angesehen, da besann er sich noch auf seine Erzieherpflicht.

»Du sollst nicht so burschikos sein. Das wirkt ab und zu ganz nett, aber ...«

»Gegenwärtig handelt es sich nicht um mich. Du kannst mir später gute Lehren geben, wenn du deine Position wieder mehr befestigt hast.«

»Du bist komisch ...«

»Und du warst tragisch, den ganzen Nachmittag und Abend. Damit könntest du dich verraten...«

»Ver...«

»... raten. Jawohl. Darf ich mal ganz offen mit dir reden?«

»Du scheinst nicht erst auf meine Erlaubnis zu warten...«

»Du willst einen Brief auffangen, den du zu fürchten hast. Warum, das läßt sich ja denken...«

»Wie kommst du dazu...?«

»Durch deine Angst, die du recht ungeschickt zeigst. Ich kann dir helfen beim Vertuschen, ich kann dir vielleicht einen Rat geben...«

Herr Schwalbe sprang auf und ging im Zimmer auf und ab.

Es war doch wirklich... ne, so was von Situation war noch nicht dagewesen. Er blieb stehen und sah sich Hanna beinahe feierlich an.

»Sag' mal, vergißt du ganz, daß ich dein Vater bin?«

»Eben nicht. Glaubst du, ich würde einem fremden alten Herrn meine Hilfe anbieten?«

Das leuchtete ein, das war zwingend. Und das kluge Mädchen fragte dann ruhig, wie ein behandelnder Arzt: »Kompliziert ist's wohl nicht? Das Übliche?«

Schwalbe gab jeden Widerstand auf. Nun gut, er war nicht mehr Ehrfurcht heischender Erzeuger, er war Patient. Die Möglichkeit, sich endlich aussprechen zu können, erleichterte ihn.

»Es ist furchtbar, Hanna! Es ist so, daß ich mich frage, wie ich überhaupt weiterleben kann, wenn...«

Die junge Dame behielt ihren gebrochenen Vater im Auge.

Er fühlte sich offenbar zur Unnatur verpflichtet, der Moment gebot es. Er hätte geglaubt, daß er gegen die Schicklichkeit verstoßen würde, wenn er die Tatsachen nüchtern erzählte; er fand, daß zu derlei Bekenntnissen ein Ausbruch von Zerknirschung gehöre, aber er spielte ihn herzlich schlecht, ganz alte Schule. Er stützte seine kahle Stirne auf die Hand, er sprach dumpf, er rollte die Augen.

»Weißt du, Kind, es gibt Momente im Leben, wo einem alles... wo man nicht mehr weiß, wie...«

Das Schlimme war, daß Schwalbe nicht mehr wußte, wie er fortfahren sollte. Eine zweifellos tüchtige Redensart brach ihm in der Mitte ab, und als er versuchte, ein erträgliches Ende an sie hinzuflikken, begegnete er dem forschenden Blick seiner Tochter und konnte nicht mehr weiter.

»Man frägt sich, soll man unter diesem Drucke noch weiterleben, oder gibt man es auf und bricht unter der Last zusammen...«, sagte er nun und war froh, den Satz anständig gerundet zu haben.

Hanna wollte nicht, daß er sich zu stark abmühte, und fragte knapp: »Hat sie Briefe von dir?«

Sie! Wie das klang! So schmucklos!

Man hätte eine hübsche Periode darum hüllen müssen, aber Schwalbe nickte nur wehmütig.

»Wie du so was machen kannst! Dieses Mitteilungsbedürfnis in deinem Alter, weißt du...«

»Ich weiß, es war unvorsichtig und ...«

»Stillos. Gefühle mit Tinte sind immer gräßlich, und erst so was...« Hanna sah streng aus, und ihr Mund verzog sich unter der Stupsnase zu einem Ausdrucke des Abscheues.

»Natürlich sind es Alterserscheinungen, aber erzähl' doch mal, damit ich mir ein Bild machen kann.«

»Ich – dir?«

»Das Nötigste bloß. Auf Details verzichte ich.«

Schwalbe sah verschüchtert auf seine Tochter; sie wuchs vor seinen Augen.

»Tja... erzählen? Du kannst dir doch wohl nicht vorstellen, was ich dabei empfinde. Es gibt Momente im Leben... na ja. Also in großen Umrissen... Gott! Wenn ich so zurückdenke, dann kann ich selbst nicht verstehen, oder ich kann es doch wieder verstehen. Man hat Tage... soll ich sagen, man ist empfänglicher, empfindsamer? Kurz, eine südländisch aussehende Dame...«

»Dame?«

»Dame mit dem Reiz des Fremdartigen. Außerdem Künstlerin...«

»Tingeltangel?«

»Nein! Kabarett...«

»Ach so, man macht jetzt da Unterschiede...«

»Wirklich Künstlerin, Hanna. Eine Diseuse von Ansehen, auch in der Presse als ganz bedeutend anerkannt. Na ja... ich konnte also bemerken, daß sie Interesse gewann...«

»An dir?«

»Gewiß, an mir, aber du darfst mich nicht immer unterbrechen; ich weiß nun nicht mehr...«

»Sie gewann Interesse an dir...«

»Kurz und gut, ich hatte ihren Vortrag bewundert und ich sagte ihr das, es kam zur Aussprache – Gott! Ich bin gewiß nicht der Mann, der gewisse Dinge frivol auffaßt. Im Gegenteil, aber – na ja...«

»Na... ja.«

»Wie meinst du?«

»Ich meine, wir nehmen die Tatsache als vollendet an. Was war dann?«

»Wann?«

»Nach deinem Siege über deine Grundsätze?«

»So kann ich nicht mit dir sprechen, Hanna. Nein! Es kommt mir sonderbar genug vor, daß ich mit dir ein solches Thema überhaupt verhandle, aber wenn ich mich dazu zwinge, darfst du nicht diesen... diesen leichten Ton anschlagen. Dazu ist die Sache zu ernst und zu schwerwiegend. Ich habe furchtbar darunter gelitten...«

»Armer Papa!«

Er stutzte, aber sie sah ihm innig in die Augen, und er griff nach ihrer Hand. »Glaub' mir, ich war lange nicht mehr froh, sehr lange nicht mehr. Das alles hat wie ein schwerer Druck auf mir gelegen, aber jetzt, weil ich mir das herunterrede, bin ich erleichtert...«

»Wie lange dauerte es?«

»Du meinst, die...?«

»Der Druck.«

»Hm ... tja ... die Sache? Zwei Jahre ...«

»Du hast lange gelitten. Und das hast du ihr geschildert? In deinen Briefen?« Schwalbe sah mißtrauisch auf seine Tochter hin. Sie blieb ernst.

»Nein, das habe ich nicht geschrieben.«

»Sondern?«

»Gott, das weiß ich wirklich nicht mehr so genau, außerdem ...«

»Aber darauf kommt doch alles an. Wenn man aus den Briefen deinen Schmerz und deine ehrliche Reue herausliest, ist es doch gar nicht schlimm ...«

»Ich habe keine ruhige Stunde mehr. Wenn es läutet, schwitze ich vor Angst, wenn ich Schritte im Flur höre, leide ich Qualen, ich traue mich nicht aus dem Hause hinaus ...«

»Das sah ich doch alles ...«

»Aber dieser Zustand ist unerträglich, er zerreibt mich.«

»Ich würde an deiner Stelle ruhig mit Mama sprechen.«

»Mit ...? Un – mög – lich! Das ist ja das, was ich unter allen Umständen vermeiden muß. Unser Frieden, unser Glück wäre für immer zerstört.«

»Ich weiß nicht. Ich kann mir nicht denken, daß sie die Sache so tragisch nehmen würde.«

»Vielleicht ... ich gebe zu, daß ihr Temperament ... daß unser Zusammenleben ... aber trotzdem, du beurteilst das falsch, absolut falsch.«

»Habt ihr früher schon mal ...?«

»Eben nicht! Gerade deshalb ist es so unmöglich. Komm, setz dich mal! Wir müssen darüber doch ausführlicher sprechen.«

Hanna setzte sich in einen bequemen Stuhl und schlug ein Bein über das andere. Schwalbe ging in einen sanften, väterlichen Ton über.

»Siehst du, Kind, die Ehe ... tja! Ich möchte dir keine Illusionen rauben, aber du bist klug, und es ist vielleicht immer gut, wenn man klar sieht, wenn man Einblicke gewinnt. Also siehst du, die Ehe ... das ist nicht so, wie man sich's in rosaroten Farben ausmalt zuerst und vorher, und es ist vor allem nicht so, wie sich's junge Mädchen träumen. Gewiß ist es zunächst mal Liebe, stürmische Liebe, ein Ideal und ...«

Hanna lachte. Ausgelassen und silbern.

»Wie kannst du in einem solchen Moment ...?«

»Nimm mir's nicht übel, aber du bist so wahnsinnig echt!«

»Was heißt das?«

»Diese Gefühlsseligkeit, die du hast! Sie paßt für jede Lebenslage, sogar für so was. Ich glaube, du kommst dir in der Situation noch 'n bißchen interessant vor.«

»Ich muß sagen, Hanna, ich hätte von dir etwas anderes erwartet...«

»Wirklich? Ich hätte mit dir darüber jammern sollen, daß dir das Leben den reinen Kinderglauben genommen hat?«

»Du hättest...«

»Eine sehr begreifliche Sache unbegreiflich finden sollen. Aber du mußt entschuldigen, mich haben die Redensarten noch nicht so unehrlich gemacht.«

»Wie mich, willst du sagen?«

»Wie euch alle. Unser ganzes Milieu ist verlogen, aber um Gottes willen keine ernste Aussprache! Du wolltest mir erklären, warum Mama nichts erfahren darf...«

»Ich wollte..., das heißt, ich weiß nicht, ob ich das jetzt noch kann.«

»Von rosaroten Träumen...«

»In dem Ton geht es einfach nicht. Hanna! Wenn ich dir in einem so tiefernsten Moment Vertrauen schenke, wenn ich dir tatkräftig mein Innerstes... und dann dieser frivole Spott... Ist dir denn nichts ernst?«

»Das da? Du hast doch bloß ein Interesse daran, daß man es nicht zu ernst nimmt. Aber reden wir von Mama; du willst deinen Nimbus nicht zerstören...«

»Ich will, daß sie ihr Vertrauen nicht verliert; es ist notwendig, daß eine Frau zu ihrem Manne aufblickt.«

»Aufblickt ... hm ...«

»Mama tut es... o ja!«

»Ich weiß nicht. Wenn es mit irgendeiner Anstrengung verknüpft ist...«

»Laß doch die Arme! Sie hat es nicht verdient, daß du dich über sie mokierst. Es ist traurig genug, daß über unserm Glück gewissermaßen ein Damoklesschwert hängt, daß vielleicht morgen schon unser Frieden vernichtet ist. Sie blickt zu mir auf, das ist wahr. Niemals hat sie eine Ahnung beschlichen...«

»Machst du dir ein Verdienst daraus?«

»Ich mache mir keines daraus, denn ich weiß gut, wie schwer ich gefehlt habe, aber ich weiß auch, daß ich ihr diese bitterste Enttäuschung ersparen muß.«

»Du kannst doch nicht monatelang diese Postsperre durchführen.«

»Das sage ich mir ja auch! Es ist fürchterlich... Nach vierzehn Tagen, drei Wochen kann die Katastrophe eintreten...«

»Dann muß man eben direkt eingreifen...«

»Dir–ekt... Wie denn? Natürlich muß man was tun, darüber zermartere ich mir ja das Gehirn.«

»Ich werde Fritz fragen.«

»Wer ist Fritz?«

»Liebenow. Ein junger Anwalt, den ich bei Harders kennen lernte.«

»Du kannst doch nicht einem fremden Menschen so was anvertraun!«

»Er is nich so fremd.«

»Ach so...? Ich muß sagen, diese Art von Mitteilung...«

»Es ist noch nichts mitzuteilen...«

»Und du findest, angenommen, daß es mal dazu käme, du glaubst, daß es eine glückliche Einführung in die Familie ist, wenn der junge Mann den Respekt vor seinem künftigen Schwiegervater verliert?«

»Er ist 'n sehr vernünftiger Mensch und wird das richtig einteilen. Aufblicken wird er ja nicht zu dir...«

»Sehr liebenswürdig. Und von mir verlangst du, daß ich mich gewissermaßen mit gebundenen Händen diesem jungen Herrn überliefere.«

»Verlaß dich auf mich! Ich würde ihn nicht empfehlen...«

»Wenn du nicht Nebenabsichten hättest.«

»Auch nich; das stimmt. Aber wenn es einen Ausweg gibt, findet er ihn. Er ist sehr gerissen.«

Schwalbe seufzte.

»Ich muß wohl... ich habe gar nicht mehr die Kraft zum Widerstand. Der heutige Abend, diese Unterredung... auch deine Art, Hanna, das hat mich zerbrochen.«

Bei Rechtsanwalt Liebenow, Charlottenstraße. Der junge Herr war auf dem Sofa eingeschlafen, in der unbequemen Stellung, die Muschelgarnituren erzwingen. Das Genick schmerzte ihn, als ihn seine Hausbesorgerin mit der Nachricht weckte, daß ihn eine junge Dame geschäftlich sprechen wolle.

Er ordnete seinen Anzug, stäubte Zigarettenasche von der Weste ab.

»Eine junge Dame? Mandantin oder...?«

Die Wirtschafterin zog die Achseln hoch. Wußte man's?

In diesem Augenblick trat Hanna ein.

»Gnädiges Fräulein, Sie?«

»'n Tag! Störe ich?«

»Nicht im mindesten; ich hatte nur einen Fall zu bearbeiten ...«

»Ist es der?« Sie deutete auf den rot eingebundenen Roman, der am Boden lag.

»Na, wenn Sie schon alles sehen, aber was führt Sie hierher?«

»Eine geschäftliche Angelegenheit.«

»Eine ...?«

»Ja. Sie sind das wohl nicht gewohnt, aber ich komme wirklich, um Ihren Rat zu erbitten.«

»Ich dachte nur, daß gerade Sie ...«

»Ich komme nicht in eigener Angelegenheit. Es betrifft einen Bekannten, oder sagen wir Verwandten ...«

»Sagen wir Verwandten. Darf ich bitten?«

»Sie werden feierlich, wie 'n Zahnarzt, aber auf das Sofa setze ich mich doch lieber nicht. Sie haben mit den Schuhen darauf gelegen.«

»Scharfsinniges Mädchen ... dann auf den Stuhl.«

Hanna lehnte sich zurück, nahm eine Zigarette an, klopfte sie sachkundig auf die Handfläche und rauchte.

»Also?«

»Hm ... ja ... man kann bei Ihnen ziemlich weit ausholen, nicht wahr? Von Mandanten wird man nicht gestört?«

»Nicht sehr ...«

»Ich werde es Ihnen als Märchen erzählen. Es war einmal ein älterer Herr, gut situiert, passabler Familienvater, sonst wie alle andern. Natürlich machte er das mit, was passable Familienväter immer noch als spaßhaft betrachten. Wenn davon die Rede ist, kneift man ein Auge zu. Herr Justizrat verstehen?«

»Vollkommen.«

»Na, und da verirrte er sich mal, es muß ja nicht gerade im Walde gewesen sein, und er kam zu einer bösen Hexe, die ihn längere Zeit nicht los ließ ...«

»Darf ich weiter erzählen?«

»Gewiß; ich sehe dann, ob Sie Kombinationsgabe haben.«

»Also, die Hexe wollte ihn aufessen und rupfte ihn, aber da suchten ihn seine Angehörigen, die Angst um ihn bekommen hatten ...«

»Nein, er kam selbst los ...«

»So? Gewöhnlich geht es anders im Märchen. Aber wenn er sich selber frei machte, dann suchte ihn jetzt die böse Hexe ...«

»Gewiß. Er hat einen Talisman bei ihr gelassen, mit dem sie ihn zurückzaubern kann.«

»Der alte Esel hat ihr was Schriftliches gegeben?«

»Ja. Das heißt, der alte Esel hat ihr Briefe geschrieben.«

»Sonderbar!«

»Ist das nicht immer so bei Anfängern und alten Herrn?«

»On revient toujours... aber das meine ich nicht. Ich finde es sonderbar, daß eine so kluge Tochter einen so naiven Papa hat.«

»Gott! das liegt vielleicht in der Natur der Sache...«

»In der Natur der Sache... möglich. Aber ich wundere mich, daß man immer wieder die gleichen Fehler macht.«

»Eben. Wozu geht man in französische Lustspiele, wenn man nicht lernt, wie man ohne Gefahr seine Frau betrügen kann?«

»Sie haben so recht, gnädiges Fräulein. Das Märchen hat natürlich noch keinen Schluß?«

»Nein; wir sollen den Talisman zurückbringen.«

»Wenn man erst wüßte, wo die Hexe ist.«

»In der Bülowstraße 26. Ilka von Törkely...«

»Uff!«

»Was haben Sie?«

»Ein Bekannter von mir, oder sagen wir, ein Verwandter...«

»Kennt sie? Gut?«

»Nee, flüchtig. So von der Bühne her. Aber das gäbe doch die Möglichkeit, mal zu sondieren...«

»Wenn nur dann nicht Ihr Verwandter in den Käfig gesperrt wird?«

»Nee, der ist nicht alt genug.«

»Sind Sie sicher?«

»Absolut. Dem jungen Mann fehlt jede Naivität.«

»Wir wollen es hoffen, und ich dachte auch gleich, daß Sie nach der Richtung hin irgend etwas ausfindig machen. Wenn juristische Erfahrung etwas helfen könnte, wäre ich natürlich zu Justizrat Pillkuhn gegangen.«

»Natürlich. Also dann lasse ich mal meinen Verwandten los...«

»Ja... und noch etwas. Machen Sie sich Papa gegenüber etwas wichtig. Schicken Sie Rohrpostbriefe, Depeschen, eingeschriebene Briefe!«

»Gerne. Darf ich fragen, warum?«

»M... m... Sie scheinen naiver zu sein als Ihr Verwandter. Ich möchte, daß Sie Anspruch haben auf Papas Dankbarkeit...«

»Ach so!... Hanna!«

»Nich so stürmisch! Erst müssen Sie den Talisman herbeibringen und mir Gewißheit geben, daß Ihr Verwandter nicht von der

Hexe eingesperrt wurde. Ich möchte nicht, daß das Scheusal in der Familie bleibt.«

»Ich garantiere für ihn.«

»Schön. Übrigens, wie lange sitze ich nun schon bei Ihnen?«

»Jedenfalls zu kurz.«

»Nee, ganz sachlich! 'ne halbe Stunde, und es hat noch nicht 'n einziges Mal geklingelt. Sie haben scheinbar gar keine Mandanten?«

»Nur 'n paar. Aber reizende.«

»Danke. Ich wollte Ihnen nur sagen, wenn Sie sich schon wirklich verheiraten, werden Sie sich bei Ihrer Frau nicht mit dringenden Geschäften ausreden können. Und nun adieu, Herr Justizrat.«

»Adieu ...!«

»Nein ... nein! Bitte ... keine unpassenden Versuche!«

Rentier Schwalbe hatte einen Nervenkollaps. Man muß sich das nur richtig vorstellen. Seit drei Tagen saß er auf der Lauer, fuhr bei jedem Glockentone zusammen, horchte auf Schritte, Stimmen, lebte wieder auf und sank wieder zusammen. Drei Tage saß er beim Tee, drei Abende beim Essen. Es war eine Katastrophe für seine Seelenstärke, aber auch für Tinchens Phlegma. Dieses blieb siegreich. Die zartest hingehauchten Flötentöne ihres Mannes, sein Erbleichen, sein Augenspiel mit Rieke, sein Verstummen und dann wieder seine überquellende Beredsamkeit fielen ihr nicht auf. Schwalbe aber erlebte Fürchterliches. Am Morgen des dritten Tages kam ein Telegramm, das er mit zitternder Hand öffnete. »Habe Aussicht, Klarheit in die Situation zu bringen. Liebenow.« Nachmittags kam eine weitere Depesche: »Wichtige Erkundigungen eingeleitet. Liebenow.« Abends brachte die Post einen Rohrpostbrief, als die Familie bei Tische saß.

Es war ein entscheidender Moment. Rieke eröffnete ein Gebärdenspiel, als wenn sie einen Vortrag im Taubstummeninstitut halten müßte. Sie rollte die Augen, blinzelte, klappte ihr Maul zu dem lautlos gesprochenen Worte: »Brief« auf und zu, deutete auf ihre Tasche, hustete, räusperte sich, als wollte sie eine Bierschnecke auf den Teppich spucken, und ging nicht mehr aus dem Zimmer.

Schwalbe saß auf Nadeln, winkte dem dämlichen Trampel heimlich, aber sehr wütend ab, zwang sich zu einem Lächeln und fragte Tinchen, warum sie nie mehr ins Theater gehe. Tinchen hielt schläfrig die Augen auf ihren Teller gesenkt.

»Ist Moi ...?«

»Ist Moissi schon wieder zurück?« wollte sie fragen, aber sie gab es mitten drin auf. Hannchen, die die Situation beherrschte, brach in lautes Lachen aus und half ihrem Papa. »Hast du das Abendblatt?« fragte sie ihn. »Vielleicht steht etwas in den Theaternachrichten.«

Er sprang diensteifrig auf und eilte hinaus: Rieke, der er einen drohenden Wink gegeben hatte, sauste hinter ihm drein. Auf dem Flur fuhr er sie mit gedämpfter Stimme an: »Was ist los?«

»'n Eilbrief, gnädcher Herr.«

»Brüll nicht so, Bähschaf! Und wenn du mir ein Zeichen machst, stell' dich nich so dämlich an! Mit dir könnte man Wände einrennen.«

»Der gnädche Herr sagte doch ...«

»Ach was ..., wo ist der Brief?«

Sie suchte ihn ziemlich lange in der Tasche und gab ihn dann zerknittert dem ungeduldigen Herrn, der damit in sein Studio eilte und unterwegs ihr noch zurief:

»So'n Dusseltier! So was von tranig!«

Drinnen riß er den Brief auf. »Sehr geehrter Herr Schwalbe! Meinen energischen Bemühungen ist es gelungen, schon für heute eine Unterredung mit der Gegenpartei zu erzwingen. Alles wird davon abhängen. Sie können versichert sein, daß ich mit der nötigen Vorsicht, dabei aber auch mit der in solchen Fällen unerläßlichen Rücksichtslosigkeit vorgehen werde. Morgen weiteres. Hochachtungsvollst! Liebenow, Rechtsanwalt.«

»Hanna, ich weiß nicht«, sagte Schwalbe eine halbe Stunde später zu seiner Tochter. »Der junge Mann scheint allerdings sehr eifrig zu sein, aber mit Ungestüm ist unter Umständen mehr geschadet wie genützt.«

»Wenn er den Fall schon mal angenommen hat«, erwiderte sie, »kann er doch gar nicht anders. Entweder – oder, ist seine Devise, und ich schätze gerade das so sehr an ihm.«

»Du scheinst sonst noch einiges an ihm zu schätzen, und eigentlich ist es sehr traurig, daß ... tja ... na eben ... ich meine, daß sich gerade aus so 'ner Sache Zusammenhänge ergeben zwischen dir und einem jungen Mann, der eventuell ... na ja ... Gewöhnlich stellt man sich Beziehungen, die zu einem wahren Lebensglück führen sollen, anders vor.«

»Die Sache ist nicht von mir und nicht von ihm. Außerdem, was helfen die schönsten Beziehungen im Anfangsstadium? Zum Beispiel, zwischen Mama und dir werden sehr solide Zusammenhänge ...«

»Wir wollen darüber nicht sprechen. Es sieht so aus, als ob du eine Waffe gegen mich in der Hand hättest, und, weißt du, diese Vorstellung ist fürchterlich. Es ist Unnatur ...«

»Gar nich. Es ist bloß natürlich, daß ich dir helfe ...«

»Nee, Hanna, nee. Ich will nich näher darauf eingehen. Ein Kind, noch dazu 'ne Tochter, die ihren Vater... ne... was bleibt da eigentlich noch von kindlicher Ehrfurcht?«

»Nich viel, Papa, aber wenn es dich beruhigt, weißt du, es war auch vorher nischt mehr damit ...«

»Sehr nett, muß ich sagen ...«

»Du warst immer auf dem Podium, und da beobachtet man unwillkürlich schärfer, wenn jemand so oben steht. Und das verträgst du nicht, ganz offen gestanden, aber du warst und bist 'n gemütlicher alter Herr und sehr sympathisch, wenn du nicht die Toga um die Schultern schlägst ...«

»Unerhört... unglaublich, was du alles sagst, seit – na ja – seit dem Abend ...«

»Wir sprechen kameradschaftlicher miteinander. Findest du das so schlimm?«

»Aber daß das ... daß so was ... wollen wir mal sagen, Kameradschaft begründen soll, nee, Hanna, es erschüttert mich doch.«

»Erschüttern ist eins von den Wörtern, die du dir absolut abgewöhnen mußt. Vielleicht ist es dir 'n bißchen peinlich, so wollen wir sagen, aber das überwindet man, und ...«

»Es hat geläutet ...«

»Gott im Himmel! Schon wieder, und mitten in der Nacht ...«

»Wart' mal, ich sehe rasch hinaus ...«

Hanna kam mit einem dringenden Telegramm zurück.

»Vermutlich wieder von diesem ... von deinem Anwalt ...«

»Vorerst von deinem, aber lies erst!«

Schwalbe riß die Depesche auf. »Sonderbarste Verwicklung. Bitte morgen früh um Ihren Besuch. Liebenow.«

»Verwicklung! Du wirst sehen, nu geht die Sache erst recht schief. Sonderbarste Verwicklung ... Ich hatte recht mit meiner Ahnung. Der junge Mensch hat die ganze Sache verkuhwedelt, hat die Person vor den Kopf gestoßen, und ich sitze nun definitiv in der Tinte ...«

»Warte es doch ab! Morgen früh gehst du zu ihm und hörst, was er sagt ...«

»Ich weiß es schon heute ... ach, Hanna!«

Otto Schwalbe sah den jungen Rechtsgelehrten mißtrauisch an. In der Tat, er machte eine würdige, ernste Miene, aber irgendwo saß doch das verfluchte Lächeln, mit dem die Jugend gewisse Alterserscheinungen beobachtet. Ganz gewiß, es saß irgendwo, auch wenn man es nicht sah.

»Herr Rechtsanwalt Liebenow?«

»Jawohl ... Herr ... Schwalbe, nich wahr?«

»Rentier Otto Schwalbe. Meine ... ehem ... Tochter hat sich ... äh ... allerdings, wie ich sagen muß, ein bißchen übereilt, oder ... äh ... temperamentvoll ... an Sie gewandt, in einer Sache, die eigentlich ... ehem ...«

»Mehr die Ihrige ist ...«

»Die meinige ist ... jawohl ... jedenfalls an und für sich keine Sache für junge Damen ... Herrenabendthema, wenn ich so sagen darf. Aber da sie nun mal ... äs ... aktiv in die Sache eingegriffen und Ihnen die Abwicklung dieser ... ehem ... Angelegenheit übertragen hat, finde ich mich mit der Tatsache ab. Sie schickten mir gestern ein Telegramm ... das heißt ... mehrere Telegramme. Im letzten, das nachts ankam, depeschierten Sie so was von sonderbarer Verwicklung? Darf ich fragen, worin diese Verwicklung besteht?«

»Ich werde Ihnen ausführlich berichten ... wollen Sie nicht Platz nehmen?«

»Danke ... so ... also Sie ...?«

»Ich muß vorausschicken, einer meiner Verwandten kennt die Dame ... flüchtig natürlich ...«

»M ... Hm ... flüchtig ...«

»Er verschaffte mir unter irgendeinem Vorwand Eintritt bei Fräulein Ilka von ...«

»Sagen wir bei der Dame.«

»Bei der Dame, die übrigens bester Laune war. Nach einigen Präliminarien lenkte ich auf die Sache ein. Die Wirkung war etwas unangenehm. Die Dame geriet sehr stark aus der Kontenance ...«

»Das hat sie so ...«

»Anscheinend. Sie behauptete das Opfer eines unerhörten Vertrauensbruches zu sein ... Man hat ihr zwei Jahre lang die Illusion erhalten, daß man völlig frei, also Junggeselle sei ...«

Schwalbe räusperte sich.

»Hören Sie mal, Doktor. Glauben Sie, daß es einen Ehemann gibt, der bei ... ehem ... derartigen Affären seine Familienverhältnisse ... wie soll ich sagen ... preisgibt?«

»Natürlich nicht, Herr Schwalbe; ich bin absolut dafür, daß man bei derartigen Partien unter falscher Flagge segelt. Ich halte Vertrauen in solchen Situationen für unangebracht.«

»Mag sein. Was ich übrigens sagen und ganz besonders betonen wollte, Herr Doktor, es wäre mir aus verschiedenen Gründen sehr peinlich, sehr peinlich, wenn Sie bei mir Routine in solchen Partien, wie Sie es nennen, voraussetzen. Ich befinde mich ja Ihnen gegenüber... tja... das ist nun mal so... in einer sonderbaren Stellung, als der Ältere und als Vater einer jungen Dame, die Sie kennen, und überhaupt. Natürlich habe ich nicht die Absicht, kann sie auch gar nicht haben, an dieser einen sehr unangenehmen Affäre etwas zu beschönigen, denn ... tja ... das ist nun mal so, aber ich bestehe darauf, daß Sie keine Schlußfolgerungen ziehen und etwa annehmen, daß ich fortwährend 'ne falsche Flagge bei mir habe, unter der ich segle. Es klingt vielleicht komisch, wenn ich Ihnen als dem Jüngeren sage, daß diese Partie, die ich nun mal leider gemacht habe, die einzige war, ist und bleiben wird. Das ist keine Ausrede oder Beschönigung, ich wiederhole es, so was wäre hier sehr unmotiviert und auch unangebracht. Ich konstatiere einfach die Tatsache.«

»Ich begrüße das als Anwalt, als Ihr Vertreter, Herr Schwalbe. Es ist wichtig für die Beurteilung des Falles und der Maßnahmen, die rätlich erscheinen.«

»Der Maßnahmen?«

»Ich meine bei Voraussetzung von Routine und Gewohnheit würde man gewöhnlich anders vorgehen als im Ausnahmefalle. Ich habe übrigens nach Lage der Sache bereits selbst das letztere angenommen.«

Schwalbe sah sein Gegenüber wieder sehr mißtrauisch an, aber er bemerkte nur würdevollen Ernst.

»Tja... junger Mann, Sie können nicht bloß von einer ganz vereinzelten, sondern auch von einer geradezu unbegreiflichen Abirrung sprechen. Für mich unbegreiflich, wie für jeden, der mich und mein Leben und meine Grundsätze kennt. Ich habe in der letzten Zeit viel nachgedacht über die Möglichkeit dieses... tja, das ist nun mal so... dieses Geschehnisses. Ich muß sagen, sie ist mir mit jedem Tag unklarer geworden...«

»Darf ich wieder referieren?«

»Ach so... ja... also Sie begegneten einer gewissen Heftigkeit?«

»Einem Wutausbruche. Ich beschwichtigte, aber die... Dame kam mit echt weiblicher Hartnäckigkeit immer wieder auf die Idee zurück, daß sie Rache zu nehmen habe. Ich stellte ihr vor, daß sie ihre Position gefährde, wenn sie indiskret wäre, aber sie wiederholte stereotyp die Äußerung – Sie müssen entschuldigen, Herr Schwalbe –, sie wolle dem Alten ordentlich eine aufs Dach geben...«

»Sie will also die Briefe...«

»Das fragte ich sie auch, und nun kommt das Seltsame, sie erklärte mir auf das Bestimmteste, sie habe die Briefe bereits an Ihre Gattin geschickt...«

»An...?«

»An Frau Schwalbe.«

»Um Gottes willen, dann kommen sie vielleicht gerade jetzt...« Schwalbe war aufgesprungen.

»Bleiben Sie ruhig sitzen! Nicht gestern oder heute, vor vier oder fünf Tagen sind die Briefe abgegangen.«

»Das ist Unsinn. Ich stehe seit vier Tagen Posten...«

»Vielleicht hat das Mädchen...«

»Ausgeschlossen; die alberne Person würde sich das nie erlauben...«

»Oder Ihre Gattin hat die Briefe und schweigt darüber?«

»Erst recht unmöglich! Die Person hat gelogen.«

»Den Eindruck habe ich nicht. Sie freute sich ganz unbefangen über ihren Streich.«

»Sollte Tinchen...? Aber das ist doch nicht denkbar! Allerdings Frauen können... nein! Daran kann ich, darf ich nicht glauben. Sie war gestern noch so arglos wie je... Auf alle Fälle muß ich Gewißheit haben.« Herr Schwalbe stürzte hinaus.

»Nanu!« sagte Hanna. »Sei nur nicht so aufgeregt, Papa! Wenn Mama etwas wüßte, hätte sie mir's gesagt.«

»Aber Rieke sagt doch, bevor ich ihr den Auftrag gegeben hätte, sei 'n dicker Brief an die Gnädige gekommen. Das war er...«

»Wenn es nicht n' Geschäftskatalog war. Ich will mal sondieren.«

»Um Gottes willen... um Got–tes wil–len! Wenn sich meine Ahnung bestätigt!«

Hanna ging in Mamas Zimmer.

Frau Schwalbe lag in einem Kimono hingegossen auf dem Divan und las in einem Detektivroman. Sie ließ sich in den Vormittagsstunden sehr ungern stören, und sie hätte fast ihre Stirne in Falten gezogen, als sie ungnädig fragte: »Was willst du denn?«

»Bloß mal sehen, wie es dir geht. Papa meint, du hättest gestern abend so angegriffen ausgesehen.«

»Ach, Unsinn! Du weißt, ich...«

Hanna wußte es, daß sie ungestört lesen wollte.

»Hast du neulich nicht den Katalog von Herzog bekommen? Ich möchte ihn zu gerne sehen...«

»Das weiß ich doch nicht...«

»Lies nur weiter... ich such' ihn mir schon.«

Sie trat an den Schreibtisch; oben lag der Brief nicht, in den Fächern auch nicht. Im Papierkorb? Nichts.

Sollte ihn Mama wirklich aufgehoben haben? Sie blickte zu der dicken Dame hinüber, die ihr die Breitseite zugekehrt hatte und eifrig las.

Gestörtes Glück? Nee. Stillschweigende Vorbereitungen zu einer ernsten Auseinandersetzung? Nee.

Aber die Post verliert doch nichts!

Hanna stand vor einem Rätsel. Vielleicht ging Mama am Nachmittag aus, dann wollte sie gründlicher nachsuchen.

Zufällig fiel ihr Blick auf ein Buch, das auf der Kommode lag; es war rot eingebunden, wie das, das Mama eben las.

Sie sah auf den Umschlag. ›Das Geheimnis der Stahlkammer‹, erster Band.

Hanna nahm das Buch, um darin zu blättern und dabei unauffällig im Zimmer Umschau zu halten.

Da merkte sie, daß Briefe ins Buch eingeklemmt waren, stellte sich mit dem Rücken gegen den Diwan und musterte sie. Ein paar ungeöffnete mit Firmenaufdruck, wahrscheinlich Rechnungen, ein ziemlich dicker mit schlecht geschriebener Adresse. Frau Rantje Schwalbe... Rantje... hm... und in der Ecke stand: persönlich. Auch ungeöffnet. Hanna wandte sich um. Immer noch Breitseite. Da schob sie den Brief in die Tasche, legte die andern ins Buch und trällerte vor sich hin.

»Hanna!«

»Ach ja, ich falle dir sehr lästig? Den Katalog hat wohl Rieke verräumt; ich finde ihn nicht und will dich nicht länger stören. Kann ich Papa sagen, daß du wohl bist?«

»J... ja...«

Onkel Peppi

I

An einem schönen Sommerabend, als die Schwalben ungemein hoch flogen und sich mutwillig überschlugen und die Stare sich viel zu erzählen hatten und die Ochsen mit feierabendlicher Behaglichkeit recht breitbeinig einen mit duftendem Klee beladenen Wagen heimwärts zogen, kam der Kommerzienrat Schragl aus seinem schönen Landhause hervor, um im Garten zu lustwandeln.

Er legte die Hände auf den Rücken und wollte eben seines angenehmen Daseins froh werden, als er plötzlich zu straucheln anfing, umfiel und tot war.

Der schnell hinzuspringende Gärtner sah ihn schon als Leiche und stürzte mit der traurigen Meldung in das Haus.

Frau Lizzie Schragl, eine geborene Smith aus Hamburg, behielt immerhin noch so viel Fassung, um von dem Schreien der Dienerschaft unangenehm berührt zu werden und zu bemerken, daß taktlose Leute sich vor dem Gartenzaune ansammelten und neugierig auf den Ort des Schreckens hinstarrten. Sie befahl, daß der Verstorbene in das Parterrezimmer rechts vom Eingange getragen werde, und fand sich dann, als das geschehen war, dort ein und blieb die gebührende Weile mit einem vor die Augen gepreßten Taschentuche im Zimmer stehen, wankte hinaus und überließ es der treuen Köchin, alle in solchen Fällen nötigen Anordnungen zu treffen.

Die Seelnonne kam mit Fragen und Anträgen und Ratschlägen, deren geschäftliche Nüchternheit die Witwe auf das peinlichste berührt hätte, und es war in der Tat schicklicher, daß sich das ungebildete Frauenzimmer mit einer Angestellten über alle diese Dinge beriet.

Der Schreiner kam mit der Bitte, für den hochgeschätzten Ehrenbürger einen Sarg aus Eichenholz anfertigen zu dürfen, der Schneider erbot sich, in kürzester Bälde einen schwarzen Anzug herzustellen; der Totengräber teilte mit, was ihm an Essen und Trinken während der Nachtwache zukomme, der Krämer hatte passende Kerzen anzubieten, und alle diese Angelegenheiten wurden von den Dörflern in einem sachlichen Tone vorgebracht, den die gnädige Frau nicht ertragen hätte.

Sie lag in ihrem Zimmer auf dem Diwan und vergrub das Haupt in die Kissen.

Sie war noch viel zu überrascht, zu betäubt, um sich einer sanften Traurigkeit hingeben zu können.

Ihr erstes Gefühl, und es hielt noch immer nach, war das der Empörung über die Roheit dieser plötzlichen Schicksalsfügung.

Man weiß, daß der Tod, das Ende aller Dinge, einmal kommen muß, jedoch eine, wenn auch nur kurze Vorbereitung auf solche Vorkommnisse sollte man beanspruchen dürfen. Dieses zwecklose Hereinbrechen war das Verletzendste daran. Aber Schragl war auch im Leben nie eine zartfühlende Natur gewesen... ja so... was konnte der Ärmste dafür?

Es war ein törichter Zufall, es war das Klima, die Hitze, es war der Aufenthalt in diesem öden Dorfe, den sie nie, nie gebilligt hatte, auf dem nur Schragl mit seinem in gewissen Fällen einsetzenden Starrsinn bestanden hatte.

Wie oft hatte sie den Besuch eines englischen oder dänischen Seebades vorgeschlagen!

Aber nein! Man mußte sich in Oberbayern ankaufen, man mußte diese sentimentale Anhänglichkeit an die sogenannte Heimat über alle andern Rücksichten stellen, und nachdem man einmal dieses gräßliche Landgut gekauft hatte, mußte man Sommer für Sommer mitten unter den Bauern zubringen, alle höheren Genüsse entbehren, sich von der Gesellschaft zurückziehen...

Ach!

Und das war nun die Folge davon. An der See wäre das doch nie passiert, jedenfalls nicht so bald, nicht jetzt!

Aber Schragl...

Gott, der Ärmste kam doch Zeit seines Lebens nie los von der Erinnerung, daß er als Sohn eines kleinen Gutsverwalters auf dem Lande aufgewachsen war. Es war sein Schicksal, unter dem sie oft – wie oft! – zu leiden gehabt hatte... und das nun dieses Letzte, Bitterste herbeigeführt hatte. Und wie schrecklich es war, das, und alles, was noch kommen mußte, gerade hier zu erleben!

In der Stadt hätte man doch sogleich eine würdige Aussprache mit den Freunden und Verwandten haben können, hätte Verständnis und Beihilfe gefunden, hier lebte man auf einer Insel zusammen mit Wilden, die einem fremd blieben, fremd bleiben mußten, mit denen das Zusammensein in schweren Stunden nicht weniger gräßlich war als sonst.

Aber Schragl hatte dafür, hatte für zarteres Empfinden nie, nie Verständnis gezeigt, hatte ihre Klagen sogar mit einer gewissen Ironie abgewiesen und hatte sich immer der fixen Idee hingegeben, daß er zu diesen Leuten gehöre und das rechte Behagen nur in ihrer Mitte finden könne...

Ja so! Den Kindern mußte man telegraphieren, dem großen Verwandten- und Freundeskreise mußte man Mitteilung machen, und vor allem der Exzellenz mußte man es melden.

Es ging nicht an, den Kopf in die Kissen zu drücken und sich dieser drückenden, bleischweren Stimmung hinzugeben.

Sie lehnte sich ein wenig auf, drückte auf die Klingel und ließ sich wieder fallen.

Es klopfte, und da sie nicht fähig war, laut »Herein« zu sagen, schwieg sie und wartete, bis die Zofe unaufgefordert die Türe leise öffnete und auf den Zehenspitzen in ihre Nähe kam.

Dann erst flüsterte sie: »Fanny ...!«

»Ja ... gnä ... Frau ...«, antwortete das Mädchen mit verschleierter Stimme und richtete es so ein, daß es wie verhaltenes Schluchzen klang. Unendlich müde und gebrochen, fragte Frau Lizzie: »Hat – man ... weiß man – – schon – wann ...«

Sie verstummte und ließ eine lange, dumpfe Pause eintreten.

»Weiß – – man – – – schon – – wann – – das – Begräbnis – statt – finden – wird –?«

»Ja – – gnä Frau –«, Fanny paßte sich im Tone mit kaum glaublichem Takte der Stimmung an – – »Ja – gnä – Frau –«, sagte sie so milde und weich und so von Schmerz durchzittert – »am Donnerstag – in der Früh um neun Uhr.«

Frau Lizzie erhob fast ungestüm ihren Kopf und fragte schärfer, als es ihre Rolle zuließ: »Neun – Uhr!? – Was ist denn das wieder für eine – –?«

»Taktlosigkeit« wollte sie sagen, oder »Dummheit« oder »Bauernmanier« oder »tölpelhafte Rücksichtslosigkeit«. Sie sagte es nicht, sondern blickte nur ihre Zofe mit hilflosem Staunen an.

Und Fanny nickte beistimmend und schmerzlich, wie von einer neuen Härte getroffen.

»Ich habe es auch gesagt, gnä Frau, es ist doch keine Zeit für solche Trauergäste, wie wir sie haben werden, aber der Herr Pfarrer hat gesagt, es sei ohnehin spät genug für die Leute in der Erntezeit...«

»Für welche Leute?«

»Für die Leute im Dorfe«, erwiderte Fanny und zog verächtlich die Schultern in die Höhe. »Es sollen ja alle Vereine kommen und überhaupt alle Leute, und der Pfarrer sagt, mit dem Traueramt dauert es bis nach zehn Uhr, und das sei schon eine große Ausnahme und ginge eigentlich gar nicht, denn die Leute müßten zu ihrer Arbeit...«

»Man könnte die Arbeit nicht verschieben! Man könnte das nicht tun einem Manne zuliebe, der so viel... der viel zuviel für diese Leute getan hat! Ach!«

Frau Lizzie sagte es sehr bitter und setzte sich nun auf, und es schien fast, als hätte ihr die Empörung über diese Rücksichtslosigkeit mehr Kraft verliehen.

»Bleiben Sie da, Fanny«, fügte sie hinzu, »ich muß einige Telegramme schreiben, und die tragen Sie gleich auf die Post.«

Sie wollte aufstehen, hielt es aber dann doch für richtiger, sich mühsam zu erheben und sich, auf Fanny gestützt, mit müden Schritten zum Schreibtisch hinzuschleppen.

Hinfällig und wie zerschlagen, nahm sie einen Briefbogen und blickte ins Leere; sie empfand es doch als eine Last, so beobachtet zu werden, und sie entließ die Zofe.

»Gehen Sie einstweilen, Fanny. Ich werde Sie rufen.«

Als sie allein war, überlegte Frau Lizzie, wie sie in der wirkungsvollsten Weise dem Herrn Staatsrat Ritter von Hilling, Exzellenz, dem Manne ihrer verstorbenen Schwester Jane, die Trauerkunde mitteilen sollte.

Sie begann zu schreiben.

»Simon...« Nein! Sie strich den Namen durch. Sogar in dieser Situation wirkte er unvorteilhaft, und sie fühlte, wie so oft schon, daß man als Kommerzienrat und reicher Fabrikbesitzer nicht wohl hätte Simon Schragl heißen sollen. Sie strich also den Namen durch und schrieb:

»Mein heißgeliebter Mann...« – das war schon besser – »ganz plötzlich... durch einen Schlaganfall –« nein! – sie strich auch den Schlaganfall durch... »ganz plötzlich... hinweggerafft...« ja, so war es recht... »Beerdigung Donnerstag früh neun Uhr hier... fassungslos... Lizzie...« Sie schrieb das Telegramm ab und fügte die Adresse mit dem ganzen Titel bei.

Nun an die Kinder. Ach Gott! Der arme Johnny... die ärmste Beß! Hier seufzte sie tief auf und schrieb mit fliegender Feder. »Unser liebster Papa ganz plötzlich und unerwartet gestorben. Kommt sofort!« Für Beß noch die Anweisung, sogleich ein Trauerkostüm zu bestellen.

Dann ein Telegramm an die Konfektioneuse, um ein Kostüm für sie selbst.

Das alles hatte Anspannung verlangt, und sie übergab der wieder eintretenden Zofe die Depeschen mit einer Geste, die deutlich ausdrückte, daß sie am Ende ihrer Kräfte angelangt war.

Sie blickte nicht um, sie reichte die Papiere nach rückwärts und ließ den rechten Arm sinken, indes sie ihren Kopf auf den linken legte.

Fanny blieb stehen. Sie hatte noch etwas vorzubringen.

»Was ist?« fragte Lizzie flüsternd.

»Gnädige Frau, Minna sagt, die Todesanzeige müßte gleich an die Zeitung geschickt werden, damit sie morgen drin steht, wegen der Herrschaften, die von weiter her kommen sollen ...«

»Ich kann nicht«, stöhnte die Witwe, »ich kann jetzt nicht ... kommen Sie in einer halben Stunde ... vielleicht bin ich dann imstande ... gehen Sie, Fanny! Ich kann jetzt nicht ...«

Das Mädchen verließ behutsam das Zimmer, und Frau Lizzie warf sich wieder auf den Diwan und klagte das törichte, brutale Schicksal an, das eine Dame von zarten Nerven so unvermittelt in eine solche entsetzliche Lage brachte.

Wären nur die Kinder dagewesen! Aber wer hatte an so etwas auch nur denken können? Johnny mußte bei der Regatta sein, und Beß hatte sich schon wochenlang auf »Rheingold« gefreut. Immer waren sie hier, und gerade jetzt, wo sie einmal fröhlich und sorglos weggeeilt waren, mußte dieses Grausamste sich ereignen!

– Ach! –

2

Die Kinder waren angekommen, die ersten Blumenspenden trafen ein, und zahlreiche Telegramme langten an, in denen das Unbegreifliche schmerzlichst bedauert wurde. Die Exzellenz schickte eine von Bestürzung überströmende Kondolation mit der Nachricht, daß sie am Mittwoch abend bestimmt erwartet werden dürfe. Die Zeitung brachte die ganzseitige Todesanzeige, und nur der anstößige Name »Simon Schragl« störte in etwas die Vornehmheit dieser Bekanntmachung. Die Unterschrift der trostlosen Witwe Lizzie und der Kinder Johnny und Beß verwischte doch einigermaßen den Eindruck der Bodenständigkeit. Eine Brauereiaktiengesellschaft zeigte dazu noch das Ableben des bewährten Aufsichtsrates in größerem Formate an, und dicht darunter folgten die Beamten der Schraglschen Maschinenfabrik.

Unter »Hof- und Personalnachrichten« brachte die Zeitung einen warm empfundenen Nachruf und gedachte der Verdienste des tüchtigen Industriellen, der als Sohn eines kleinen Gutsverwalters in ein Eisengeschäft in Nabburg eingetreten war und sich durch eiserne

Willenskraft zum Besitzer und Leiter eines großen Unternehmens emporgeschwungen hatte. Es war auch erwähnt, daß er sich mit einer Tochter des Generalkonsuls Smith aus Hamburg vermählt hatte und der Schwager des bekannten Staatsrates von Hilling geworden war.

Da auch in der Todesanzeige Hamburg, Antwerpen und Liverpool als von dem Trauerfall betroffene Orte angegeben waren, und da man die vielleicht noch stärker in Mitleidenschaft gezogenen Gemeinwesen Viechtach, Plattling, Straubing und Ebersberg sorgfältigst mit Schweigen übergangen hatte, war wirklich alles geschehen, was geschehen konnte, um das Distinguierte der verblichenen Persönlichkeit hervorzuheben.

Und noch etwas trat ein. Am Mittwoch, vormittags gegen zehn Uhr, langte ein Kondolenztelegramm aus dem Kabinette des Landesherrn an, und es wurde vom Expeditor in Uniform persönlich überbracht.

Dieses Geschehnis rührte und stärkte zugleich die Witwe, die sich erst jetzt dazu brachte, ihr Zimmer zu verlassen und längere Zeit an dem Paradebette zu verweilen, auf dem mit dickem, gutmütigem und wachsgelbem Antlitz der arme Herr Kommerzienrat lag.

Später zog sie sich wieder zurück und überließ es Johnny, die Deputationen der Vereine zu empfangen, die sich erkundigten, wo sie mit ihren Fahnen Aufstellung nehmen sollten, ob der Veteranenverein oder die Schützengesellschaft den Zug eröffnen dürfe, und solche Dinge mehr.

Johnny zeigte sich darin tüchtig, und er hatte eine viel bestimmtere Art, zu antworten und seinen Willen durchzusetzen als der Vater, dem zeitlebens die kleinbürgerliche Gemütlichkeit angehangen hatte.

Johnny war kurz angebunden und reserviert; er ließ sich nicht in lange Gespräche mit den Dorfleuten ein und schnitt ihre weitschweifigen Erklärungen einfach ab.

Dem einen und anderen mochte der Unterschied zwischen Vater und Sohn vielleicht unangenehm auffallen, aber die Mama sah mit Befriedigung, daß Johnny sehr viel von ihr und der Smithschen Familie hatte.

Im Laufe des Nachmittags kamen einige Verwandte des Verstorbenen an, mit denen nun freilich nicht viel Staat zu machen war. Die Schwester des Kommerzienrats, die in ziemlich reifen Jahren geheiratet hatte, mit ihrem Manne, dem Apotheker Gerner von Straubing; dann ein Cousin des Verstorbenen, Amtsrichter Holderied aus

Ebersberg mit seiner Frau, dann noch dessen Schwester, ein älteres Fräulein, das in München eine Pension leitete.

Frau Lizzie begrüßte sie und mußte sich bald mit einer Migräne entschuldigen. So traf Beß die Verpflichtung, bei den Verwandten zu bleiben.

Tante Marie, eben die Frau des Apothekers, hatte die Manier, gegen die hamburgische Engländerei, wie sie es nannte, zu opponieren und auffällig oft »Elis« statt »Beß« zu sagen.

»Elis«, sagte sie, »mir san amal Altbayern, und dei guter Papa, Gott hab' ihn selig, war ganz g'wiß einer mit Leib und Seel, und i hab mi oft g'wundert, daß er de ... i mag jetzt net zanken ... daß er de Engländerei da erlaubt hat und seine Kinder, du lieber Gott, die Enkel vom alten Schragl in Viechtach, mit solche Nama rumlauf'n hat lass'n. Als ob dös auch noch was wär! Johnny! Ma meinet scho, ös kommet's aus dem hinterst'n Amerika her, wo d' Roßdieb daheim sin und d' Schwindler und d' Petroleumwucherer. Und wenn ma scho, Gott sei Dank, im ehrlich'n Deutschland auf d' Welt komma is, na soll ma sein ehrlich'n deutschen Nama führ'n. Und Beß! Is denn dös aa no a richtiga Nama! So hoaß'n de Frauenzimma, de im Kil's Kolosseum ihre Negertänz aufführ'n. Na! Schau mi no o, und du brauchst ma's net übl nehma! I hab meiner Lebtag mei Meinung g'sagt, und g'rad, weil dei lieber, guter Papa da drin liegt, muß i dös sag'n. Denn i weiß g'wiß, und er hat mir's selber g'sagt, de Engländerei hat'n oft g'ärgert, und leider is er so schwach g'wes'n und hat nachgeb'n an Fried'n z' lieb. Freili, wer A sagt, muß B sag'n, und wenn ma einmal schwach is und nachgibt, na is 's Umkehr'n schwer, und auf de Weis' is nach'm Johnny die Beß komma. Aba weißt, *mi* bringst d' net dazu, daß i de ... Engländerei, de hamburgische, mitmach, und i sag einfach Elis, und wenn dei Mama mi drum anredt, nacha sag i Liesl. Und i will dir bloß sag'n, wenn i so a saubers Madl wär, als wie du, nacha möcht i überhaupts net anderst heiß'n. A Liesl is do scho was anders als wie Beß ... Was sagst d'? Du hoaßt amal so? No ja, leider, daß dei lieber, guter Papa, Gott hab' ihn selig, nachgeb'n hat, aba weißt, a klein's bissel g'hör ich auch zur Familie, als Schwesta vom Papa und als dei rechtmäßige Tant, und da bin i halt so frei und sag mei Meinung, und dös is auch die Meinung von *unserer* Familie, zu der dein lieber Papa g'hört hat, und de er seiner Lebtag g'schätzt hat, wenn er auch der reiche Herr Kommerzienrat wor'n is. Denn dös kann i dir sag'n, Liesl, i weiß, dein' Papa is in *seiner* Familie, in seiner *alt'n* Familie am wohlsten g'wes'n, und wenn mir aa net in da Todesanzeig' drin g'stand'n sin, weil Lieferpohl viel vornehmer is, als wie Straubing, desweg'n hamm mir doch z'samm'g'hört, und der Herr Schragl von Viechtach hat so viel 'golt'n, daß ma kein' Mister Schragl drauß z' mach'n braucht... Was sagst d'?«

»Ich meine«, sagte der Amtsrichter Holderied, »du sollst dich und... und d' Beß net aufreg'n...«

»Jetzt sagt er aa ›Beß‹! No, von mir aus könnt's ihr ja tun, was ihr wollt's, aba ich tu net mit. Und aufreg'n tu i mi gar net, i sag mei Meinung und i sag' Elis...«

Beß war zu gut erzogen, um den Streit durch eine Erwiderung in die Länge zu ziehen, und dann war am Ende das Herz des jungen Mädchens zu sehr bedrückt, und dann wußte es auch, daß man mit Tante Marie über viele Dinge nicht reden konnte.

Mama hatte oft genug zu Papa gesagt, daß Tante Marie ganz gewiß in ihrer Art eine tüchtige Frau sei, daß sie es aber ablehnen müsse, mit ihr über Lebensauffassungen zu streiten.

Schließlich war die brave Frau Apotheker auch von einer viel zu weichen Gemütsart, als daß sie Verstimmungen zu starke Wurzeln hätte fassen lassen.

Und wie sie nun mit Beß oder in Gottes Namen mit Elis vom Garten herein wieder ins Haus trat und wieder in das Zimmer ging, in dem Herr Schragl mit dem unverändert gutmütigen Gesicht lag, zerfloß sie in Tränen und umarmte und küßte ihre Nichte, und sagte ihr, daß sie in ihr eine zweite Mutter habe.

»Ihr armen Kinder«, schluchzte sie, »ihr wißt's ja heut noch net, was ihr am Papa verloren habt's. So was merkt ma ja erst später im Leb'n, wenn ma Heimweh kriegt nach'm Elternhaus... O mei Simon! Wer hätt's denkt, daß i amal so vor dir steh'n muß? Jetzt kann i dirs nimmer sag'n, wie viel Dank ich dir schuldig bin, und so lang eins lebt, spart ma die gut'n Wort' und schamt si förmli, daß ma's ei'm sagt, und so viel Sach'n sagt ma, an de 's Herz net denkt...«

Ja, wie hätte man der Tante Marie bös sein können, die sich so natürlich gab in ihrem Schmerz, und die wieder so klug und so gefaßt war und an alles dachte, was in einem solchen Falle und in einem solchen Haushalt nötig war?

»Schau, Elis«, sagte sie, »wir müssen jetzt mit der Köchin reden, daß sie für morgen alles richt', denn ihr müßt morg'n doch für viele Gäst sorg'n, und dei Mama, ich will ihr ja g'wiß nix Bös's nachsag'n, aber des weiß i g'wiß, daß de net an so was denkt, und auf d' Dienstbot'n darf ma si net verlass'n. Und schau, Kind, wenn's auch a Trauerfall is, im Haus muß ma doch an Ehr' ei'leg'n, denn d' Leut kritisier'n und frag'n net lang, ob ma gut oder schlecht aufg'legt war, und mit der Nachred sin de glei bei da Hand, und was a richtige Hausfrau is, Elis, und du hast g'wiß des Zeug dazu, siehgst, de muß ihr Sach in Ordnung hamm, und ob der Anlaß traurig is oder lustig, wenn amal Gäst' da sin, müssen s' merk'n, daß s' in an richtig'n Haus sin... und jetzt geh'n wir zu der Köchin, und danach schau'n wir nach, ob die Zimmer in Ordnung sin, denn dei Mama... du weißt scho, und i will nix g'sagt hamm...«

Und als tüchtige Frauenzimmer gingen Beß und Tante Marie in die Küche hinunter und schafften für den nächsten Tag an und gingen herauf und musterten Betten und Wäsche und vergaßen ihren Schmerz über diesen Dingen, die törichte Menschen Kleinigkeiten heißen.

Frau Lizzie aber saß an ihrem Schreibtische und legte in einem Briefe an Frau Schultze-Henkeberg in Hamburg, ihre treueste Freundin, die ganze Trostlosigkeit nieder, von der sie angeweht war. Und die stärksten Worte, die ein Bild von ihrem gebrochenen Dasein gaben, unterstrich sie zweimal und dreimal.

Mit dem Abendzuge traf Seine Exzellenz, der Staatsrat a. D. von Hilling, ein. Mit ihm kamen sein Bruder, Oberstleutnant z. D. von Hilling, und dessen Gemahlin, eine geborene von Seldenberg. Der gleiche Zug brachte den technischen Betriebsleiter der Schraglschen Fabrik, Direktor Kunze, den kaufmännischen Leiter, Direktor Haldenschwong, den Präsidenten des Aufsichtsrates der Aktienbrauerei, Kommerzienrat Gäble, ferner zwei Korpsbrüder von Johnny und den Präsidenten des Ruderklubs.

Der kleine Bahnhof von Sünzhausen nahm sich bei dieser Fülle von eleganten Erscheinungen sonderbar aus, und die Beamten fühlten sich in ihrer Bedeutung gehoben, als sie mit diesen Herrschaften in dienstliche Berührung traten.

Der Bahnvorstand salutierte mit wirklicher Hochachtung, und der Stationsdiener nahm an der Schranke jedes Billett mit einer Verbeugung ab.

Und beide, Vorstand und Diener, sahen sich, als der Vorgang vorüber war, bedeutungsvoll an. Es ist schon etwas daran, an der Noblesse.

Den kurzen Weg bis zur Villa Schragl legten die Trauergäste, die von Johnny empfangen worden waren, zu Fuß zurück. Die Dorfkinder standen an der Straße und schauten sie mit großen Augen an, und an den Fenstern, unter den Türen standen neugierige Frauenzimmer und verfolgten sie mit ihren Blicken.

Die Mannsbilder hielten sich mehr versteckt und schauten hinter Wägen oder Holzhäufen oder hinter halb geöffneten Scheunentoren auf die Fremdlinge, und mancher, den die Jovialität des guten Simon Schragl irregeführt hatte, verstand erst jetzt, daß der Verstorbene doch ein vornehmer Herr gewesen war.

Frau Lizzie stand am Gartentore und kam der Exzellenz einige Schritte entgegen. Zu erschüttert, um sprechen zu können, faßte sie mit beiden Händen die Rechte des Staatsrates, fiel dann der Frau Oberstleutnant schluchzend um den Hals, tauschte Händedrucke mit deren Gemahl aus und nahm Handküsse und Beileidsworte der anderen mit Hoheit entgegen.

Dann wandte sie sich wieder an die Exzellenz und schritt an ihrer Seite durch den Garten.

Der Staatsrat, ein hochgewachsener schlanker Mann, dessen von einem gepflegten grauen Stutzbarte eingefaßtes Gesicht durch die leicht geöffneten Lippen und kreisrunde, wasserblaue Augen den Ausdruck eines fortwährenden Staunens erhielt, blieb nun mittewegs stehen und schickte einen Blick herum, der die ganze Gegend und die Blumen und die Rasenbeete und den Himmel und die rosaroten Wolken ernstlich zu fragen und verantwortlich zu machen schien, und sagte mit nachdrücklicher Betonung: »Wie konnte das nur so plötzlich kommen?«

Er schüttelte langsam, in wohlabgemessenem Takte das Haupt, und da nur einige Frösche im Dorfweiher quakten, sonst aber von nirgendher eine Antwort kam, setzte er sich mit Würde in Gang und blieb erst wieder an der Türe des Hauses stehen.

Da warf er noch einmal einen vorwurfsvollen Blick rund um die Natur und wiederholte mit Betonung:

»Nun sage mir nur, arme Lizzie, wie konnte das so plötzlich kommen?«

Frau Lizzie seufzte tief auf und deutete mit schwerem Nicken des Hauptes an, daß auch ihr das Schicksal noch immer keine entschuldigende Erklärung gegeben habe. Nach mild-schmerzlicher Begrüßung der armen Beß betrat man das Zimmer, worin der gutmütige Schragl lag. Die Seelnonne und Tante Marie, die frische Blumen gebracht hatte, zogen sich in den Hintergrund zurück, und nun stand der Staatsrat dem Toten gegenüber.

Seine kreisrunden, wasserblauen Augen richteten sich auf das wachsgelbe Gesicht, und sie schienen zu fragen: »Wozu das alles?« Er nahm den Rosmarinzweig, der in Weihwasser lag, und besprengte dreimal den verstorbenen Schwager.

Dann entfernte er sich und sagte vor der Türe, wieder kopfschüttelnd: »Ich verstehe das einfach nicht.«

Frau Lizzie geleitete den von so viel Unfaßlichem Erschöpften nach den oberen Räumen und setzte eine halbe Stunde später dem Staatsrate und dem Ehepaare von Helling Tee und kalte Küche im oberen Salon vor.

Die Direktoren und die jungen Herren wurden von Johnny in den Gasthof zur Post geführt, wo sich später auch die Verwandten von der Schraglschen Linie einfanden; die praktische Tante Marie hatte das angeordnet, weil sie die Köchin in den Zubereitungen für den wichtigen Tag nicht stören lassen wollte. Sie selbst zeigte übrigens eine immer stärker werdende Unruhe, fragte, ob abends noch ein Zug käme, und als man es verneinte, nahm sie Beß auf die Seite.

»Sag amal, Elis, habt ihr denn an Onkel Peppi kein Telegramm g'schickt?«

»Dem Onkel ...?«

»No ja, mein' Bruder, an Bruder vom Papa?«

Beß wurde rot und verlegen und sagte zögernd, sie wisse es wohl nicht, aber vielleicht habe Mama ...

»D' Mama? De hat do an niemand andern denkt, wie an den faden Staatsrat. Jessas, Jessas na! Daß aber i heut vormittag net g'fragt hab! I hätt mir's do wirkli denk'n könna, daß von euch niemand ... ihr wißt's ja womögli d' Adreß gar net ... Jessas, was tut ma denn jetzt?«

»Ich weiß seine Adresse wirklich nicht«, sagte Beß.

»No freili net. Um den arma Peppi hat si ja nie wer kümmert, nit amal dei Papa. Sogar dem is recht g'wes'n – Gott verzeih mir die Sünd, wenn ich ihm unrecht tu – aber ich glaub wirklich, es is ihm recht g'wes'n, daß si der arme Peppi z'rückzog'n hat in seiner Bescheidenheit. Jetzt sag mir amal aufrichtig, Mädl, weißt du überhaupt, daß d' an Onkel hast?«

»Ich habe schon von ihm gehört«, antwortete Beß.

»Gehört... ja... so ganz von da Weit'n. Und was hast denn g'hört?« examinierte Tante Marie.

Beß, die wirklich in Verlegenheit gekommen war, wurde nun doch etwas ungeduldig.

»Gott, Tante, wenn er sich schon nie nach Papa umgesehen hat, dann ist es doch begreiflich, daß wir Kinder wenig von ihm wissen. Papa hätte ihn doch sicher herzlich aufgenommen ...«

»Hm!« machte die Frau Apotheker, »ich will dir was sag'n. Wenn sich die zwei Brüder allein troffen hab'n, anderstwo, weißt, und net daheim, nachher hamm sie sich alle zwei g'freut, aber in de Welt da rei is der gute Peppi net kommen, und dös kann ihm kein Mensch verübeln, denn dös Hamburgische hat net zu ihm paßt, und er net dazu, und dös wird er scho g'merkt hamm 's allererste Mal bei der Hochzeit. Aber daß ma 'n jetzt übergeht, daß ma ihm kei Sterbenswörtel wiss'n laßt, dös überwind't er net... dös is... ja, i sag bloß, daß i heut vormittag net dran denkt hab!«

Tante Marie zeigte sich so unglücklich und aufgeregt, daß Beß alle möglichen Vorschläge machte: ein dringendes Telegramm aufzugeben, ihn aufzufordern, mit Auto herzufahren...

»Ja mei, Mädl«, jammerte die Tante, »wo soll er denn in Plattling an Auto herkriegen? Und wenn er wirklich eins kriegen könnt', mit was soll er's denn zahlen, als bescheidner Sparkassenverwalter? Und wie soll er denn da herfahr'n, mitten bei da Nacht?«

»Tante, das Zahlen besorge ich schon, und du kannst ja im Telegramm andeuten, daß du die Kosten übernimmst. Und das mit der Nachtfahrt ist auch nicht so schlimm; in ein paar Stunden kommt man weit, und bis morgen früh ist er mit Leichtigkeit hier...«

»Madl!« rief die Frau Apotheker und halste ihre Nichte und küßte sie ab, »Liesel! Du bist ganz dei Papa, Gott hab ihn selig, herzensgut und resch und gleich bei da Hand mit an Entschluß. Und recht hast. Mir telegraphier'n ihm dringend, und die Kost'n halbier'n ma, mein Mann is gern damit einverstand'n. Aba glei geh i auf d' Post. Sie wird um Gott's will'n net scho g'schloss'n sei?«

Beß sah auf die Uhr.

»Wir haben noch eine Viertelstunde Zeit«, sagte sie. »Und ich komme mit dir, wenn es dir recht ist.«

Tante Marie zeigte sich herzlich damit einverstanden, und so gingen die beiden Arm in Arm zusammen durch die Dorfgasse zur Post.

Und die brave Frau Apotheker bat ihrer Nichte innerlich alle erregten Vorwürfe ab und hatte mit einem Male das hübsche Mädchen mit mütterlicher Zärtlichkeit ins Herz geschlossen.

»Und weißt, Elis«, sagte sie, »du mußt mir nix übelnehmen. I bin halt für deine Begriff an altmodische Frau und a bissel schnell bei da Hand mit 'n Red'n. Und schau, dös mit 'n Automobil, dös wär mir überhaupt net ei'g'fall'n. Unsereins is no an die alt'n Postkutsch'n g'wöhnt und denkt net dran, daß 's an andere Zeit is. Und wenn dös Telegramm wirkli z' spät kommt, na siecht der arme Peppi do, daß ma an ihn denkt hat, und i schreib's ihm scho, wie lieb du g'wes'n bist und wie resolut. Dös tröst 'n wieder. Und siehgst... Elis...«, sagte sie zögernd, »wenn's di vielleicht scheniert, daß i dir an andern Nama gib, nacha... no ja... nacha sag i aa ›Beß‹ zu dir...«

»Nein, nein, Tantchen... sag du nur Liesel!«

»Is 's wahr, Mädl?« rief die Frau Apotheker in starker Rührung und küßte die Nichte wieder ab, mitten auf der Dorfstraße.

Und dann schritt sie still neben ihr her und drückte ihren Arm fest an sich, und eine rechte Ruhe kam über sie.

3

Tante Marie hatte sich umsonst geängstigt. Herr Josef Schragl, Sparkassenverwalter in Plattling, hatte die Trauernachricht in der Zeitung gelesen und sogleich die Reise angetreten. So traf er mit einem Zuge, der für viele Leute nicht in Betracht gekommen wäre, am Begräbnistage morgens um halb sechs Uhr in Sünzhausen ein.

Und in gewisser Beziehung war das ein günstiger Umstand, denn so, wie er sich ansah, hätte der Herr Verwalter nicht zu der vornehmen Schar gepaßt, die am Abend vorher die Bewunderung der Sünzhausener erregt hatte.

Der dicke, kleine, vor Aufregung schwitzende Mann trug an diesem Sommertage einen schwarzen Überzieher, der wirklich ein verächtliches Stück von Garderobe war, und noch dazu trug er ihn höchst unschön, den unteren Knopf geschlossen, über der Brust sich bauchend und am Rücken breite Falten werfend.

Unter dem Mantel schob sich ein schwarzes Beinkleid vor, das zu kurz war, und also nicht schonend über die mit einer Spange geschlossenen Schuhe fiel, ja sogar bei heftigem Ausschreiten einen Teil der wollenen Socken bemerken ließ.

Sein Haupt war bedeckt mit einem Zylinderhute, den er seit Jahrzehnten bei Leichenbegängnissen trug, und der von vielen ungünstigen Witterungsverhältnissen arg mitgenommen war.

In der rechten Hand, die wie die linke in einem baumwollenen schwarzen Handschuh steckte, trug er einen Kranz, der die seltsamen Schönheitsbegriffe eines Plattlinger Landschaftsgärtners verriet, und obwohl an seinem Äußeren nichts zu schonen war, hatte er einen großen Regenschirm bei sich, dem keine Kunstfertigkeit eine annehmbare Form hätte geben können.

Der Herr Verwalter war aber gewiß darauf nicht bedacht gewesen. Er trug den Schirm, so wie er war und sich zusammenlegte, einfach als nützlichen Gegenstand.

Er ließ sich den Weg zum Trauerhause zeigen und zog vor sechs Uhr erst leise, dann stärker an der Türglocke, bis endlich die Köchin herbei eilte, der er sich zu erkennen gab als Bruder des Herrn Kommerzienrates.

Er wollte gleich zu seiner armen, beklagenswerten Schwägerin geführt werden, und als die Köchin bestürzt antwortete, daß ja die gnädige Frau noch im Bette liege, versicherte er treuherzig, das störe ihn nicht, und sie solle ihm nur das Zimmer zeigen.

Die Köchin sagte, sie wolle es versuchen und bei der gnädigen Frau anklopfen und sagen, daß der Herr... der Herr Bruder vom gnädigen Herrn da sei, und er möchte nur einen Augenblick warten.

Aber der Herr Verwalter hatte kein Verständnis dafür, daß es auch in solchen Momenten noch solche Bedenken gäbe, und er stieg hinter der eilenden Köchin die Treppe hinauf und stolperte redlich über die Stufen, weil er nicht acht gab, sondern sich in Gedanken das Zusammentreffen mit der gebeugten Witwe überaus schmerzlich ausmalte.

Zum Glück hatte Tante Marie, die längst nicht mehr schlief, die Glocke und dann Gemurmel und Geräusch vernommen und öffnete die Türe und sah ihren Bruder die Treppe heraufkommen.Sie winkte der Köchin ab und eilte dem guten Onkel Peppi entgegen, umarmte ihn und vergoß zunächst reichliche Tränen.

»So, Peppi«, sagte sie, »und jetzt wartst an Aug'nblick drunt'n im Gang. Ich komm gleich nunter...«

»Aber d' Schwägerin...«

»Die siechst nacha scho. Jetz geh abi, gel... i mach mi g'schwind ferti... O mei, Peppi... wer hätt dös denkt?...«

Der Herr Verwalter, der in der einen Hand den Kranz, in der andern den Zylinder hielt, ließ sich noch einmal umarmen und ging dann gehorsam die Treppe wieder hinunter, stellte sich unter die offene Haustüre und schaute trübselig in den wunderschönen Morgen hinaus und bemerkte es kaum, wie fröhlich die Stare pfiffen und die Schwalben zwitscherten.

Nach einer kurzen Weile kam Tante Marie und sagte: »Jetzt laß dir nochmal Grüß Gott sag'n, Peppi! Gelt, das hätt'n mir alle zwei net denkt, daß mir aus an solchen Anlaß z'sammkomma müßt'n, und wenn mir einer g'sagt hätt', daß der arme Simon vor mir weg müßt, hätt' i 's net glaubt...«

»I wohl aa net«, sagte Peppi.

»Willst...?«

»Was meinst?«

»Willst d' jetzt nei' dazu?«

Er nickte, und sie faßte ihn unter und ging mit ihm in das Zimmer, darin jetzt der Tote aufgebahrt im Sarge lag.

Der Anblick erschütterte den Verwalter so, daß er Kranz und Zylinder weglegte und ein großes, buntkariertes Taschentuch hervorzog, um die Tränen, die ihm über die Wangen liefen, abzutrocknen.

»Gel«, sagte Tante Marie, »so still und friedlich liegt er da, als wenn er schlafet?«

Peppi konnte nur nicken, und er gab sich Mühe, seinem Schluchzen Herr zu werden.

»Mußt net so weinen«, tröstete ihn die Schwester. »Schau, wenn's scho sei' hat müss'n, na war's so wenigstens am best'n. Er hat net leid'n müssen, hat nix g'wußt und war auf einmal weg. An schönern Tod hätt er sich selber net wünsch'n könna...«

Aber was helfen die Worte? Dem alten Manne fiel es mit einemmal schwer aufs Herz, daß er im Leben so wenig mit dem lieben Gefährten seiner Jugend zusammen gewesen war.

Neidlos hatte er ihm allen Erfolg gegönnt, aufrichtig hatte er sich darüber gefreut, und nur aus Bescheidenheit hatte er sich ferngehalten, nur in dem Gefühle, daß er zu dem Glanze nicht passe. Und so war er immer scheuer geworden und hatte wohl nicht bedacht, daß ihrer beider Tage gezählt sein könnten. Jetzt kam es über ihn, daß sie zu wenig warme Freundlichkeit ausgetauscht hatten, daß jeder sein herzliches Gefühl zu selten gezeigt hatte. Ja, hätte er daran gedacht! Den weitesten Weg wäre er gegangen, um noch einmal den Bruder zu sehen und ihm zu sagen, daß er allezeit sein Stolz gewesen war, daß er so viele Male seine Gedanken zu ihm geschickt hatte, lauter gute, freundliche Gedanken.

Er strich mit einer zärtlichen Bewegung dem Toten über das Haupt, und die Tränen rannen ihm über die runzeligen Wangen herunter und fielen auf den unmodernen Mantel und rollten in seinen Falten weiter.

Das griff die alte Schwester heftig an, und mit unterdrücktem Weinen bat sie: »Geh, lieber, armer Peppi, laß's jetzt gut sei! Sag ihm Bhüt Gott, gar z' lang wer'n mir alle zwei ihm net nachtrauern müss'n... Komm jetzt!«

Da legte der Verwalter seinen Kranz zu Füßen des Sarges, und netzte seine Finger mit Weihwasser und machte auf Stirne, Mund und Brust des Toten das Zeichen des Kreuzes. An der Türe wandte er sich noch einmal um und schaute nach dem Bruder hin, und mit einem tiefen Seufzer sagte er: »Ja... ja... der Simmerl!«

Tante Marie faßte seine Hand und führte ihn durch den Gang hinaus ins Freie. Vor dem Hause setzten sie sich auf eine Bank, und lange schwiegen sie beide und sahen vor sich hin.

»Ja so... d' Schwägerin...«, sagte Peppi und wollte aufstehen.

Seine Schwester hielt ihn sanft zurück.

»Laß nur! Sie kommt nacha scho runter, und d' Kinder auch...«

Und da fiel ihr der letzte Abend ein, und sie erzählte dem Bruder, daß sie ihm telegraphiert hätten, und wie gescheit und kurz entschlossen sich das Mädel gezeigt habe.

»Die is ganz unser Simon und g'fallt mir schon recht gut. Weißt, grad so resolut, wie er allaweil war, net viel Wort', aber was s' sagt, hat Hand und Fuß. I hab ja a bissel Angst g'habt, du verstehst mi scho, daß die Kinder am End... no ja... a bissel hoch drob'n sei' könnt'n, a bissel... wie *sie* halt ... oder wie *sie* wenigstens war, aber i muß sag'n, beim Mädel wenigstens is kei Spur davo. Vom Bub'n hab i net viel g'seh'n und g'hört, da weiß i noch z' wenig. Aber 's Mädel, i muß scho sag'n, da is mir's Herz aufgangen. Ganz der Vater, wie er war als a junger. Resch und gutmütig, aa weich, aber net gern kenna lass'n, sondern Kopf hoch, wenn's wer siecht, gar kein Theater, verstehst, wie... no ja... wie *sie* wenigstens früher war...«

Peppi nickte, ohne recht hinzuhören. Er war mit seinen Gedanken weit weg, in Nabburg, in der alten Zeit. Wie er den Bruder damals besucht hatte und der einen Sonntagnachmittag aus dem Geschäfte gehen durfte, mit ihm, und wie er ihm damals von seinen Plänen erzählte und so zuversichtlich war, und alles erfüllte sich dann später, noch viel schöner, wie er's gehofft hatte...

»Da is s' scho«, sagte Tante Marie und stand auf, um ein junges, schlankes Mädchen zu begrüßen, das aus dem Hause kam, und das also die Tochter war und Elise hieß oder Beß und dem alten Onkel die Hand ganz merkwürdig kräftig drückte.

Der Herr Verwalter machte ein paar linkische Verbeugungen und kam in Verlegenheit, denn Damen hatten auf ihn stets diese Wirkung, selbst die Plattlinger, und was er hier vor sich sah, war doch im Aussehen und im sicheren Benehmen etwas Vornehmeres, und so stammelte er wirklich etwas von Fräulein und Ehre, bis Tante Marie ihn auf den rechten Weg wies.

»Jetzt du bist gut, Peppi; sagt er zu seiner leiblichen Nichte Fräulein, und womögli sagt er ›Sie‹. Nimm's no fest beim Kopf, sie is scho 's Madl von unserm Simon...«

Das traute sich nun der Herr Verwalter nicht, aber er tätschelte einmal und noch einmal das Mädchen auf die linke Wange und murmelte so etwas wie »arm's Kind«.

Beß aber gewann aufs neue die Bewunderung der Frau Apotheker, indem sie die Befangenheit ihres Onkels auf die einfachste Weise behob.

»Lieber Onkel«, sagte sie so selbstverständlich, als hätte sie ihn seit Jahr und Tag gekannt, »lieber Onkel, du hast gewiß noch kein Frühstück bekommen und hast die lange Fahrt machen müssen...«

Der Herr Verwalter murmelte, daß er eigentlich nicht gefrühstückt habe und eigentlich nichts wolle, aber noch vor er ausgeredet hatte, war das Mädel ins Haus gesprungen und in die Küche geeilt.

»Was sagst jetzt?« fragte Tante Marie ihren Bruder. »Is dös net a liabs Ding, a wundernetts?«

»Sie hat viel vom Simmerl, b'sonders die Aug'n...«, sagte der Onkel.

»Und um an Mund und überhaupts und b'sonders im Benehmen. Du bist ganz verdattert g'wes'n und sagst Fräulein zu ihr, no ja... halt a bissel leutscheu, wie's d' allaweil g'wes'n bist, aber sie! Lieber Onkel, sagt s', und glei fallt ihr wieder des Richtige ei, und g'sagt und toa is bei ihr oans. Na! I muaß scho sag'n, dös Madl kunnt gar net liaba sei, und i kunnt's net liaba hamm, wenn's mei eigens Kind waar, und gar nix G'schupft's und nix Verkünstelt's is dro, net dös G'ringste von *ihr*...«

Beß kam wieder und deckte wahrhaftig selber den Tisch mit einer blühweißen Leinwanddecke und sorgte dafür, daß heißer Kaffee kam und Eier und Butter, und sie nötigte den Onkel zuzugreifen und tat alles so reizend, daß Tante Marie mit strahlenden Augen dabei saß und ihr freundlich zulächelte.

Über den Herrn Verwalter kam ein wohliges Gefühl von Daheimsein und Zugehörigkeit, so daß er beinahe gesprächig wurde und von seinem letzten Zusammentreffen mit dem lieben, armen Simon erzählte, und daß er Johnny, der dazu kam, schon viel herzlicher und freier begrüßte.

Das Gespräch blieb in Fluß, und mit Fragen und Antworten kam man sich immer näher.

Als eine halbe Stunde später der Herr Staatsrat aus der Türe trat, um einen verwunderten Blick auf die morgenfrische Natur zu werfen, sah er mit Staunen diesen Teil der Familie einträchtig beisammensitzen und sah, wie links Beß und rechts die Frau Apotheker jede eine Hand des schlechtgekleideten Individuums gefaßt hielten.

Er wollte nach einem leichten Kopfnicken in den Garten hinaustreten, aber Beß sprang auf und teilte ihm mit, daß Onkel Peppi angekommen sei.

Die kreisrunden Augen Seiner Exzellenz erweiterten sich noch etwas. »On... kel... so... so...?«

»Der Bruder von Papa«, ergänzte Beß.

»Der Bru... so... so?«

Und da waren auch schon die anderen zu ihm getreten, und der Herr Verwalter, im vollen Besitze seiner Sicherheit, streckte dem Staatsrate die Hand entgegen und sagte: »Grüß dich Gott, es freut mich sehr...« Wahrhaftig, er sagte: »Grüß *dich* Gott, es freut mich sehr...«, und fügte hinzu, »oder eigentli, es ist ja sehr trauri, daß mir uns bei dem Anlaß kennen lernen...«

»Mir uns kennen lernen«, sagte er.

Wenn Staatsräte überhaupt mit Sparkassenverwaltern zusammentreffen, und es ist wohl anzunehmen, daß dies selten geschieht, aber wenn es durch merkwürdige Zufälle ermöglicht wird, dann müßten eigentlich die Sparkassenverwalter in Verwirrung geraten. Hier aber ereignete sich das Unvorhergesehene; der Staatsrat war noch mehr als verwirrt, er war bestürzt, und das kam sicherlich von dem Umstande her, daß er von einem wildfremden Menschen, der mit Spangen geschlossene Schuhe und zu kurz gewordene Hosen trug, schlankweg geduzt wurde.

Der Herr Staatsrat blickte über die Verwandtschaft hinweg ins Leere, und das Erstaunen in seinen kreisrunden Augen steigerte sich bis zur Hilflosigkeit, und als er zu sprechen begann, stotterte er.

»Tja... ja...« sagte er, »so... so... so... Bru... Bruder des Verstor – be – nen... tja... ja... ja. Ich... ich ver... stehe das alles nicht.«

Er zog sich zurück und erholte sich langsam und allmählich, als er oben, im ersten Stock, mit Frau Lizzie und den Oberstleutnants das Frühstück einnahm.

Die Behaglichkeit, die sich auch in gedämpften Stimmungen am reinlich gedeckten und gut besetzten Tische einfindet, kam über ihn, aber völlig konnte er sein Befremden über die Begegnung nicht überwinden.

»... Sag mal, arme Lizzie...«, begann er, nachdem die allgemeinen Bemerkungen und Seufzer ausgetauscht waren, »... sag mal, wie ist das nun eigentlich? Ich wollte vorhin, so vor einer halben Stunde, in den Garten gehen, und unter der Türe tritt mir ein Mann entgegen, der alles andere als soigniert aussah, und begrüßt mich mit auffallender Herzlichkeit und sagt, er sei der Bruder von unserm teuren Verblichenen... sag mal...«

Frau Lizzie stellte die Tasse, die sie eben zum Munde führen wollte, nieder. Sie war sichtlich überrascht, und sichtlich nicht angenehm. Und sie erzählte diesem Teile der Verwandtschaft, daß sie, wenn sie nun schon davon sprechen müsse, während ihrer Ehe immer und immer wieder bei dem anderen Teile der Verwandtschaft auf sonderbare Personen und Dinge gestoßen sei, die sie gerne taktvoll übersehen hätte, die sich aber nicht übersehen ließen. Und es war eine Schwäche von ihrem guten Manne, daß er manchmal prononcierte Neigungen für seine früheste Vergangenheit zeigte, sie vielleicht aus einer gewissen Opposition stärker betonte. Gott! Natürlich hatte niemand mehr als Frau Lizzie anerkannt, daß er als Selfmademan von seinem Entwicklungsgange mit Stolz reden durfte, und sie wäre sicher die letzte gewesen, die etwa einen Bruch mit seiner Familie gewünscht hätte, – aber seine Verwandten hatten es ihr wirklich nicht immer leicht gemacht. Wenn ihr Mann gewisse Ansichten und Gewohnheiten über die Forderungen der Gesellschaft stellte, das war immer noch eher erträglich, als wenn es seine Verwandten taten.

»Und was du sagtest... Albert...« Frau Lizzie schloß den Satz nicht, denn Fanny trat in das Zimmer, und unmittelbar hinter ihr ein kleiner, dicker Mann in schwarzem Überzieher, der auf sie zukam und sie sogleich weinend, in überquellendem Schmerze umarmte und tatsächlich den Versuch machte, sie zu küssen.

»Arme, arme Elis!« schluchzte er, »hamm ma unsern Simon verlor'n!«

Dann zog er ein sehr großes, buntkariertes Taschentuch hervor, schnaubte sich hinein und faßte nun auch die anderen vom gleichen Schmerze betroffenen Personen ins Auge. Er schüttelte allen die Hände und betrachtete sich als mit ihnen in Trauer innig vereint, und nichts hätte in ihm den Argwohn erwecken können, daß er beobachtet und abgeschätzt werde. Er war arglos und schrieb jedes verlegene Hüsteln und Abbrechen der Unterhaltung und nichtssagende Worte und vielsagende Blicke einer tiefen Traurigkeit zu, was ihn wiederum so rührte, daß er sein buntkariertes Sacktuch nicht mehr aus der Hand brachte.

Als das Gespräch übermäßig lange stockte, kam in Onkel Peppi das Gefühl auf, nicht daß seine Trostworte hier überflüssig, sondern daß sie auch anderswo notwendig seien, und er riß sich gewaltsam von dem Anblicke seiner gebrochenen Schwägerin und des betrübten Staatsrates und der beiden andern lieben Verwandten los, und er ging und sagte zu seiner Schwester, daß es ein Jammer sei, anzusehen, wie der traurige Fall die arme Schwägerin angegriffen habe.

Und doch war es seine Schuld, wenn sie immer noch stärker angegriffen wurde.

Denn als nun die Dorfleute und die Vereine und die Geistlichkeit angekommen waren, als man den Sarg geschlossen hatte und die Hammerschläge durch das stille Haus geklungen waren, als Frau Lizzie mit wirklichem Schmerze inne ward, daß der Gefährte ihres Lebens sie für immer verließ, da sah sie doch noch mit tränenumflorten Augen, wie unmittelbar hinter dem Sarge neben Johnny und wirklich vor dem Staatsrate und dem Oberstleutnant der so überaus unvorteilhaft aussehende Schwager einherschritt.

Wie aber ein stattlicher Leichenzug die Gefühle der Hinterbliebenen zu erheben vermag, so kann die Störung des würdigen Eindruckes die Herzen beschweren.

Und Frau Lizzie war sehr niedergedrückt, denn sie hatte die

bestimmte Empfindung, daß dem teuren Verblichenen, wie ihr, Abbruch geschehen war, und sie sagte sich im stillen, wie ganz anders die Bedeutung des Toten und der Familie hervorgehoben worden wäre, wenn die gerade für Leichenbegängnisse so geeignete Gestalt des Staatsrates allein oder flankiert von Johnny und dem Oberstleutnant hinter dem Sarge einhergeschritten wäre.

Für die Dorfleute aber – und das hätte ihn trösten müssen, wenn er die Gedanken seiner Schwägerin erraten hätte – für die Dorfleute war Onkel Peppi der durchaus richtige, in Tränen zerfließende und die Traurigkeit des Vorganges bezeugende Verwandte. Er ging mit gebeugtem Haupte durch die Dorfgasse, er weinte am Grabe, und er wurde ordentlich vom Schmerze gerüttelt, als die ersten Schollen auf den Sarg niederpolterten.

Darum trat jeder zu ihm und schüttelte ihm die Hand, während der Staatsrat abseits stand und nur flüchtiges Aufsehen erregte.

Nach dem Traueramte eilten die Sünzhausener heim, um möglichst rasch an ihre Arbeit zu gehen, die Verwandten aber kehrten in kleinen Gruppen in das Haus der Witwe zurück.

Man sprach ihr wiederum das innigste Beileid aus, richtete tröstende Worte an sie, drückte ihr die Hand, küßte ihr die Hand, und Onkel Peppi ließ es sich nicht nehmen, die arme Elis – so hieß nun einmal für ihn die Schwägerin – zu umarmen und sie auf die linke und rechte Wange zu küssen.

Dabei rührte sich aber in allen das der Trauer gänzlich abgewandte Gefühl eines tüchtigen Appetites, und sie setzten sich mit guten Erwartungen zu Tische. Das Mahl wurde gemeinsam eingenommen, und weil der Schmerz nicht weniger gesprächig macht als die Freude, so war bald eine lebhafte Unterhaltung im Gange.

Es war nicht verwunderlich, daß Onkel Peppi recht sehr auftaute und nach kurzer Zeit das Wort führte. Gerade, weil er sich am ungestümsten der Trauer hingegeben hatte, mußte er stärker als die anderen sein Herz erleichtern, und zudem hatte er als Jugendgespiele des Verstorbenen das Recht und den Anlaß, sehr viel zu erzählen.

»D' Marie weiß«, sagte er, »was unser Simmerl für ein ausg'lass'ner, lebhafter Bub war. I war ja allaweil der Stillere, und wenn i aa zwoa Jahr älter war, hab i ihm do nachgeb'n müss'n, d' Marie weiß, weil er g'walttätiger war, und wenn er si was in Kopf g'setzt hat, nacha hat's oafach sei müss'n, und nachgeb'n oder so, dös hat er überhaupts net kennt. No ja, bei unsern Vata selig hat aa der Simmerl dös meiste golt'n, und wenn amal was vorkemma is, d' Marie weiß, nacha war'n allaweil de andern schuld, aba der Simmerl gar nia, und i hab öfta für eahm Schläg kriegt. Aba dös hat nix g'macht, und i muß sag'n, wenn i dro denk, freut's mi no heut. Der Anführer war er allaweil, und wenn i amal net mittoa hätt mög'n, nacha is er scho so fuchsteufelswild worn, daß i gern nachgeb'n hab'.«

Tante Marie nickte bestätigend mit dem Kopfe, und die Nächstsitzenden hörten ihm freundlich zu, und so wurde der Herr Verwalter nach jedem Gange und nach jedem Glase Wein mitteilsamer, und er erzählte die Geschichte von der grünen Waschschüssel, in die Simon ein Loch geschossen hatte, und die Geschichte vom Apfelbaum, an dem neunundzwanzig wunderschöne Weinäpfel hingen, die eines Morgens weg waren, und immer war er als der Schuldige in Verdacht gekommen, und immer war es Simon gewesen. Und alleweil und überall hatte der Simon Glück gehabt, daheim, in der Schule, und später als Erwachsener im Leben. Und er, der Onkel Peppi, war immer und überall zu kurz gekommen.

Nicht, als ob ihn das geärgert oder neidisch gemacht hätte, im Gegenteil, er hatte es seinem Bruder von Herzen gegönnt, aber man sagt bloß. Der eine hat das Glück und der andere hat einfach keines ... d' Marie weiß.

Nach dem Essen reichte Johnny Zigarren herum, die aus dem Vorrate des Herrn Kommerzienrates stammten; edle Zigarren, die herrlich dufteten, und deren eine den schmauchenden Onkel Peppi nachdenklich stimmte, so daß er sich auf eine Pflicht der Höflichkeit besann und sich neben den Staatsrat setzte.

Da er schon den zweiten Tag von seiner Schreibstube entfernt war, paßte es ihm vortrefflich, daß er in diesem hohen Staatsdiener einen sicherlich verständnisreichen und interessierten Zuhörer fand, und er setzte der Exzellenz, die sich nicht retten konnte, und die auch von Frau Lizzie nicht mehr aus der Lage befreit werden konnte, haarklein auseinander, mit welchen Mühen die Verwaltung einer Sparkasse verbunden sei.

Die kleinste Einlage erfordere die gleiche sorgfältige Arbeit wie eine große, und das Schlimmste sei, natürlich, daß man es mit Leuten zu tun habe, natürlich, die von Geldgeschäften und verzinslichen Anlagen und von all dergleichen Dingen natürlich keine blasse Ahnung hätten, woher es dann auch komme, daß die Einleger häufig das sonderbarste Mißtrauen zeigten. Da wären zum Beispiel die Bauern, die auf die Schranne kämen. Einen Samstag legten sie das Geld hinein, den andern wollten sie es wieder herauskriegen, weil irgendwo in einer Sparkasse irgend etwas vorgekommen wäre. Und dann die Dienstboten, wenn heute Dienstboten überhaupt noch etwas sparen ...

Frau Lizzie wollte ihn ablenken, ja, in Gottes Namen sogar seine

Gesprächigkeit auf sich ziehen, allein Onkel Peppi wußte besser, was Staatsräten zugehört und was Staatsräte interessiert, und er gab dem Verblüfften, der allmählich in den Zustand einer stillen Verzweiflung geriet, ein lückenloses Bild von der umfassenden Tätigkeit eines Plattlinger Sparkassenverwalters.

Und der Erfolg spornte ihn an, so daß er immer munterer wurde und seine Aufmerksamkeit allen anwesenden lieben Verwandten schenkte.

Und den Staatsrat hieß er Vetter Albert und den Oberstleutnant Vetter Kuno, und durch irgendeinen schlimmen Zufall hatte er herausgebracht, daß die Frau Oberstleutnant Wilhelmine hieß, und so nannte er sie Mina, und nach einigen Viertelstunden Minerl.

Es war ein Glück für viele, daß Onkel Peppi ein übergroßes Pflichtgefühl und eine heftige Sehnsucht nach seiner Sparkasse hatte und unbedingt mit dem Fünfuhrzuge abreisen mußte, um am andern Morgen wieder in Plattling einzutreffen.

Tante Marie machte den Versuch, ihn zurückzuhalten, aber er blieb fest und sah noch häufiger auf die Uhr als Frau Lizzie, und kurz nach vier brach er auf.

Er sagte zu Vetter Albert und zu Vetter Kuno und zum Minerl und überhaupt zu allen, daß er ungerne scheide, und daß er gerne bliebe, aber es warteten unendlich viele Arbeiten auf ihn.

Und wieder und noch einmal schüttelte er allen die Hände, und Frau Lizzie umarmte er, und wenn er mit ihr fertig war, fing er bei Vetter Albert wieder mit dem Abschiednehmen an.

Endlich ging er, und nur Tante Marie begleitete ihn. Die andern hatten sich von ihm zum Zurückbleiben bewegen lassen.

Am Gartentore wandte sich Onkel Peppi noch einmal um und grüßte zärtlich zurück.

Dann ging er fürbaß mit weit ausholenden Schritten, bei denen sich das Beinkleid höher schob und die wollenen Socken sichtbarer wurden.

Die zwei Alten besuchten noch einmal den guten Simmerl und standen schweigend vor dem frisch aufgeworfenen Grabhügel.

Onkel Peppi konnte sich nicht mehr in eine recht tiefe Traurigkeit versenken; er hatte sie ausgegeben und war jetzt innerlich so zufrieden, daß er wohl anstandshalber einen Seufzer ausstieß, aber doch mit seinen Gedanken bei den angenehmen und liebreichen Stunden verweilte, die er soeben durchlebt hatte.

»Weißt, Marie«, sagte er auf dem Bahnhofe, »i bin doch recht froh, daß i herkommen bin. Es tut ei'm wohl, wenn ma so mitt'n in da Verwandtschaft und bei Leut is, de ein' gern hamm. Da siecht ma, daß ma z'sammg'hört, und dös tröst' ein' scho wirkli. Und siehgst, i denk jetzt ganz anderst von der Elis, und daß i unsern Vetter Albert kenna g'lernt hab, dös freut mi b'sonders, und hoffentli gibt's amal a schönere G'legenheit, daß i 'n wieder siech ... weißt, eigentli war i scho ung'schickt, daß i net öfter zu Lebzeit'n vom Simmerl herkomma bin. Ma bild' si halt was ei', und wenn ma bei de Leut is, siecht ma erst, wie gern daß s' ein' hamm ... no ja ... wenn's a bissel geht, such i d' Elis wieder auf ...«

Tante Marie pflichtete ihm bei, und so stieg der Herr Sparkassenverwalter recht eigentlich glücklich und zufrieden in den Zug und winkte noch lange mit seinem verwitterten Zylinderhute zum Fenster hinaus.

Der Christabend
Eine Familiengeschichte

Bei Oberstaatsanwalt Saltenberger hatten sie drei Töchter, Emerentia, Rosalie und Marie.

Alle im höchsten Grade fähig und entschlossen, dem ledigen Stande zu entsagen.

Das herannahende Weihnachtsfest brachte die geliebten Eltern auf den Gedanken, daß sie ihre Kinder am besten mit Männern bescheren würden, und sie überlegten lange, wie dieses zu ermöglichen wäre.

Mama Saltenberger meinte, ihr Mann sollte seine hervorragende Beamtenstellung in die Waagschale werfen und jüngere Kollegen durch die Macht seines Ansehens an ihre staatsbürgerlichen Pflichten erinnern. Saltenberger war nicht prinzipiell abgeneigt, aber er betonte, daß dieser Einfluß nur in ganz familiären Grenzen ausgeübt werden dürfe, und daß man in der Wahl der Objekte sehr vorsichtig sein müsse.

In geheimer Beratung wurde zur engeren Wahl der zukünftigen Familienmitglieder geschritten.

Beide Eheleute einigten sich zunächst auf Karl Mollwinkler, zweiter Staatsanwalt. Er war ziemlich abgelebt, und sein kränklicher Zustand ließ hoffen, daß er sich nach der Pflege einer geliebten Frau sehne.

Als zweiter ging Sebald Schneidler, königlicher Landgerichtssekretär, durch.

Nicht ohne Widerspruch. Frau Saltenberger fand die Stellung denn doch etwas subaltern. Ihr Mann hatte Mühe, sie zu überzeugen, daß die gegenwärtige Zeitrichtung die Standesunterschiede einigermaßen nivelliert habe, und daß speziell in Heiratsfragen eine zu strenge Auffassung von Übel sei.

Schließlich kam man dahin überein, daß Schneidler sich in Anbetracht seiner sozialen Verhältnisse mit der ältesten Tochter, der vierunddreißigjährigen Emerentia zu begnügen habe.

Die Aufstellung des dritten Kandidaten bereitete Schwierigkeiten.

Unter den Juristen fand sich trotz sorgfältigster Prüfung keiner mehr, der des Vertrauens würdig gewesen wäre.

Man mußte wohl oder übel in eine andere Sparte hinübergreifen.

Aber auch da zeigten sich überall unüberwindliche Schwierigkeiten, und schon wollte der Oberstaatsanwalt an der gestellten Aufgabe verzweifeln, als im letzten Moment Frau Saltenberger den rettenden Gedanken faßte.

»Weißt du was, Andreas«, sagte sie, »wir nehmen einfach einen von der Post. Da sind die meisten Chancen, denn fast alle Verlobungen, welche man an Weihnachten in der Zeitung liest, gehen von Postadjunkten aus.«

Dieses leuchtete ihrem Manne ein, und er gab seine Zustimmung zur Wahl des Postadjunkten Jakob Geiger. Somit war die Sache gediehen; es galt nunmehr, die zur Bescherung Vorgemerkten unter die drei Töchter zu verteilen.

Und das war das Schwierigste.

Der Friede wich aus dem Hause des Oberstaatsanwalts Saltenberger.

Emerentia brach in Tränen aus, als die Eltern von dem Plane sprachen; sie sei immer das Stiefkind gewesen, die anderen Fratzen habe man verhätschelt und verzogen, nur sie sei mißhandelt worden und jetzt solle sie sich mit einem Sekretär begnügen.

Vielleicht müsse sie noch Komplimente machen vor dem ekelhaften Ding, der Rosalie, die man natürlich zur Frau Staatsanwalt nehme, obwohl sie die Dümmste von allen sei. Aber nein! nein! und nein! Da kenne man sie schlecht. Sie lasse nicht auf sich herumtrampeln, und lieber verhindere sie den Plan, so daß gar keine einen Mann erwische, als daß sie sich mit dem Affen von einem Sekretär abfinden lasse.

Ihr Widerstand war leidenschaftlich, aber nicht schlimmer als derjenige von Marie, welcher man den Postadjunkten zugedacht hatte. Sie war die Jüngste und durfte billig annehmen, daß sie auf dem Heiratsmarkte die besten Preise erzielen könne. Allerdings schielte sie, aber sie sagte sich, daß ein verständiger Mann solche Kleinigkeiten nicht beachte. Zudem, lieber schielen, als einen Kropf haben, wie Emerentia oder schlechte Zähne, wie Rosalie.

Papa Saltenberger hatte böse Tage; während er auf dem Bureau weilte, sammelte sich daheim eine unglaubliche Menge Sprengstoff an, welcher regelmäßig beim Mittagstisch explodierte.

So ging das nicht. Die Eltern beschlossen, die drei Herren als Ganzes zu bescheren und die Wahl den Kindern zu überlassen.

Auf diese Weise hatten wenigstens sie Ruhe gefunden, wenngleich der Krieg unter den Schwestern fortdauerte. Emerentia stickte in heimlicher Abgeschlossenheit an einem Paar Pantoffeln, und bei jedem Stich wurde sie fester entschlossen, dieselben nur dem zweiten Staatsanwalt Mollwinkler zum Zeichen ihrer Liebe an die Füße zu stecken.

Rosalie häkelte einen Tabakbeutel, Marie strickte wollene Handschuhe.

Und jede wußte, wem sie die Gabe weihen würde. Alle drei zogen die Mutter ins Vertrauen, und da Frau Saltenberger einen gutmütigen Charakter hatte, sagte sie zu jeder verstohlen: »Kindchen, Kindchen, ich seh' dich noch als Frau Staatsanwalt.«

Und jede war glücklich darüber. Erstens überhaupt, und dann, weil die zwei anderen Maulaffen vor Neid bersten würden.

So kam allmählich das heilige Weihnachtsfest heran mit seinem unvergeßlichen Zauber für die Familie, jener Tag, an welchem die Junggesellen so ganz besonders Sehnsucht empfinden nach einem schöneren Lose, nach einer liebenden Gattin und nach Kindern, welche mit ihren Spielzeugen um den Christbaum tanzen.

O, welche Gefühle walteten in dem Hause des Oberstaatsanwalts Andreas Saltenberger!

Das war ein Raunen und Flüstern, ein geheimnisvolles Weben, ein Hin und Her, von einem Zimmer in das andere, bis endlich um sieben Uhr Vater, Mutter und die drei Töchter sich im Salon versammelten, festlich geschmückt und sehr erwartungsvoll.

Jede der Schwestern erregte durch ihr reizendes Aussehen die Freude der Eltern und das verächtliche Mitleid der beiden anderen.

Es läutete. Das Dienstmädchen eilte zur Türe, im Salon hielten fünf Menschen den Atem an. Wer kam? Eine tiefe Stimme, unverständlich, dann schlurfte das Mädchen zurück und übergab dem hastig öffnenden Papa einen Brief. Aufreißen und lesen. Sekretär Schneidler sagt mit bestem Dank ab, da er heimreise. Die drei Schwestern atmeten auf. Auf diesen Menschen hatte keine reflektiert. Ea läutete wieder. Das Dienstmädchen überbrachte einen zweiten Brief.

Die Absage des Herrn Staatsanwalts Mollwinkler wegen Unwohlseins.

Drei Lebenshoffnungen waren vernichtet; der Vater blickte die Mutter an, die Schwestern bissen sich auf die Lippen, und ihr Schmerz wäre unerträglich gewesen, wenn sich nicht ein klein wenig Freude an der Enttäuschung der anderen darein gemengt hätte.

Was tun? Papa Saltenberger raffte sich auf und sagte mit erzwungener Höflichkeit: »Wozu auch fremde Menschen? Nun wollen wir das Fest so recht unter uns begehen!«

Da läutete es wieder. Und diesmal kam der königliche Postadjunkt Geiger, welcher noch niemals abgesagt hatte.

Er hatte es nicht zu bereuen. Er war der verhätschelte Liebling der Familie; er bekam ein Paar Pantoffeln, einen Tabakbeutel und wollene Handschuhe, viele Süßigkeiten, Äpfel und Nüsse.

Er trank einen sehr guten Wein und einen famosen Punsch, er aß Rheinsalm, Rehbraten und Pudding und bewunderte die Freigebigkeit der Familie, welche für ihn allein so reichlich auftragen ließ.

Er sagte allen Damen Liebenswürdigkeiten und ließ sich von jeder in der gehobenen Stimmung auf die Füße treten.

Und als er ziemlich betrunken den Heimweg antrat, sagte er sich, daß das Familienleben doch sein gutes, besonders hinsichtlich der leiblichen Genüsse habe.

Und er verlobte sich am Sylvesterabend mit der wohlhabenden Witwe Reisenauer, welche ein gut gehendes Geschäft am Marktplatz hatte.

Ludwig Thoma

Agricola
Bauerngeschichten.
Textrevision und Nachwort von Bernhard Gajek.
1986. 164 Seiten. Serie Piper 487

Ausgewählte Werke
1985. 729 Seiten. Geb.

Heilige Nacht
Eine Weihnachtslegende.
Mit Zeichnungen von Wilhelm Schulz.
22. Aufl., 169. Tsd. 1984. 64 Seiten. Geb.
(Auch in der Serie Piper 262 lieferbar)

Josef Filsers Briefwexel
Textrevision und Nachwort von Bernhard Gajek.
Mit 29 Zeichnungen von Eduard Thöny.
21. Aufl., 620. Tsd. 1986. 188 Seiten. Serie Piper 464

Lausbubengeschichten – Tante Frieda – Josef Filsers Briefwexel
1981. 355 Seiten. Geb.

Ein Leben in Briefen
(1875–1921). 1963. 503 Seiten und 26 Fotos. Leinen

Ludwig Thoma

Magdalena
Ein Volksstück in drei Aufzügen.
Textrevision und Nachwort von Bernhard Gajek. 1985.
120 Seiten. Serie Piper 428

Mein Bayernland
Ausgewählt von Günther Lutz. 1985. 144 Seiten mit 12 Fotos. Geb.

Moral
Komödie in drei Akten.
Textrevision und Nachwort von Bernhard Gajek.
2. Aufl., 11. Tsd. 1985. 102 Seiten.
Serie Piper 297

Der Münchner im Himmel
Satiren und Humoresken.
1986. 164 Seiten. Serie Piper 684

Münchnerinnen
Roman.
Textrevision und Nachwort von Bernhard Gajek.
2. Aufl., 9. Tsd. 1985. 209 Seiten. Serie Piper 339

Die schönsten Romane und Erzählungen
Jubiläumsausgabe in sechs Bänden. Herausgegeben von
Richard Lemp. 2. Aufl., 67. Tsd. 1983. 2053 Seiten. Geb.

Karl Valentin
Mein komisches Wörterbuch

Herausgegeben von Dieter Wöhrle. 1986. 135 Seiten mit 24 Illustrationen von Borislav Sajtinac. Geb.

Daß er ein Meister war im Verdrehen des Wortes, im Querlegen des Sinnes, den der seiner eigenen Definition nach »gesunde« Menschenverstand diesem zuordnet, ist hinlänglich bekannt. Karl Valentins verbale Grotesken, die heillosen Verwirrungen, die er auf dem Gebiet der vernünftigen Vokabeln angerichtet hat, mußten bisher allerdings mühsam aus seinem Werk herausgeklaubt werden – ein beschwerliches Unterfangen für Vereinsvorstände, Partyplauderer, für Feierabendkomiker und Kanzlerkandidaten. »Karl Valentins komisches Wörterbuch« macht diesem unhaltbaren Zustand nun ein Ende: Sorgfältig sortiert nach den Buchstaben des Alphabets findet der Leser hier eine quersinnige Definition nach der anderen – von »Abhängigkeit« (»Wir lassen uns das nicht gefallen, Sie sind auf uns nicht angewiesen, aber wir auf Sie, das müssen Sie sich merken!«) bis »Zukunft« (»Die Zeit war früher auch schon besser!«)
Gelockert wird die intellektuelle Anspannung, die das Verfolgen der valentinesken Querbeetereien erzeugt, durch die kongenialen Illustrationen von Borislav Sajtinac, der sich mit seiner surreal inspirierten Zeichenfeder als würdiger Adept Valentins erweist.
Dieses Buch gehört in alle Haushaltungen, als Ratgeber und Nachschlagewerk für alle Lebenslagen, denn: »Wissen Sie schon, daß mancher nicht weiß, was er wissen soll, obwohl er schon viel weiß und es selbst unbewußt nicht gewußt hat?«

Karl Valentin

Die Friedenspfeife

Eine Auswahl aus dem Werk.
1983. 121 Seiten. Serie Piper 311

Gesammelte Werke

Band I: Monologe und Dialoge
Band II: Couplets – Szenen und Stücke 1
Band III: Szenen und Stücke 2
Band IV: Szenen und Stücke 3
2. Aufl., 38. Tsd. 1983. Zus. 781 Seiten. Geb.

Gesammelte Werke in einem Band

Herausgegeben von Michael Schulte.
2. Aufl., 18. Tsd. 1986. 649 Seiten. Geb.

Die Jugendstreiche des Knaben Karl

Herausgegeben von Bertl Valentin-Böheim. 1986.
116 Seiten mit 70 Zeichnungen von Ludwig Greiner. Serie Piper 458

Riesenblödsinn

Eine Auswahl aus dem Werk. 1985. 159 Seiten. Serie Piper 416

Karl Valentin für Kinder

Ausgesucht und illustriert von Janosch. 1984. 79 Seiten. Geb.

Das Valentin-Buch

Von und über Karl Valentin in Texten und Bildern. Hrsg. von
Michael Schulte. 6. Aufl., 72. Tsd. 1985. 535 Seiten mit
111 Abbildungen und Faksimiles. Serie Piper 370

PIPER

Siegfried Zimmerschied

Für Frieden und Freiheit

Ein Holzweg in vierzehn Stationen
1986. 128 Seiten. Serie Piper 552

Vierzehn Stationen benötigt der Hausmeister Wick Wimmer auf seinem »Holzweg«, der ihn unaufhaltsam zum aussichtsreichen Kandidaten einer christlichen Partei aufsteigen läßt – als »Alibiwurzelsepp«. Wie seltsam leicht sich alles fügt, wie die erwünschten Ehrenämter und öffentlichen Würden einem mit dem rechten Parteibuch und der passenden Gesinnung von selbst zufallen, das verblüfft Wick Wimmer genauso wie der jähe Sturz aus dem Himmel christlicher Politik, der ihn am Ende dieser Szenenfolge ereilt.
Siegfried Zimmerschied kennt das dargestellte Milieu aus eigener (leidvoller) Erfahrung – schon seit Jahren ist er die Laus im Filz der Passauer Heiligen Allianzen – mit seinem Wick Wimmer hat er eine Gestalt geschaffen, die exemplarisch Opfer wie Mittäter dieser allerchristlichen Union ist.

A ganz a miesa, dafeida, dreckada Dreck san Sie

Fotos und Gestaltung von Joseph Gallus Rittenberg
1986. 218 Seiten. Serie Piper 598

Bayerisches Lesebuch

Von 1871 bis heute
Herausgegeben von Günther Lutz.
2. Aufl., 16. Tsd. 1986. 599 Seiten. Serie Piper 431

Über gut hundert Jahre spannt sich der Bogen dieses Lesebuches, das – zusammengestellt von einem profunden Kenner der neueren bayerischen Literatur – ein Panorama des weiß-blauen Freistaats im Spiegel seiner Literatur bietet:
Neben Klassikern wie Ludwig Thoma und Lena Christ stehen als Vertreter der jüngsten Zeit Herbert Achternbusch und Gerhard Polt, neben den Barden der Schwabinger Bohème Frank Wedekind und Heinrich Lautensack stehen so volks- und brauchtumsverbundene Autoren wie Georg Queri und Karl Stieler, neben dem Räterepublikaner Ernst Toller der Naturlyriker Georg Britting. Die Pflichtlektüre für den Bayern, für den auf das Land hinter der Donau Neugierigen eine hervorragende Einstimmung.

Piper 42/1

PIPER